（第三卷）

大自然文学研究

Research on Nature Writing (vol.3)

主 编：赵 凯

副主编：韩 进 刘 飞

时代出版传媒股份有限公司
安徽文艺出版社

图书在版编目（ＣＩＰ）数据

大自然文学研究.第三卷/赵凯主编.—合肥：安徽文艺
出版社,2018.1
ISBN 978-7-5396-5698-4

Ⅰ．①大… Ⅱ．①赵… Ⅲ．①中国文学－当代文学－
文学评论－文集 Ⅳ．①I206.7-53

中国版本图书馆 CIP 数据核字(2018)第 019683 号

出 版 人：朱寒冬
责任编辑：姜婧婧 刘 畅 装帧设计：张诚鑫
....
出版发行：时代出版传媒股份有限公司 www.press-mart.com
安徽文艺出版社 www.awpub.com
地 址：合肥市翡翠路 1118 号 邮政编码：230071
营 销 部：(0551)63533889
印 制：合肥创新印务有限公司 (0551)64456946
....
开本：700×1000 1/16 印张：14.75 字数：250 千字
版次：2018 年 1 月第 1 版 2018 年 1 月第 1 次印刷
定价：49.80 元
....
(如发现印装质量问题，影响阅读，请与出版社联系调换)

大自然文学协同创新中心首届学术委员会会议暨大自然文学基本理论问题学术研讨会

2017年6月

编　委　会

目　录

编者的话 / 001

理论与批评

对自然文学之哲学基础的反思与重构　韩清玉 / 003

谈文史研究方法的多种角度

　　——以姜夔《淡黄柳》(空城晓角)词之"小桥宅"读解为例　郝敬

　　/ 014

克沃尔论生态危机的根源与本质

　　——基于《自然之敌》的文本解读　张才国　王艳 / 024

大自然文学的文化"空间"　王雅琴 / 034

多维视阈中的自然

　　——论刘先平大自然文学的学理价值与现实意义　朱亚坤 / 046

刘先平大自然文学产业化价值与路径选择　陈进 / 054

中国当代大自然文学的"自然"之"道"

　　——基于刘先平大自然文学的生态批评实践　张玲 / 058

《女孩和女人们的生活》中的"生态智慧"　张琼 / 066

刘先平大自然文学产业化研究　甘来冬 / 075

解读大自然文学的美学价值　冯亮 / 086

大自然文学中的悲剧精神　徐立伟 / 100

《追梦珊瑚》评论专辑

放声呼唤生态道德

　　——读刘先平《追梦珊瑚》　翟泰丰 / 111

情怀、情感、情趣

　　——读《追梦珊瑚》　高洪波 / 114

生态文艺创作的新收获

　　——读《追梦珊瑚》　郭运德 / 116

读《追梦珊瑚》好像听经典音乐　胡平 / 120

呼唤生态道德四十年

　　——读《追梦珊瑚》　金波 / 122

我们最缺少的是这样的书

　　——读《追梦珊瑚》　王泉根 / 124

他高举大自然文学旗帜

　　——在《追梦珊瑚》研讨会上的发言　海飞 / 127

高度的社会责任感

　　——在《追梦珊瑚》研讨会上的发言　潘凯雄 / 128

自然之美、科学之趣、人生之乐与多重奏的文本

　　——刘先平先生《追梦珊瑚》阅读印象　吴怀东 / 129

大自然文学又一座山峰

　　——读刘先平的《追梦珊瑚》　韩进 / 139

宏阔的艺术天地　自觉的时代担当

　　——读刘先平纪实文学《追梦珊瑚》　刘秀娟 / 143

新天地　新境界　新突破

　　——评刘先平大自然文学新作《追梦珊瑚》　薛贤荣 / 149

谓我心忧·精神颂歌·诗意智性

　　——评《追梦珊瑚——献给为保护珊瑚而奋斗的科学家》

　　雷鸣 / 154

寻找人与自然对话的叙述方式,浅谈刘先平大自然文学的文体创新

　　——读《追梦珊瑚》 冷林蔚 / 160

惊喜与感动

　　——读刘先平老师新作《追梦珊瑚》 刘飞 / 168

学位论文选登

"大自然文学"创作审美探究(节选) 汤盼盼 / 175

生态美学视阈下的刘先平大自然文学创作研究(节选) 王蕾 / 193

信息传播

走近自然,东至暖冬

　　——我院师生升金湖采风活动圆满结束 徐久清 / 217

安徽大学大自然文学协同创新中心理事长会召开 徐久清 / 220

畅游青山绿水间,漫步杏花微雨时

　　——记我院师生赴牯牛降采风活动 孙瑾娴 郑孙彦 / 223

大自然文学协同创新中心第一届招标课题中期检查与第二届招标课题

评审会 徐久清 / 226

编者的话

《大自然文学研究》第三卷和读者见面了。此卷的内容集中体现了安徽大学大自然文学协同创新中心自成立以来的研究成果，无论在选题拓展和理论深度方面，还是在理论与创作的紧密联系上，都有新的突破和超越。特别让我们感到欣慰的是，一批青年学者已经成为大自然文学研究的骨干力量。

在理论与批评栏目，韩清玉《对自然文学之哲学基础的反思与重构》一文，深刻发掘大自然文学现象的哲学依据，对人与自然关系这一古老哲学命题的文学书写，做出了历史和逻辑相统一的学理阐释。

本卷特别推出《追梦珊瑚》评论专辑，众多著名作家、评论家与学者对大自然文学代表者刘先平先生新作《追梦珊瑚》发表读后感悟并做文本分析，充分肯定大自然文学创作的新的重要成果。

安徽大学大自然文学协同创新中心自成立以来所组织开展的理论研究、作品探讨、文学采风及课题招标等活动信息的报道，呈现出中心成立的初心与历程，也会让人们对大自然文学的前景充满信心。

二〇一七年六月

理论与批评

对自然文学之哲学基础的反思与重构

韩清玉

大自然书写是中外文学史上常见的题材,特别是工业文明日趋凸显它的负面效应后,人们追随着卢梭的思想开始了"重返自然"的艺术探寻,"风景"也就具有了不同于一般艺术空间要素的美学蕴含。可以说,当代文学版图中的大自然叙事已经成为诸多新潮批评理论的"试验场"。其中,有不少从哲学的形而上视角探寻这一文类的理论基础,如从生态美学和环境美学的思想资源中寻求大自然文学的当代价值,虽然不乏哲学深度与人文关怀,但因陷入生态伦理批评的泥淖而忽视了其作为艺术存在的独特性。因此,结合中外哲学思想建构自然文学的学理基础,是探究这一文学样式的必要之举。换言之,关于大自然文学现有的批评范式虽已充分关注到这一题材本身的独特性,但忽视了其作为文学的一般特征,更没有观照到自然题材审美表达的独特性。鉴于此,本文意图从自然文学研究中出现的主体缺席、本体迷失、指向不明等症候出发,重建自然文学的哲学基础,更凸显这一建构在把握这一文类独特的审美特征、美学建构和生态文明语境中的意义。

一、环境美学与自然文学:呼吁"人的在场性"

或许,在鼓吹"自然全美"与"走向荒野"的时代,谈文学中的人是不合时宜的。而首先我们应该明确的是,文学是人学,大自然文学虽然布满了对自然景观的描绘与赞颂,但是自然并非它的唯一内容;相反,这一文学样式更多地表达了人与自然的关系——二者的意义关系。这也是本文探寻大自然文学思想基础的着眼点,即纠偏自然本位的倾向,把"人"放入自然书写中,为传统自然伦理观念"起底"。因此,研究大自然文学可以从新的历史起点上,重新观照"人与自然的关系"这一古老的哲学命题。大自然文学文本提出了一个崭新而深刻的哲学课题:是"大自然属于人类"还是"人类属于大自然"？这个时代主题包含多个层面的哲学话语,在国内外学界多有讨论。其中,以人为主体仍然是必要的。"在直面生态危机的时候,就没有必要去回避人,而应该去强调直面人,直面人的责任、人的价值关怀。"①就文学文本创作自身而言,"自然文学的作品实际上是人类心灵与自然之魂的沟通与对话"②。看那些伟大的作品,无不是把人与自然的对话与相处凝结于文本叙述之中,这一理念已经深深扎根于大自然文学作家的内心,就像梭罗,"让自然融于自身,同时也让自身融于自然,是梭罗不同寻常的人生追求"③。

环境与生态美学提出的重要语境是人类中心主义的话语统治,其中必然有启蒙运动中理性高扬的因素。当然,我们在面对人类中心主义的话题时,不应该再纠结于"谁为主体"这类非此即彼的追问,而应该坚持整体化的思维。人是思维的主体,并不代表人是问题的主体。无论是哪一理论思潮"唱主角",都不会改变这一事实:我们是作为人类来讨论环境与自然问题,人是不可能缺席的。换言之,我们对自然问题的探讨都将转换为"人与自然的关系"这一问题域。

人类与自然之间的关系是由人们之间的关系来调整的——甚至对荒野的保护也是这样。只有通过创造真正的人的社会,在其中具体的个人需要占优先地位,人类才能发现通向自然界的真正途径。这种自然界不是原始的自然界,也不是为了满足狭隘自负的人类的目的而被剥夺的自然界。并且,这一点越来越清楚:人类作为自然界和自然界认识自身的方式的最高产物,必

---

① 潘知常:"生态问题的美学困局——关于生命美学的思考",《郑州大学学报(哲学社会科学版)》,2015年第6期。

② 程虹:《宁静无价——英美自然文学散论》,上海:上海人民出版社,2009年,第5页。

③ 程虹:《宁静无价——英美自然文学散论》,上海:上海人民出版社,2009年,第56页。

须对地球负责。这种责任的实际履行以成熟的人类社会的出现和向新生活方式的转变为前提,用主张自然主义与人道主义统一的马克思的话来说,在这种新的生活方式中,人类的生产活动是由美的规律来支配的。①

这其实是在呼吁"人"的"在场"!面对支离破碎的自然环境,我们不再讴歌人在改造自然中的巨大威力,也不再赞颂"自然的人化"过程中人所凸显出的本质力量,而更多地反思人在自然面前的行为限度。从环境伦理的视角来看,人类作为主体在自然中隐匿或消解,才能复得人的栖居之地。但是,"在消解'实体化'的'主体'之后,作为'非实体化'的'价值主体'仍然有其不可消解的存在合法性"②。

在当代批评话语中,实体化的中心是生态环境。在生态批评学者布伊尔看来,洛佩慈语词中充溢着这样的渴望:"写作和思考中更多地站在生态中心的立场,而不是代表现代人类习见的精神缺失。"③生态中心主义是在人类中心主义的语境中生成的,正像女性主义在男权中心的背景中产生一样,自然是以求异和排他的姿态建立自身的话语体系,正如布伊尔所认为的,"以生态为中心的思想更像一个散点图而非联合阵线。它的一切表达中,人类身份都没有被定义为独立自主的,而是取决于它与物质环境以及非人类生命形式的关系。共性仅限于此,此外各条道路迥异"④。说到底,无论是生态中心主义还是荒野哲学,都是在反思人类对自然环境严重践踏之后的理性召唤。我们称为"深层生态学"的理论主张其实并不能看作生态中心主义的矛盾体,至少其中所表达的是人类对自然的敬畏,人对自然的态度本身也是人论中的题中之意。这些哲学思考的另一种表达就是大自然文学。

---

① 詹姆斯·劳勒尔、赞德·奥鲁杰夫:"马克思主义、人道主义与生态学",大卫·戈伊科奇等编:《人道主义问题》,杜丽燕等译,北京:东方出版社,1997 年,第 220 页。

② 贺来:"'主体性'批判的意义及其限度",《江海学刊》2011 年第 6 期。

③ 劳伦斯·布伊尔:《环境批评的未来:环境危机与文学想象》,刘蓓译,北京:北京大学出版社,2010 年,第 109 页。

④ 劳伦斯·布伊尔:《环境批评的未来:环境危机与文学想象》,刘蓓译,北京:北京大学出版社,2010 年,第 112 页。

与此同时我们也应该看到，上述生态哲学主张中不乏极端的唯生态中心论者，而把人排除在生态场之外——至少不是以人为主体的理论言说。单从理论逻辑上来看，这些主张具有片面的合理性，却无法构成大自然文学的哲学基础。生态中心论思想中出现的主体消弭倾向实际上是对文学规律的漠视。因此，在操作层面，主体间性思想更能贴切地阐释自然文学的创作机制。文学艺术首先是主体性的集中显现，而主体间性则是生态联系的表现。大自然文学多把自然景物乃至一草一木看作灵性的存在，让本来安静的风景有了言说的可能，甚至成为叙述者。我们甚至可以说，讲自然实则是讲人。

因此，我们不太赞成荒野哲学的主张，把人排除在自然之外实际上是矫枉过正的做法。人本身应该视作自然的一部分，是内在于自然整体中的。人与自然的一体性不仅表现为人是自然的一部分，还体现在人的产生和行为都应该是与自然的运化同律的。《周易·系辞下》指出："天地氤氲，万物化醇；男女媾精，万物化生。"这万物之源就是阴阳之气，人是万物之一粟，自然也是宇宙气化的结果，如《黄帝内经》所言："人以天地之气生，四时之法成。"中国艺术精神中的核心思想"气韵生动"，成为中国绘画的重要准则，其中蕴含着自然万物的生命状态，或言之，自然世界本就是气韵生动的，而优秀的绘画作品正是契合了这一自然之韵，所以才能称其为美。

可以说，现有的生态理论资源更多的是为大自然文学提供了姿态性的价值倾向，而非具体性的理论基础。生态美学没有解决的问题在于，同样是自然，或者说荒野，并不是所有的景色都是美的，但是文学史上有影响的大自然文学作品首先应该是美的。所以，从自然美与艺术美的张力呈现中揭示大自然文学的审美机制，是建构这一文学样式之美学基础中更为紧要的工作。

二、自然美与艺术美的张力：自然文学的审美机制

自然文学与自然风景画一样，涉及自然美与艺术美之间的复杂关系。首先，众所周知，自然美和艺术美是两种完全异质的审美形态，二者的审美机制不同，却很好地融合在自然题材的艺术文本中。我们先从康德美学中寻找艺

术美和自然美的关联,康德以道德为价值诉求探讨自然美和艺术美的特征,在他那里,"艺术美和自然美都在对审美对象的研究中发现了美与道德的关联点:在前者中,我们人为地设定给对象的智性化概念,而在后者中,对象向我们展示了一种先天的智性目的"①。其中包含了艺术美与自然美的常识性差别,即艺术首先是人工制品,即使是将大自然中的风景"搬运"至文学中,也还是一种文学的想象性描绘,是"人为设定"的。

我们还是要重申上文的一个核心观点,文学中的自然书写首先应该是美的。布伊尔在《环境批评的未来》一书中对《沙乡年鉴》进行了审美的解读。除了"像山一样思考"的立场外,"结尾处则像一个真正的寓言,不是手执托盘奉上清晰道理的故事,而是一个叙事谜语,带着一系列歧义而微妙的'大概',留待听者解读和应用"②。虽然这只是对《沙乡年鉴》的一种解读,且是非主流的解读形式,但对如此典型的生态文本,我们仍然可以接受其审美维度,这是将其看作文学艺术(而非政令宣讲)的可靠模式。换言之,面对大自然文学,我们应该首先将其视为文学,而后观照自然题材的独特性。可惜,这种"通过形式阐发意义"的批评范式被多数人所抛弃。布伊尔也意识到这个问题的重要性,他指出:"召唤想象世界是所有艺术作品的关键,这个想象世界可以与现实或历史环境高度相似,也可与之大相径庭。"③揭示艺术与现实或历史环境的关系是艺术批评的题中之意,而对这一关系的艺术呈现只能是想象性的,只有立足于这一前提才能把握自然文学的一般特征(即作为艺术的审美性)和特殊性(即表现自然的复杂性)。

从审美评价的视角来看,自然美往往以艺术美为参照,所以"风景如画"这一习见的说法成为非常重要的美学命题,也成为我们思索自然文学审美机制问题的出发点。首先,所有的风景都不是自在的,而是主体的内在构造,是

---

① 周黄正蜜:"康德论美与道德的关联",《世界哲学》,2015 年第 5 期。

② 劳伦斯·布伊尔:《环境批评的未来:环境危机与文学想象》,刘蓓译,北京:北京大学出版社,2010 年,第 116—117 页。

③ 劳伦斯·布伊尔:《环境批评的未来:环境危机与文学想象》,刘蓓译,北京:北京大学出版社,2010 年,第 34 页。

一种文化的建构。更为具体地说,"有规律的自然是秀美的,野性的自然是崇高的。如画风景在两种风景范畴中都存在,能够使'想象力形成通过眼睛感觉的习惯'"①。我们对其一般的理解,也多在于艺术美鉴赏模式的辐射意义。或者说,自然美的鉴赏仍然是一种艺术美的欣赏机制。"从审美本质角度看,'如画'之风景模式是指艺术美中的自然美题材作品因其典型化,而成为引导现实中的自然美欣赏的典范。"②"如画"风景是我们欣赏自然美的一个视角,而非"风景模式",但是艺术美中的自然题材,还是艺术美而非自然美。

问题的复杂性在于,艺术美的欣赏是在艺术媒介的差异性中体现意象的独特意蕴。如中国传统艺术中有很多"竹子"的意象,但"入诗"还是"入画",会产生不同的艺术审美效果。这还是要从审美意象的认知机制入手来分析,与画体现出视觉和听觉接受的不同,现实中的自然风景更为复杂。如伯林特所言:"环境体验作为包含一切的感觉体系,包括类似于空间、质量、体积、时间、运动、色彩、光线、气味、声音、触感、运动感、模式、秩序和意义的这些要素。环境体验不一定完全是视觉的,它是综合的,包括了所有的感觉形式,它让参与者产生强烈的感知。"③伯林特的分析凸显了自然美欣赏的复杂性,他的同道卡尔松也不禁感叹:"欣赏自然被经常地同化为欣赏艺术。此种同化既是一种理论的错误,也造成一种欣赏的遗憾。"④我们还是要回到大自然文学的讨论。将自然以艺术的形式呈现出来,那么自然文学就是艺术美而非自然美的欣赏机制。因此,崇尚自然美的生态美学、环境美学等理论资源都无法为大自然文学提供直接的审美范式。我们谈大自然文学的哲学基础,实则涉及自然美与艺术美的复杂关系,更是无法摆脱审美经验问题的复杂性。虽

---

① 温迪·J. 达比:《风景与认同:英国民族与阶级地理》,张箭飞、赵红英译,南京:译林出版社,2011 年,第 53 页。

② 《美学原理》编写组:《美学原理》,北京:高等教育出版社,2015 年,第 186 页。

③ 阿诺德·伯林特:《环境美学》,张敏等译,长沙:湖南科学技术出版社,2006 年,第25 页。

④ 艾伦·卡尔松:《环境美学:自然、艺术与建筑的鉴赏》,杨平译,成都:四川人民出版社,2006 年,第 172 页。

然艺术的虚构性能够规避审美过程中的现实功利风险,但是大自然文学又有其特殊性。较之于其他叙事文本,自然书写的场景营造更多地趋于现实性,景物描写的细致程度能够轻易地将读者拉回现实生活,并引发对自然环境的唏嘘感叹。虽然我们无法就此断言自然文学的最重要特征就是非虚构性,但是我们也的确无力抹杀它自身所带有的现实感以及批评者所加之于的环境伦理诉求。实用主义美学家杜威正是在对康德"审美无利害"原则区别审美与实用的批判中论证了审美经验的丰富性,这种经验在实用的和审美的艺术中均可获得。在这一问题上,伯林特更是提出了环境审美的参与性特征。他指出:"静观理论阻碍了艺术全部力量的发挥,并误导了我们对于艺术和审美实际上如何发挥作用的理解。与此相反,介入理论是在艺术活动最突出而强烈地发生时,直接对之做出反应。"①

对于伯林特的参与模式,卡尔松提出了质疑。他更为突出自然美的独特性,在他看来,伯林特的主张会丢掉审美经验得以成立的本质性要素,继而主张"将自然作为自然的原本样子来鉴赏"。他的这一自然环境模式要求以科学认知为基础,显然是倒退到认识论的审美框架中,这样一来,我们对自然美的欣赏与生物学家或地理学家的工作很难区别开来,更与艺术美的鉴赏机制相去甚远。②

大自然文学作为大自然的艺术呈现,从根本上来说还是艺术与世界的关系问题。只是,我们不会停留在对现实反映的陈旧步调上,而试图回归英国浪漫主义诗学中的有机形式论,特别是柯尔律治,把文学的语言比作植物的生命体。不仅是植物,整个世界就是一个庞大的有机体。有机性是自然的最重要特征,而文学是一个有机形式,可以说文学世界是生态有机性的重要映照。这一点与我们上文分析的中国传统美学命题"气韵生动"形成了呼应。

---

① 阿诺德·伯林特:《艺术与介入》,李媛媛译,北京:商务印书馆,2013 年,第 64 页。

② Malcolm Budd, *The Aesthetic Appreciation of Nature*, Oxford:Oxford University Press, 2002, p.138. 并参见章辉:"马尔科姆·布迪的自然审美理论",《南京社会科学》,2016 年第 2 期。

因此,在华兹华斯身上的"巧合"并非是偶然的,他是有机形式论的倡导者,也是大自然文学的重要开创者。在大自然文学的哲学基础中,生态整体主义是非常重要的理论资源,怀特海甚至称自己的哲学为"有机论哲学"。与生态整体主义相关,布鲁克纳早在 1786 年已提出"生命网"的概念,且这一概念成为布伊尔在其名为《环境想象》的代表作中最有力量的核心意象。在他看来,"'网'所体现出的理念,使得当代生态批评猛烈抨击人类中心主义传统"①。

我们需要明确的是,阅读自然文学作品并非为了猎奇,可能文本中描绘的自然风景,在我们身边并非唾手可得,我们更多的是在文学中体验人在自然中的存在。正像我们虽能时常看到夕阳美景,却也要欣赏落日绘画一样。这或许是自然题材的艺术意象的独特魅力。

梭罗作品中的"树"是具有象征意义的符号,威廉姆斯的描绘方式则呼应了遥远的华兹华斯,"这种对树木的可见结构进行的形式主义安排,用了一种从底部到顶端的反方向描绘"②。诚如上文中伯林特所言,自然审美是包含视觉、听觉、嗅觉、触觉等多种感官的复合体验,大自然文学中的风景也就兼具声音、色彩、光线等时空维度,因此,"人们很难说清楚自然文学作家的作品究竟是如诗如画还是如歌,或者说是三者兼得"③。另外,自然文学艺术在某种程度上创造了自然美的新形态,艺术意象在很大程度上首先由艺术作品创造,然后扩泛为一种特定的审美取向。如有学者提出疑问:在朱自清之前,为什么有"荷塘月色"却没有"荷塘月色的美"?④

以文学的方式看待自然文学,而不是将其作为生态伦理的宣言书,是本文反复强调的主题,这一立意源于文学自身的创造性。"在叙事中,至高无上

---

① Lawrence Buell, *The Environmental Imagination*: *Thoreau*, *Nature Writing*, *and the Formation of American Culture*, Cambridge: Harvard University Press, 1995, p. 285.

② 劳伦斯·布伊尔:《环境批评的未来:环境危机与文学想象》,刘蓓译,北京:北京大学出版社,2010 年,第 43 页。

③ 程虹:《宁静无价——英美自然文学散论》,上海:上海人民出版社,2009 年,第 8 页。

④ 潘知常:"生态问题的美学困局——关于生命美学的思考",《郑州大学学报(哲学社会科学版)》,2015 年第 6 期。

的环境诗学恐怕要算这样的创作:它所展现的东西丝毫不亚于对整个世界的创造。"①因此,布伊尔把自然文学看作一种对环境的想象。从某种意义上说,大自然文学有分享文学艺术的自足性特征;然而,自然文学作家和批评家都希望在文学文本中寄寓或读出什么,环保理念、心灵栖息等等。事实是,就大自然文学自身而言,我们应该说些什么,或者说,大自然文学是如何以文学的方式表达这些伦理诉求和表现这些万物存在的。只要我们在谈自然审美而不是自然本身,就应该放在美学的框架中,而不是时刻准备着将其变为一种伦理姿态或政治话语,并且,"对自然的感性形式特征的尊重,要求排除自然审美活动中功利因素的干扰,并不一定与对自然本身的尊重和伦理关怀相矛盾"②。自然美尚且如此,更何况自然文学作为艺术美的存在呢?

三、自然文学与当代美学的突围

当代美学出现了两种差别很大的研究趋向:一是美学研究的艺术理论化;二是对环境美学和生活美学的热衷。其实,这两大趋向的出现都是与艺术有关联的,前者的艺术观念属性自不待言,但也有背离美学的危险;后者却是对黑格尔以来美学的艺术哲学化传统的反拨。后现代美学把理论的目光聚焦于生活实践,"生活全美"的观念背后也埋藏着消弭自身的危机。特别是环境美学、生活美学大行其道的今天,倡导审美与生活实践的结合被看作美学"突围"的契机,然而矫枉过正,其中对艺术的遮蔽也导致审美与艺术之间的疏离。单就环境美学而言,其所关联的问题域已经部分地偏离了美本身。"环境和生态美学所要回答的,不是对生态本身的关注,不是号召我们参加生态保护活动,也不是研究具体生态问题的途径;所有这些工作,都是很重要

---

① 劳伦斯·布伊尔:《环境批评的未来:环境危机与文学想象》,刘蓓译,北京:北京大学出版社,2010年,第63页。

② 毛宣国:"伯林特对康德'审美无利害'理论批判辨析",《郑州大学学报(哲学社会科学版)》,2015年第6期。

的，但这不能构成美学的独特性。对环境和生态问题的关注，并不能带来一种有关美学的研究。"①美学的独特性是建立在感性与想象力的基础上的，而以实践理性为前提的环境伦理，自然无法带来美学意义上的理论变革。换言之，环境伦理的价值诉求需要以艺术想象来实现。因此，从某种意义上说，对大自然文学的理论探求可以部分地帮助当代美学研究实现突围，因为它是以艺术想象的方式表达环境伦理的价值诉求。另外，当代美学的讨论中有不少对审美重归感性的思考，而包括身体美学在内的诸多新潮美学流派也把感性问题作为审美活动的重要起点。生态与艺术的结合，是美学作为感性学复归的重要路径，其中包含着上述自然与艺术审美机制的逻辑联系，也昭示着美学重建的契机。

当代美学的建构不会简单地延续美学史上审美问题域的转换逻辑，既不会重复"美本身"的本体性追问，也无意把黑格尔的艺术哲学传统发扬光大；而应该立足当下人类审美实践，并体现这一学科领域的人文关切。换言之，美学研究的时代创新应该体现在生态文明的致思语境中。生态文明是在反思、检讨工业文明弊病的基础上形成的人类存在形态，这一文明突出了自然优先甚至自然崇拜的特征，但不是基于"敬天寿命"的神秘自然论基础，而是在充分认知自然力量之后的回归，但是这并非向渔猎文明、农耕文明的简单回归，而是抛弃人类中心主义、寻求人与自然和谐共生的复归状态。②因此，作为工业文明产物的生态文明，自然也不可能以否定前者来"另立门户"，它本身也需以工业文明的科技手段为依托，强调"可持续发展"的社会发展理念。以此而论，文学意义上的"回归自然""复归荒野"也只是艺术想象的姿态表达，其中必然带有人的审美理念与思想足迹。从这个意义上来说，中国当代环境美学中所提出的"生态文明审美观"实则是个伪命题。③为什么这么说呢？首先我们必须承认的是，生态文明不是一个美学或艺术的概念，它应该是一

① 高建平："美学的超越与回归"，《上海大学学报（社会科学版）》，2014 年第 1 期。
② 陈望衡："再论环境美学的当代使命"，《学术月刊》，2015 年第 11 期。
③ 陈望衡："再论环境美学的当代使命"，《学术月刊》，2015 年第 11 期。

个社会文化甚至是政治的理念,而审美的话题虽然在一定的时代语境中加以言说,具体到审美形态意义上的自然却很难说具有生态文明框架下的特定性。比如中国古代的山水"畅神"审美观,不能说是生态文明的语境生成。这正应和我们在前文中所提出的,自然主题的艺术生产机制首先符合艺术审美的一般性质,在此基础上我们才能挖掘作品的生态诉求与时代意义。因此,一方面我们应该关注当代自然文学创作的时代语境,另一方面我们也不宜过多地强调这一艺术样式的环境伦理维度,而应该将其放入文学审美的自身框架,把握它独特的美学蕴含。通过对文学自身的本体性探究,彰显人类对自身生存环境的情感关切与价值诉求。这是"通过形式阐发意义"的解读模式,更是对大自然文学的美学思考。

总之,文学艺术的探讨总离不开一个"人"字,然而就大自然文学来说,其在审美地表现人与自然之间的关系问题上更为复杂。大自然文学文本可以看作"人与自然审美性存在"的图景想象,其中关涉到的哲学话题为我们解读文学提供了学理基础与批评范式。正是其题材的独特性,大自然文学本身也为美学与文学理论创生了新的理论视角与理论命题。但是以审美(而非道德)的视角观照大自然文学,以此揭示"人与自然审美性存在"的诗意,才可能是大自然文学批评的正途,也是本文的立意所在。

发表于《西南民族大学学报(人文社科版)》2017 年第 2 期

谈文史研究方法的多种角度

——以姜夔《淡黄柳》(空城晓角)词之"小桥宅"读解为例

郝敬

姜夔作为我国文学史上一位重要的作家,取得了非凡的文学成就,特别是他的词曲,历来被人们称颂。其词集有众多的选本刊刻,后世以其为学者也为数颇众。对姜夔词作的研究,有陈思《白石道人歌曲疏证》及吴徵铸《白石词小笺》等重要著作。夏承焘先生编著的《姜白石词编年笺校》更是吸收了前人研究的精华,以丰富的内容、翔实的考证,成为研究姜词的重要著作。其中的"行实考"专门辟出《合肥词事》一节,对后来者最有启迪。

但是,对于姜夔《淡黄柳》一词中的"小桥宅"句,历来研究者的意见不一。夏承焘先生等学者认为"小桥宅"指"合肥词事"中弹筝之妹所居,"桥"为姊妹姓氏;郑文焯先生则认为是"赤阑桥"姜夔客居处,"桥"为"赤阑桥",但语焉不详。究竟两种观点谁是谁非?值得进一步探讨。

一

夏承焘先生在其《姜白石词编年笺校》中《〈淡黄柳〉笺》一节,提出了以"桥"为"乔"的姓氏观点:

　　1."赤阑桥"条:诗集下:《送范仲讷往合肥》其一云:"我家曾住赤阑桥,邻里相过不寂寥。君若到时秋已半,西风门巷柳萧萧。"

　　2."小桥宅"条:郑文焯校:"'桥'陆本作'乔',非是。此所谓'小桥'者,即题序所云'赤阑桥之西'客居处也,故云'小桥宅',若作'小乔',则

不得其解已。《绝妙好词》亦作'桥',可证。"案:郑说非;《解连环》亦有
"大乔""小乔"句,张本正作"桥"。《三国志·周瑜传》,大小桥皆从
"木"。乔姓本作"桥",见戴埴《鼠璞》"姓从人省"条,及庄季裕《鸡肋编》
(下)"朱希亮与乔世贤相谑"条。宋翔凤《过庭录》(十二)亦谓《三国志》
桥公、大小桥之"桥"不当作"乔"。是姜词作"桥"不误也。且词云"强携
酒,小桥宅",其非自己寓居之赤阑桥甚明。此小桥盖谓合肥情侣也。①

夏承焘先生注意到了姜夔诗《送范仲讷往合肥》中的"赤阑桥"本文,但并
不认同"小桥宅"的"桥"为"赤阑桥",而且进行了细致的分析,指出"桥"实为
"乔"姓,并认为姜夔客居在赤阑桥之西,当然不可能自己"强携酒"到自己的
寓所去,所以这里的"小桥宅",在夏承焘先生看来显然另有所指。大多数学
者都赞同夏承焘的观点。如缪钺先生在鉴赏姜夔《送范仲讷往合肥三首》的
文章中,表达了相似的观点。他认为:

> 姜夔《淡黄柳》词题序中曾说:"客居合肥南城赤阑桥之西,巷陌凄
> 凉,与江左异,惟柳色夹道,依依可怜。"可与诗中"我家曾住赤阑桥"句相
> 印证。至于诗中"邻里相过不寂寥"的"邻里",可能包括歌女姊妹。姜夔
> 《淡黄柳》词云:"正岑寂,明朝又寒食。强携酒,小桥宅。"即写与歌女往
> 来情事。所谓"小桥宅",并非谓小桥边之宅,"小桥"是借用三国时东吴
> 美人之名以指其钟情之歌女。夏承焘氏笺释:"《三国志·周瑜传》,大小
> 桥皆从木,乔姓本作'桥'。"这个意见是对的。(姜夔《解连环》词:"为大
> 乔能拨春风,小乔妙移筝,雁啼秋水。"也是以大小乔喻歌女姊妹。)②

---

① 夏承焘笺校:《姜白石词编年笺校》(原中华书局上海编辑所版),上海:上海古籍出
版社,1981年,第35—36页。

② 引自缪钺、霍松林、周振甫、吴调公等撰写:《宋诗鉴赏辞典》,上海:上海辞书出版
社,1987年,第1199页。

沈祖棻先生在解析这首词作时，持有相似观点。她认为：

> 郑文焯校本谓"乔"当作"桥"，云："此所谓'小桥'者，即题序所云'赤阑桥之西'客居处也，故云'小桥宅'，若作'小乔'，则不得其解已。"按，乔姓本作桥，后人改之，学者已有考证。此词作"乔"或"桥"，均不误。白石曲中所识，实有姊妹二人。故其《解连环》云："为大乔能拨春风，小乔妙移筝，雁啼秋水。"又《琵琶仙》云："双桨来时，有人似旧曲桃根桃叶。"此小乔，亦即桃根也。郑说不独拘泥，且与上文"强携酒"意不连贯，既客居"赤阑桥之西"矣，又何自而携酒至桥西己宅耶？真令人"不得其解"也。①

这种观点在词学界影响广泛，众多学者都持此论。如周啸天先生对《淡黄柳》一词的鉴赏文章②、许有为先生的《客梦常在江淮间——读白石道人〈淡黄柳〉》一文③、姜海峰先生的《文苑问讯赤阑桥——姜夔诗词地名疏考》④等等，甚至在此观点基础上提出赤阑桥非专名而是通名，即红色栏杆的桥。

郑文焯先生对此有不同看法，提出了以"桥"为"赤阑桥"的地理位置观点。他在校本《白石道人歌曲》中认为："陆本作'乔'，非是。此所谓'小桥'者，即题序所云赤阑桥之西客居处也。故云'小桥宅'，若作'小乔'，则不得其解已。《绝妙好词》亦作'桥'，可证。"⑤郑文焯先生的解读简洁明了，唯语焉不详，无有力证据说明。

综上，支持姓氏观点的学者，提出了三个方面的论据，以"桥"为"乔"，"小桥"乃代指合肥情侣。论据如下：

---

① 沈祖棻：《宋词赏析》，西安：陕西师范大学出版社，2005年，第232—233页。
② 唐圭璋：《唐宋词鉴赏词典》，上海：上海辞书出版社，1988年，第1752页。
③ 许有为："客梦常在江淮间：读白石道人《淡黄柳》"，《安徽文化报》，1980年5月19日。
④ 姜海峰：《姜夔与合肥》，香港：香港天马图书有限公司，2002年，第52页。
⑤ 陈柱编：《白石道人词笺平》（卷六），上海：商务印书馆，1930年，第103页。

1. 不同的版本(如张奕枢本)有将"乔"作"桥"者(如《解连环》中"大乔""小乔"句),故亦可将"桥"作"乔"解(如陆钟辉本)。

2.《三国志·周瑜传》等典籍中"乔"姓本作"桥"。

3. 认为"强携酒"回自己寓居之宅,于文义不通。

那么,用这三条论据来解读"小桥宅",是否完全合适,笔者以为还有待商榷。

二

对中国传统文学作品的最佳解读,回归作品文本和贴近创作的原初状态是最适合的方法。要完全理解诸如"小桥宅"这一类的文学作品的精要之处,遵循与发扬传统文史研究方法是上乘之道。笔者即以此例,略作阐述。

1. "小桥宅"文本的细读,发现问题的题眼。

《淡黄柳》(空城晓角)是姜夔自制曲中的名篇,此篇据夏承焘先生考证约作于光宗绍熙元年(公元1190年)初春,此时姜夔正客居合肥。

淡黄柳

客居合肥南城赤阑桥以西,巷陌凄凉,与江左异。唯柳色夹道,依依可怜,因度此阕,以抒客怀。

空城晓角,吹入垂杨陌。马上单衣寒恻恻。看尽鹅黄嫩绿,都是江南旧相识。

正岑寂,明朝又寒食。强携酒,小桥宅。怕梨花落尽成秋色,燕燕飞来,问春何在? 惟有池塘自碧。①

此篇词作提供了几处对于读解"赤阑桥"非常重要的信息。首先,词前的小序中明确指出,"客居合肥南城赤阑桥以西",这就点明了赤阑桥的地理位

---

① 姜夔著,夏承焘校辑:《白石诗词集》,北京:人民文学出版社,1959年,第126页。

置,在合肥城的南部,并且对"客居"的住所位置具体到"赤阑桥以西"。仅以此信息,读词作文本"小桥宅"句,将"小桥"解释为"赤阑桥",也是情理可通的。但既然有学者提出不同观点,笔者也认为必须对"小桥宅"做深入论证。这就需要关注词作文本中的另外两处隐含的地理位置信息,其一为"小桥宅"的"小"字,另一为"惟有池塘自碧"的"池塘"。这两处文字提供的信息往往被学者的研究所忽视。下文将有论述。

这首词作的下片,在"小桥宅"一句上,出现了"强携酒",即为持姓氏观点的第三条论据,以为如果把"小桥宅"作为姜夔客居"赤阑桥"旁的居所,则文义不通。笔者以为这并没有特殊的意义。因为时值"寒食",诗人心绪寥寥,"正岑寂",本无意绪而勉强邀游。纵然想以酒稍解孤宅落寞之苦,但"携酒"之"强",只能醉不成欢,如此的伤春情怀,也正体现了姜夔词作"清空"的文学特征。此句的情感表达在于"强",而非"小桥宅"。因此,上述第三条论据的运用并不牢靠。

2. 以诗证词,不同文体呈现出的文学背景。

姜夔写有诗歌《送范仲讷往合肥三首》,这篇作品创作时间不详,据夏承焘先生考证,大抵应作于姜夔离开合肥后,即光宗绍熙二年(公元 1191年)后。

送范仲讷往合肥三首

我家曾住赤阑桥,邻里相过不寂寥。君若到时秋已半,西风门巷柳萧萧。(其一)

小帘灯火屡题诗,回首青山失后期。未老刘郎定重到,烦君说与故人知。(其三)[①]

这首诗作提供的信息也是很重要的。"我家曾住赤阑桥",十分清晰地表明了白石将"赤阑桥"作为自己客居合肥的住宅的象征符号,而"曾"字与"小

---

① 姜夔著,夏承焘校辑:《白石诗词集》,北京:人民文学出版社,1959 年,第 49 页。

帘灯火屡题诗"的"屡"字,则说明姜夔住在此处留下了深刻的印象,所以在诗歌中直接以"赤阑桥"作为客宅的代指。

第一首云"邻里相过不寂寥","邻里"谓谁?是否就是姜夔心仪之合肥姊妹?这需要通过对第三首诗的解读来获取相关信息。"小帘灯火",在中国传统诗词中往往用作女性描写的意象,"未老刘郎",则正是诗人自己的代指。虽然相见已"失后期",但诗人仍然有着"定重到"的信念。这近乎自述心声的描写,完全可以推测出,所谓"故人""邻里",正是那一对姊妹。这种推测,我们还可以从另一首词作《解连环》(玉鞭重倚)中得到佐证。词云"问后约、空指蔷薇,算如此溪山,甚时重至",几乎是第三首诗的再次书写,又一次言为心声,抒发作者的思念情感。

既然肯定"邻里"为合肥姊妹,则与姜夔客居处当不远,应该都在"赤阑桥"的周围。那么,如果"小桥宅"指的是姊妹所居之处,也并无不当。则姓氏观点的第三条论据不攻自破。

3.以词证词,相同文体对同一题眼的处理。

《解连环》(玉鞭重倚)无序,但与《浣溪沙》(钗燕笼云)一篇仿佛,应为同时的惜别词作。据夏承焘先生考证,约为光宗绍熙二年(公元1191年)正月二十四日后不久的旅途中所作。

解连环

玉鞭重倚,却沉吟未上,又萦离思。为大乔能拨春风,小乔妙移筝,雁啼秋水。柳怯云松,更何必、十分梳洗。道"郎携羽扇,那日隔帘,半面曾记"。

西窗夜凉雨霁,叹幽欢未足,何事轻弃!问后约、空指蔷薇,算如此溪山,甚时重至?水驿灯昏,又见在、曲屏近底。念唯有夜来皓月,照伊自睡。[①]

---

① 姜夔著,夏承焘校辑:《白石诗词集》,北京:人民文学出版社,1959年,第119页。

这篇词作并未直接提到"赤阑桥"或"小桥宅"，只是诸多研究者在旁证"桥"即为"乔"时，大多援引此例。"为大乔能拨春风，小乔妙移筝"，这指的即是姜夔心有所属的合肥姐妹。究竟该如何解读这个"乔"字呢？此"乔"是否就是彼"桥"？笔者以为要进行同比类读。

通读姜夔与合肥情事有关的词作，我们发现，姜夔一般在作品中描绘合肥女子，往往是姊妹并提，如《解连环》云"大乔能拨春风，小乔妙移筝，雁啼秋水"，又如《踏莎行》云"燕燕轻盈，莺莺娇软"①，又如《琵琶仙》云"双桨来时，有人似旧曲桃根桃叶"②。极少单指姊妹中的某一个，尤其是不曾单指弹筝的妹妹。如果按照支持姓氏观点来判读，将"桥"作"乔"解，那么，在《淡黄柳》中，姜夔为何不提"大乔宅"，却偏偏单提"小乔宅"呢？这并不符合姜夔诗词中对合肥姐妹情感抒发的实际反映。因此，结合姜夔词作的行文规律，笔者以为，"小桥宅"中"桥"字的姓氏意义，并不如诸位学者所论。其所举《解连环》"大乔""小乔"例，亦不能确证姜夔词作中"乔""桥"之通。姓氏观点的第二条论据，从这个角度分析，并不完全适用。

同理，对于姓氏观点的第一条论据，我们也可从这个角度加以推导。如果这个论据是成立的，为何在众多的姜夔集子版本中，《解连环》"大乔能拨春风，小乔妙移筝，雁啼秋水"的"乔"字，无一例外都是用"乔"字，而没有用"桥"字？反过来看，《淡黄柳》中的"小桥宅"，大部分版本却十分明确地用"桥"字，而非"乔"字。因此，用不同的版本来说明此处"乔""桥"互解，其实并不可靠。因此，两条论据实出一辙，这论据本身所体现的地理位置意义，显然要远远大于姓氏意义。

4.以史证文，运用各种史料来辅助文本解读。

中国传统文学作品中，经常有优秀的作品可以佐证史阙，这也是传统学术研究中文史不分的重要特色。其实，我们也可以利用一些史料，来弥补我们阅读文学作品中遇到难解之处的缺憾。联系本例，问题的解决就不能回避

---

① 姜夔著，夏承焘校辑：《白石诗词集》，北京：人民文学出版社，1959年，第101页。

② 姜夔著，夏承焘校辑：《白石诗词集》，北京：人民文学出版社，1959年，第115页。

对"赤阑桥"特点的准确把握。那么,姜夔笔下的"赤阑桥"究竟如何呢?因沧海桑田,历史变迁,赤阑桥原址很早就湮没无踪,已经无法考证实地所在,各种方志如明朝万历年间《庐州府志》等,皆不能定语。《嘉庆合肥县志》卷十四古迹志:"赤阑桥,在城南。赵宋姜夔流寓处,见姜集。今无考。"①其实,通过相关文本及史籍,还是可以间接考察其大概位置。

首先得考察合肥的一些相关历史。合肥又称庐州。南宋建炎元年(公元1127年),改淮南西路治庐州。绍兴七年(公元1137年),淮西将郦琼以庐州叛降刘豫伪齐。绍兴十一年(公元1141年),为杨沂中收复。乾道五年(公元1169年),淮西路复治庐州。就在这一年,淮南西路元帅郭振屯驻合肥,为防御金兵侵袭合肥,筑斗梁城。斗梁城"横截旧城(笔者注,即唐城)之半",地跨金斗河北,使金斗河横贯城中,基本形成今合肥古城的初貌。而此城池地貌直至20世纪50年代初拆除城墙,填埋城内河道时,一直未有大变动。金斗河入城,促进了合肥城市的繁荣。嘉庆《庐州府志》卷三"山川下"引田实发《金斗河议》载:"自河入城之后,而民间之利甚溥矣。谷粒之出入,竹木之栖泊,舟船经抵县桥或至郡邑署后。百货骈集,千樯鳞次,两岸悉列货肆,商贾喧阗。因其地气疏通,人心愉畅,而官长之超擢者,缙绅之显达者,甲乙榜之多,土风之厚,民俗之醇,甲于他郡。"②姜夔曾几度来过合肥。从他的诗词中可以看出,一次是孝宗淳熙三年(公元1176年),一次是淳熙十三年(公元1186年),这十年间,"客居"合肥。绍熙二年(公元1191年)后,词人离开合肥。因此,词人所"客居"的合肥城,应该是郭振拓城后的合肥城。

其次,"赤阑桥"究竟位于何处?"小桥宅"又位于何处?《嘉庆合肥县志》卷一载,合肥城池南北大约七华里,东西大约八华里。城内水系概为四道,其中南城范围有九曲水。《县志》卷四又详细介绍了九曲水及周边地区的相关情况。"九曲水,无源,在德胜门内,汇城西诸水",从谢家池"东过迥龙

---

① 左辅纂修:《嘉庆合肥县志》,合肥:黄山书社,2006年,第181页。

② 孙星衍等纂,张祥云修:《嘉庆庐州府志》(嘉庆八年刻本),引《中国地方志集成》工作委员会:《中国地方志集成》,南京:江苏古籍出版社,1998年,第55页。

桥、永乐桥、会仙桥、聚仙桥，北折过升仙桥、洛水桥、和平桥、指挥桥，至藏舟浦入金斗河"①，长约七华里。按嘉庆八年（公元 1803 年）《合肥县传郭城图》所绘，洄龙桥南二三百米为德胜门，西有赵家塘、龚家塘，永乐桥南数百米有梁家池，为古池，明初有"蛟自池出，入金斗河"②的传说。会仙桥、聚仙桥南有月潭庵，旧志谓"唐建"，据常理，月潭庵既然名为"月潭"，则附近原先也应有水潭。升仙桥东行数百米有曹魏洗马塘，东南有七星塘，升仙桥处有胡大塘，会仙桥南有牛角塘，会仙桥西有七桂塘。可见升仙桥、聚仙桥、会仙桥一带的合肥南城区域，桥梁密集，池塘星罗棋布。那么，联系到上文所谈姜夔《淡黄柳》词序中所称"客居合肥南城赤阑桥以西"，以及词中"问春何在？惟有池塘自碧"，不难得出赤阑桥所在位置的地理坐标，应在会仙桥至升仙桥约二百米一带地方，"小桥宅"大约在聚仙桥附近或上游。为什么做出这样的推断，由于"九曲水，无源"，实为谢家池溢出之水所汇而成，河面按常理应该不宽，那么，在此处架桥，正为"小桥"。如此看来，"小桥宅"可为实写南城地貌。此外，《县志》与《郭城图》记载，附近诸多池塘春水，恰好又反证了《淡黄柳》中"问春何在？惟有池塘自碧"一句。这与前文所提到《淡黄柳》一词中隐含的两处地理位置信息正好契合。而这也是诸多学者在解读姜夔《淡黄柳》时，经常忽略的两个重要信息。

三

通过以上的分析与考察，可以得出《淡黄柳》一词"小桥宅"的解读：

1．"小桥"即为"赤阑桥"；

2．"小桥"并非"小乔"代指，更不能确指为合肥姊妹中之一人；

---

① 孙星衍等纂，张祥云修：《嘉庆庐州府志》（嘉庆八年刻本），引《中国地方志集成》工作委员会：《中国地方志集成》，南京：江苏古籍出版社，1998 年，第 68 页。

② 孙星衍等纂，张祥云修：《嘉庆庐州府志》（嘉庆八年刻本），引《中国地方志集成》工作委员会：《中国地方志集成》，南京：江苏古籍出版社，1998 年，第 186 页。

3.“小桥宅”可以指姜夔客居处,亦可指合肥姊妹所居处。

周济《宋四家词选·序论》提到姜夔时,说他“小序甚可观”①。其实就其文本来说,亦能提供很多当时的背景资料。笔者以为应将几篇作品互为解读,并佐以相关史料,才能最大限度复现当时情况。“赤阑桥”是否就是“小桥宅”中的“小桥”,对于研究姜夔“合肥词事”,其实并无大碍。只是由于姜夔行文善“隔”,容易造成研究者如王国维所言“无一语道著”②的误解。文学作品的真正价值在于情感的抒发,以及读者阅读时获取的审美愉悦。“赤阑桥”旁的“小桥宅”散发出一种文学魅力,合肥姊妹的“小桥宅”也散发出一种文学魅力,姜白石的“小桥宅”更散发出一种文学魅力,这全在于读者自身不同的解读与认知。也正是这种“实”“虚”交错的不同,成为文学经久不衰的永恒之处。

发表于《安徽农业大学学报(社会科学版)》2017年03期

---

① 周济:《宋四家词选》,上海:古典文学出版社,1958年,第3页。
② 王国维:《人间词话》,上海:上海古籍出版社,1998年,第9页。

克沃尔论生态危机的根源与本质

——基于《自然之敌》的文本解读①

张才国　王艳

伴随经济的迅猛发展与全球化的强势展开,当今生态危机日益严重并开始向全球蔓延。生态危机已经严重影响到人类的日常生活和社会的全面发展,因此生态危机的研究与解决被提上日益紧迫与重要的日程,如何正确处理人与自然的关系也成为世界各国共同关心的问题。在各种研究与解决方案中,生态社会主义理论越来越得到人们的关注。约尔·克沃尔就是著名的生态社会主义思想家之一,他花了很大精力去研究生态危机与生态社会主义,他的成果为我们提供了一个独特的视角去理解生态危机与生态社会主义。对他的相关理论进行研究,有助于我们进一步理解生态危机的本质并借鉴他对关于生态危机出路的思想研究成果,为生态危机的治理指明方向。

一、生态危机的轮廓与镜像

生态危机总体上是指由于人类不合理的生活方式和生产行为,如肆意浪费水资源、不断扩大化的工业生产等,而严重超出生态系统能够负荷的极限,最终导致生态系统自有平衡被打破,从而危及人类生存、社会发展的一种现

① 本文系国家社科基金项目"克沃尔生态社会主义思想研究"(13BKS069)和合肥工业大学马克思主义理论研究专项"生态马克思主义的理论谱系及其原理意义研析"(JS2017HGXJ0144)的阶段性成果,同时本研究受到安徽大学大自然文学协同创新中心资助。

象。在人类技术不发达的社会里，虽然那时的人类也对自然采取一定的行动，如开垦荒地、使用水资源、砍伐森林等，但由于人口总数的稀少、需求量的适中，所以生产的需求量是远在自然的承受范围内的。人类从自然中攫取生存与发展的物质资源，自然在人类的行为中缓慢进化，人类与自然和谐共生，相辅相成，构成一幅共同前进的美好画面。然而自然的发展演变是一种迟缓的过程，它难以跟上作为高级动物的人类的步伐。随着人口数量的急速增加及科学技术的迅猛发展，人类对物质产品的需求量直线上升，于是人类肆意掠夺自然资源的时代便开启了。

生态系统内部的复杂性和联系性直接决定了生态危机一旦形成，在较短时间内是很难消除和恢复的。许多类型的生态破坏则是根本无法解决的，如淡水资源的骤减，濒危物种的灭绝。而且更严重的是，生态危机呈现愈演愈烈的态势。以世界上最大的热带雨林区亚马孙平原为例，亚马孙平原位于南美洲北部，占地球上热带雨林总面积的一半，达650多万平方千米，是世界上面积最大的冲积平原，其中有480万平方千米在巴西境内。那里自然资源丰富，物种繁多，生态系统纷繁复杂，生物多样性保存较为完好，一度被称为"生物科学家的天堂"。人类从16世纪开始砍伐亚马孙平原的森林。1970年，巴西政府做出开发亚马孙地区的政策，旨在缓解该国东北部地区的贫困问题，这一方案的直接后果是亚马孙地区每年约8万平方千米的原始森林被人工破坏。1970—1975年该地区的森林被毁掉了11万多平方千米，巴西的森林面积同400年前相比，整整缩减一半，致使出现严重的水土流失。与此同时，巴西东北部一些原本旨在脱贫的地区却因为大片森林的消失而变成巴西最干旱、最贫困的地方。再以美国为例，伴随着工业革命的开展，美国工业经济得到突飞猛进的增长，工业总产值逐渐超过农业总产值，电话、收音机、冰箱、空调等科技产品相继诞生，它们极大地丰富了美国人民的日常生活。但人们在享受工业革命带来的便利的同时，也承受着生态破坏带来的恶果——水污染、化学污染、核污染、空气污染、噪音污染等层出不穷。虽然几十年后的今天，美国通过一系列的努力而使环境得到一定程度的改善，但纵使万般付出也难以重现昔日之美好。

事物之间是普遍联系的,整个世界处于一张相互衔接、相互影响的关系网中。在经济发达、科技进步、社会分工明确的大背景下,全球化的氛围将整个世界及人类包含在它的影响范围内。全球化的侵染作用不仅体现在各国的政治、社会、经济、文化等领域,而且也体现在生态领域。严格意义上说,一个国家的生态危机就是一场全球性的生态危机。中国北京的沙尘暴能够通过高速气流的裹挟到达美国的部分地区,对那里的环境造成污染并危害着人们的身体健康。这是一种蝴蝶效应般的关系现象,虽然难以想象,但它的的确确发生了。

二、资本的求利反生态本性

当人们还沉浸在社会进步、经济发达的美梦里享受物质成果的时候,克沃尔认为生态危机已经处于一种不可调和、亟须人类挺身而出去解决的境地了。"千禧年转折附近的一段时间里,我们正在经历的生态危机达到了一个阶段,即逃离环境毁灭的难民数量已经超过由战争造成的难民数量。根据1999年红十字会世界灾难报告——那一年是'自然灾难'有记录以来最严重的一年——2500万人民(总难民人数的58%)因为干旱、洪水、森林缩减和土壤退化而迁移。"[1]

克沃尔认为资本的本性是追求利润,为此它需要不断地扩张,无休止地在每一轮经济循环中增长,因此每一单元的资本肯定会如俗语所说,面临"增长或死亡"的命运,并且每一个资本家肯定经常性地寻求扩展市场和利润,否则他会丢失在等级制度中的位置。资本的求利本性决定其反生态的本性,因为资本增长的前提是促进生产,而促进生产就必须从自然中攫取更多的资源和能源,然而自然中的许多资源和能源都是经过长年的积累、进化而来的,例如煤和石油,它们根本无法满足生产的需要。资源和能源的短缺反过来又制

---

① Joel Kovel, *The Enemy of Nature——the End of Capitalism or the End of the World*, London & New York: Zed Books, 2007, p. 13.

约了生产的发展,阻碍了资本的增长。因而,资本与生态之间的矛盾是无法避免的。

克沃尔用一个非常特殊的生态灾难事件来说明资本的求利反生态本性,即著名的博帕尔事件。1984年12月4日,印度博帕尔一家生产杀虫剂的跨国公司的工厂发生了毒气泄漏事件,泄漏了将近46.3吨异氰酸甲酯。这家工厂由美国联合碳化物公司经营。毒气泄漏发生在半夜,因此居住在博帕尔附近的大多数居民都在沉睡当中。克沃尔改用一些数字来表达,因为数字的表达能使概念量化,往往比文字的表达更为具体而清晰:"现场造成8000多人死亡,还不包括后来因此死亡的人数;大约500000人受伤,差不多有50000—70000人终生受害;在过去的15年里,每个月还有10—15人相继死去。"[1]这一事件使博帕尔整个城市几乎沦为废墟,更为严重的是毒物开始进入环境中。这是历史上最为严重的工业事故,博帕尔已经成为人类由于工业所造成的灾难的代名词以及生态危机的象征。对于灾难原因,克沃尔没有采纳联合碳化物公司草率给出的解释——某位工人的疏忽职守——而是进行了深入的分析,因为克沃尔认为理解博帕尔事件的原因有助于理解生态危机的原因,在某种意义上这不是因为博帕尔事件造成许多可怕的事故,而是因为博帕尔这样等级的事件集中了生态危机的所有因素。

首先,美国联合碳化物公司是直接责任者。博帕尔事件发生后,联合碳化物公司不是第一时间站出来解释原因,而是将责任完全推给某位工人:"有证据表明博帕尔工厂的一个雇员谨慎地将水引进异氰酸甲酯的储槽中,结果产生大量的有毒气体。"[2]这简直是无稽之谈。联合碳化物公司建立工厂是出于自己的目的,在哪里建、什么时候建都是它自己的事。虽然说实际上造成异氰酸甲酯出现在博帕尔的是一大批劳动者、建筑师、供应商等,但他们其中

---

① Joel Kovel, *The Enemy of Nature——the End of Capitalism or the End of the World*, London & New York: Zed Books, 2007, p. 28.

② Joel Kovel, *The Enemy of Nature——the End of Capitalism or the End of the World*, London & New York: Zed Books, 2007, p. 31.

的大部分都与联合碳化物公司没有直接联系,只是由转包商聘任的,不能说是这些工人建立了工厂,他们只是参与了建设与发展,最终还是听命于美国联合碳化物公司的安排与规定。克沃尔进一步指出,工人等可能是博帕尔工厂的机械性原因,而联合碳化物公司是最直接的原因。联合碳化物公司作为一个机构,它有能力组织并很好地结合工厂生产所需要的所有因素,而且工厂一旦建立起来,就有生产、分配、商品销售等活动,其中包括作为媒介物的异氰酸甲酯。因此,当工厂因异氰酸甲酯而出现灾难时,联合碳化物公司就必须对此负责。

其次,印度政府——间接帮凶。美国联合碳化物公司将工厂设立在印度,不是那么好心地为了拉动印度经济的增长,而是看中印度丰富的自然资源和廉价的劳动力,对此,印度政府心里是十分明白的,也知晓工厂的引入将给印度生态带来前所未有的破坏。但在经济发展与生态破坏之间,印度政府还是选择了前者。联合碳化物公司将工厂设立在民众居住区,当地政府催促该公司将工厂迁到位于远离民众居住区的工业区,但它以成本太高为由而拒绝了,当地政府也就没有进一步的行动了。当地政府甚至没有工具来检测工厂附近的空气污染。博帕尔事件发生后,印度政府最终竟然没有深究联合碳化物公司的责任,"每一天印度政府都在往回走并且同意不再对联合碳化物公司做任何进一步的起诉"①。印度政府听之任之的行为助长了联合碳化物公司的气焰,使得它在印度更加猖狂地发展。

再次,资本——根本原因。美国联合碳化物公司在印度设立工厂的根本目的是追求利润,实现资本的快速增长。因此,这就要求博帕尔的工厂能够最大限度地降低成本。成本的降低通常意味着更加放松的质量控制和更加松散的安全防范。"管道泄漏了?员工们被告知不要更换它。只要修补一下就好了。制造异氰酸甲酯的工人需要更多的培训吗?没有经过过多培训的

---

① Joel Kovel, *The Enemy of Nature——the End of Capitalism or the End of the World*, London & New York: Zed Books, 2007, p. 37.

他们也可以工作(包括极少人能够阅读英文版的使用说明书)"①。另外，"1984年底,参与异氰酸甲酯工作的操作员仅有6名,而不是原来的12名。监督部门的人数也下降了一半,而且夜班时也没有维修管理员。因此指示器的读数变成每两小时检查一次,而不是原来规定的每一小时检查一次"。博帕尔事故的当晚是因为一个正在泄漏的碳钢阀使得水进入了异氰酸甲酯的储槽中。这个碳钢阀以前就坏了,一直没有修理好,因为修理它需要过多的时间,换句话说,就是修理的成本太高。成本的降低也体现在对印度人民生命的漠视上,联合碳化物公司将生产异氰酸甲酯的农药公司设置在博帕尔人口密集的地区,且对工厂工人的保护设施极其不完备,"尽管这些工人最初是穿戴安全设备的,但是不断增加的懈怠导致这些安全设备被丢弃了"②。

博帕尔事件充分反映了资本求利反生态的本性,在资本的社会里,资本利益永远放在生态利益的前面。正如克沃尔所分析的:"造成这场灾难的原因不在于这个公司的特别贪婪,而是在于这个制度要求它不断削减成本的永无止境的压力,换句话说,获得更多利润的压力。联合碳化物公司表明它只是在印度生产杀虫剂而已。但生产杀虫剂就是为了赚钱。它作为典型的现代资本主义公司,为了在这个由其主人,即资本所创造的世界中生存下来,联合碳化物公司不得不赚钱,而且是越快越好。"③

三、资本是生态危机的罪魁祸首

资本的求利反生态本性让克沃尔把资本的增长比作是自然的癌症。资本的增长像癌症一样危害着自然的躯体,并且还会局部侵入自然躯体周遭正

① Joel Kovel, *The Enemy of Nature——the End of Capitalism or the End of the World*, London & New York: Zed Books, 2007, p.32.

② Joel Kovel, *The Enemy of Nature——the End of Capitalism or the End of the World*, London & New York: Zed Books, 2007, p.33.

③ Joel Kovel, *The Enemy of Nature——the End of Capitalism or the End of the World*, London & New York: Zed Books, 2007, p.35.

常的组织，甚至经由一些生态破坏而将癌症转移到其他躯体，如人类躯体、社会躯体。"……像癌症一样的、本质上具有生态破坏性的增长已经开始用我们概述的方式不可避免地将更大的全球生态拖进它的胃口。"①

克沃尔还把资本的影响范围比喻为"巨大的立场"，并认为资本是一部无所不在的、万能的、被大大误解的发动机。当时对资本的观点主要有两种：一种是把资本当作投资的一种合理因素，一种丰富地将经济活动的不同特征结合在一起的方式；另外一种观点则是马克思认为资本是"一个残忍狡诈的人"和"吸血鬼"，它贪婪地消耗劳动力和残害劳动者。这两种观点都是正确的，但是第二种观点更适用于劳动，也更适用于自然。从生态危机的角度来说，像联合碳化物公司这类企业就像是资本的士兵，以及它自身的一般工作人员，它们都像是资本的士兵，还有资本主义系统在更高层次上的机构，如股市、国际货币基金组织、联邦储备银行、财政部等等，也都是生态危机的制造者。有人认为，只要我们把工业进行得足够小心、足够谨慎，就可以避免类似博帕尔事件的灾难。其实不然，因为资本增长的内在目的不会变，资本的求利反生态本性更不会变，"不管采取什么政策来收拾各个角落，只要资本规则存在，这个结合就使得不断增长的生态危机成为一个铁的必然性"②。

商品出现在经济活动的早期，资本的到来使得商品生产变得普遍。被插入商品中的金钱只有通过商品流通才能被释放，并变为资本。"商品流通是资本（Kapital）的始点。商品生产与发展了的商品流通——商业，是资本成立之历史的前提。"③商品是使用价值和交换价值的结合体，使用价值是商品的有用性或效用性，即商品能够满足人们某种需要的属性，交换价值是一种使用价值与他种使用价值相交换之量的关系或比例，这种关系或比例是因时因地而不断变化的。使用价值是商品的自然属性，其反映人与自然的关系；交

---

① Joel Kovel, *The Enemy of Nature——the End of Capitalism or the End of the World*, London & New York: Zed Books, 2007, p.50.

② Joel Kovel, *The Enemy of Nature——the End of Capitalism or the End of the World*, London & New York: Zed Books, 2007, p.38.

③ 马克思：《资本论》，郭大力、王亚楠译，上海：上海三联书店，2013年，第85页。

换价值是商品的社会属性,其反映商品生产者之间的社会属性。克沃尔进一步分析,"广泛地说,资本显示在商品生产中,交换价值主导使用价值——资本的问题是,形式主义体系一旦安装,这种过程就会变得自我永存和膨胀"①。商品生产的目的是获取利润,是为了投资在生产中的金钱能够得到更多的回报,这就要求在商品生产与流通中,商品价格可以尽可能地高,商品成本则尽可能地低。然而商品的价格,即交换价值,是受实际的市场需求以及地方性竞争影响的,所以资本家便把注意力集中放在降低生产成本上。生产成本的降低到底是降低什么呢?"当然是那些进入商品生产中的花费。这些花费中的大部分可以根据其他商品来表示——例如,燃料、机械、建筑材料等等,还有至关重要的是资本主义核心体系下为了工资而出卖劳动力的工人……最后一个最重要的是自然……"②于是资本家为了增长资本而加大对自然的开发力度,这种"加大"早已不是正常规格上的开发了,已经演变为病态性的掠夺。克沃尔强调,不管资本理论家说什么,自然的现行规则都不包括货币化;相反,资本存在于生态系统的里面,在生态系统的背景下,它们转化为货币形式,从而违背其内部关系,不断地渲染成商品,并和货币性、交换性一起打破生态系统的专一性和复杂性。

四、资本主义发展的不可持续性

可持续性是指一种可以长久维持的过程或状态。资本主义发展的不可持续性是指资本主义发展不能长久维持下去,定有失败的一天。导致资本主义发展不可持续的原因是多方面的,这里仅从资本主义与生态环境的关系的角度去分析。

---

① Joel Kovel, *The Enemy of Nature——the End of Capitalism or the End of the World*, London & New York: Zed Books, 2007, p. 39 – 40.

② Joel Kovel, *The Enemy of Nature——the End of Capitalism or the End of the World*, London & New York: Zed Books, 2007, p. 40.

世界各地的大量科学家都在不遗余力地号召人们去关注和保护生态环境,他们却没有足够的能力让人们认识到生态危机的本质原因,因为他们自己本就难以探寻生态危机背后深层次的社会原因。"危机的原因需要超出生物学、人口统计学和技术以外的因素做出解释,这便是历史的生产方式,特别是资本主义制度。"①关于治理生态危机的大多数科学论述都是在提倡要改善、改良现有的管理政策、措施,涉及的基本都是一些具体的治理办法,如研究、开发新能源以减轻石油、煤等不可再生资源的压力;加大汽车制造等高能耗行业的环保开发力度;号召人民适度消费,杜绝浪费;缩小贫富差距等。这些治理措施大都停留在生态危机的表层,治标不治本,只能够在一定程度上遏制生态危机的发展趋势,而无法根除生态危机。

资本主义内部矛盾重重,诸多因素不断地啃噬着资本主义这块不断膨胀的大面包,它要想停止被啃噬,就得停止自身膨胀,可这是完全不可能的。要知道,资本主义就如一个顽皮的孩童,永不安分。而且资本主义的停止意味着利润不再增长,资本流通就此停止,那么市场经济危机接踵而来,社会危机紧跟其后。所以,资本主义做不到"静止"。正如熊彼特阐明的那样,资本主义是一个过程,静止的资本主义本身就自相矛盾。

以能源与燃料为代表的自然物质资源是资本主义得以迅速发展的基础,资本主义要想进一步在全球范围内扩张,更离不开这些自然物质资源的支撑。但是资本主义在其工业化过程中并没有节制地使用自然物质资源,而是以经济利益为前提,肆无忌惮地消耗着自然物质资源。以石油资源为例,石油是古代海洋或湖泊中的生物经过漫长的演化而形成的,它属于化石燃料,因此它在数量上必然有一定的限制,然而石油的储藏量随着资本主义的飞速发展而急剧下降。石油资源的不可再生性在某种程度上也决定了最终资本主义发展的不可持续性,"资本主义制度为其生存所需要的快速经济增长,已进入全球范围内生态系统不可持续的发展轨道,因为它已偏向能源与材料的

① 约翰·贝拉米·福斯特:《生态危机与资本主义》,耿建新译,上海:上海译文出版社,2006年,第68页。

过高消耗,致使资源供给和废料消化(生态系统必须吸收生产带来的废料)都受到严重制约,加之资本主义生产特性与方式所造成的社会、经济和生态浪费使形势更趋恶化(并不仅仅限于数量的增长)"①。

---

① 约翰·贝拉米·福斯特:《生态危机与资本主义》,耿建新译,上海:上海译文出版社,2006 年,第 69 页。

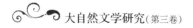

大自然文学的文化"空间"

王雅琴

安徽籍作家刘先平致力于大自然文学创作三十余年,出版作品四十多部,多次获得各类国家级奖项并于 2010 年获得国际安徒生奖提名。刘先平不仅著作丰硕、成就显著,更是在文学界举起大自然文学的旗帜,以其"自然抒写"展示了自然与人的关系、人对自然的态度以及自然与人的生存之道。从 1978 年创作《云海探奇》以来,刘先平就以人为本,探寻自然与人之间的奥秘,追求"诗意地栖居"的美好生存空间。这不仅是其文学观,更是其人生观和价值观的表现。因此对大自然文学的研究就不能仅从文学性上来审视,更应从文化的视角来探寻其社会性和文化价值。在大自然文学中,透过那一层层"自然"的迷雾,我们可以发现作家在自然与人的背后构建了诸多层次的文化空间,这些文化空间的构成以文学作品为表征,不仅体现出作家、世界与作品的关系,更展示了作品的文化生成和言说的开放性,从而使大自然文学具有经典气质。

一、在场——自然与人

刘先平曾多次提到自己的文学创作是直面生态危机,是用自然与人的和谐相处来传达作者对理想人生的追求和向往。大自然文学不仅是作者生态文学观的表现,更是作者人生观和价值观的体现。因此在大自然文学中,大自然和生命的壮美是文学表征,更是作者情感的所指符号。在大自然文学中存在着多种关系,其中,自然与人的关系是最为基本和永恒的关系项。

人类对自然与人的关系的探寻从古希腊的神话中就已经开始。在古希腊神话中,神就是自然的象征。奥林波斯山上的十二主神:天神宙斯、太阳神阿波罗、海神波塞冬、丰收女神得墨特耳、月亮女神阿尔忒弥斯、农业保护神雅典娜等等。这些神是大自然的化身,而神与人的关系就是大自然与人的关系的表现。"万物有灵论"中,自然不仅富有人的特性,更是人的创造者和庇护者。人与神的和谐相处之时正是世界的美好时代。意大利哲学家维柯接受了埃及传统历史分期的一种看法,即人类发展经过三个阶段:神的时代、英雄的时代和人的时代。在神的时代中,虽然人类已经产生,但"神——自然"无疑是占据世界的主导,而在英雄的时代和人的时代中,人不仅逐渐取代"神——自然"成为世界的主导,更以其自身的各种矛盾成为人们书写历史的主要内容。从"神——自然"的主导到人的主导,人类历史经历了从人类对自然的崇拜到自然的退场和缺席。大自然从人类"以己度物"的"会说话的主体"转变成"沉默的客体"。在这样的历史演变过程中,大自然与人不仅在中心地位上发生了根本性的变化,更是一种哲学思辨的变化。

在大自然崇拜时期,人不仅是后于自然产生,更是自然产生的结果,大自然处于世界的核心和统治地位,正如宙斯处于天神的至高地位,人们以祭祀完成对"神——自然"的膜拜过程。当工具论出现之后,大自然经历了去魅的过程,成为人们生存和生活的手段和工具,征服自然和占有自然成为人类走向逻各斯中心的桥梁。德里达的解构理论认为中心的位置不是固定不变的而是流变不居的,"中心没有自然基地,它并不是一个固定的中心点,而是一种功能,是一种无中心点,在那里无穷尽的符号——替换物开始投入差异运动中"①。在解构主义理论中,逻各斯中心主义者所说的那种位于事物和结构内部一成不变的中心只是逻各斯中心主义者的一种理论设想,"所以德里达说,没有中心在那里,中心不能理解为某一呈现物。中心没有自然基地,它并

---

① 肖锦龙:《德里达的解构理论思想性质论》,北京:中国社会科学出版社,2004年,第9页。

不是一个固定的中心点,中心不是中心"①。根据解构理论,大自然和人并不是一种中心的置换,因为根本就没有所谓的中心,"中心不是中心"。因此,大自然文学中的大自然和人都并不是符号的象征,而是具有意义和价值的两个没有本源差别、没有等级差别的二元项,两者都处于一种"在场"的状态。

1. 大自然的"在场"。文学评论家浦漫汀给刘先平的作品定名为"刘先平大自然探险长篇系列",突出了"大自然",并这样评价他的作品:"以崭新的自然与人的关系审美,写出的是最新的大自然文学,有鲜明的特点,是中国的大自然文学。"②刘先平也说自己将考察大自然看作是第一位的,可见大自然是作者关注的第一视点。事实上,作为探险小说家,刘先平先后跨越了中国的大江南北:两次横穿中国、从南北两线走进帕米尔高原、三次穿越塔克拉玛干大沙漠、四次探险怒江大峡谷、六上青藏高原、两赴西沙群岛,大漠戈壁、雪山冰川、江河湖海是作品中首先呈现出来的审美意象。山水之境的崇高之美、动物世界的温情之美都是大自然在场的表现。在大自然文学中,人是情节发展的必要因素,更是自然探索的追寻者:树木生长的规律、鸟类迁徙的规律,金丝猴、金丝燕、麋鹿、猿猴、梅花鹿、大熊猫、相思鸟、白头叶猴、野牛、香獐等等数以百计的野生动物的生活习性和生存规律完全将作品融入大自然语境中,充满自然科学的意味。文学创作中,大自然的形象在作品中并不罕见,但大多数文学创作中,特别是在小说体裁中,大自然往往是以创作背景和情感抒发的形态出现,是文学创作的工具。但在刘先平的大自然文学中,大自然则是描述的对象和内容的主体,大自然的形象是完整的、清晰的、主体化和情感化的:梅花鹿母子的真睡假睡、乌贼与红鱼的斗智斗勇、鸳鸯一家的情深等等,充满了人的情感。而大自然野生动物世界中所呈现出的奥秘则更是饱含了作者对大自然的热爱:刺鲀鼓气时的样子;鹬鸰波浪形的起飞;云雀边叫边

---

① 肖锦龙:《德里达的解构理论思想性质论》,北京:中国社会科学出版社,2004 年,第 8 页。

② 安徽大学大自然文学研究所主编:《大自然文学研究》,合肥:安徽人民出版社,2013 年,第 8 页。

在天空盘旋;鹰隼在猎取食物时不同姿态的俯冲;乌鸦先叫再飞;八哥喜鹊趴在牛背上;松鼠用毛茸茸的长尾巴做舵,掌握方向调节平衡;消灭害虫的能手杜鹃却不筑巢;豹子把吃剩的肉放在树枝上;纺织娘造巢;母猴的争宠;笼中画眉与灌木丛画眉的斗声;游隼捕鱼;鱼鹰捉鱼;海螺弹跳螺盖捕蟹;树蛙产卵;蝠鲼鱼跳跃产子;鲣鸟吐出食物轻装上阵与军舰鸟搏斗;梅花鹿在产仔育仔期间,不会夜里活动;野兔躲避黑鹰的捕食;等等。甚至连情节设置的场景都是充满魅力的大自然:石门国,紫云山,赤沙冈,落花坞,蝙蝠洞,梵净山,千鸟谷,落霞洞,桂花坞,琴溪,凤尾岩,东岛,等等,这些都是作品中大自然"在场"的表现,是作品中的主体。

大自然在大自然文学中的主体化过程并不是一蹴而就的。从 1978 年刘先平创作第一部大自然文学作品《云海探奇》开始到 2013 年的《西沙有飞鱼》,大自然的形象不仅逐渐清晰、丰满,而且更富有生态美学的意味,它不仅以客观形态出现,也更富有情感色彩,是作品的主体。生态美学家曾繁仁曾说过,在人类历史发展中,"自然"经历了"去魅"到"复魅"的过程,这种"复魅"的出现在很大程度上就是生态环境的变化及生态学发展的产物。后结构理论者德勒兹认为生成是一种弱势生成,在他看来,"社会中的强势或弱势族群不仅以一种量的方式对立,相反,'强势'的本身包含着一种表达或内容的常量、标准"[1],"强势族群被分析性地包含于一个抽象标准中","生成是一种弱势生成"[2],如"生成——女人""生成——儿童""生成——动物"。按照德勒兹的理论,自然的"复魅"并不是回到神的时代中的那个万能形象,而是人类逻各斯中心映照下的"弱势生成",正如同女人、儿童、动物一样。自 20 世纪以来,生态危机不仅在资本主义国家出现,也逐渐引起发展中国家的重视,生态危机成为世界性危机。伴随着这一社会性现象的出现,各种应对措施包

---

① 朱立元主编:《当代西方文艺理论》,上海:华东师范大学出版社,2014 年,第286 页。

② 朱立元主编:《当代西方文艺理论》,上海:华东师范大学出版社,2014 年,第286 页。

括生态保护的研究也逐渐出现，生态学也成为显学。在生态学视阈中，自然的"复魅"正是在生态危机现状中出现的，并不是真正的主体而是人类强势族群下的弱势生成。但在大自然文学中，作者并没有将大自然作为人类的一种弱势生成，相反是将其作为平等主体的一项。正如德里达的解构理论中所绘制的没有本源差别、没有等级差别、动态化多元化的世界，事物之间不是决定和被决定的关系，而是一种"延异"（difference）。"延异"这个词是德里达所创造的，虽然学者对这个词的内涵阐释并不统一，但"差异"无疑是该词包含的重要内容之一，正是差异规定了事物间本质性的存在而不是规定性的存在。德里达还曾提出类似德勒兹"弱势的生成"的"他者"理论，但德里达显然更重视多元关系之间的"延异"，因为这种"延异"是消除"他者"的方法之一，也是德里达追求的多元项共处的一种方法和原则，而这种关系恰好是大自然文学中作者所想要表达的大自然与人之间的关系，正如刘先平所说的"我把考察大自然看作第一重要，然后才是把考察、探险的所得写成大自然探险纪实"[①]。不过在大自然文学中，大自然显然是以一种外在的、表征的、能指的、场景的符号"在场"，而人则是以内在的、内涵的、所指的、精神的符号"在场"。

2. 人的"在场"。文字是"心灵书写"（psychical writing），这清晰地表达了文学作品与作者情感之间的关系。刘先平说大自然文学是大自然对他的一种召唤，而他的作品都是在长期的自然探险中的心灵感悟。在人类活动中，文学就是一种注重亲身在场性体验的活动。刘先平几十部大自然文学作品中，第一人称出现的"我"很少，作品中的人物也是融入大自然之中的，探寻大自然的规律，感悟大自然的奥秘，人似乎是大自然的追寻者，是一种"缺席"，但事实上，在大自然文学中，人与大自然一样都是一种"在场"的存在，只是，人的"在场"更为隐秘、多元和丰富。

大自然文学中，人的"在场"首先表现在与"恶"的较量中。作为一种文学创作，一种虚构的艺术形式，善与恶的斗争是必不可少的创作内容，但在大自

① 安徽大学大自然文学研究所主编：《大自然文学研究》，合肥：安徽人民出版社，2013 年，第 9 页。

然文学中的这种善恶较量更为隐蔽。大自然与人的和谐相处显然是作者所追寻的理想境地,但与之相对立的则是现实中的"恶"——生态环境的恶化。人的"在场"正是在与生态环境恶化的较量中充分体现出来的。这种较量虽然并没有像典型的生态文学文本中那样鲜明,强烈地抨击生态环境的恶化,但以人的"在场"来展示这种忧虑和思考,其中以"自然"为主要表现对象和情感传达的叙事生成凸显"在场的人"。事实上,"不存在作者声音丝毫不介入的文学作品。作者在创作中不直接现身向读者说话,却往往将自己的意图或倾向隐含于作品的叙事或抒情进程中,使读者不知不觉领略到作者的牢固在场"①。大自然文学中人的"在场"是一种意义性在场,是价值的生成性在场,它以作者的情感为基调表现出对生态环境恶化的忧虑和斗争。事实上,事物往往都处于多种关系之中,在与"恶"的较量中,"人"作为作者的代表,显示出作者的情感与爱憎。福柯在《作者是什么》一文中"对传统的作者概念做了层层辨析,进而提出作者不是一般的专有名词而是话语的一种功能,是把一个有血有肉活生生的人从话语的内部影响到外部"②。由此可见,正是"作者"将作者的生态文学观和价值观寄托在作品之中,在与"恶"的较量中体现出了"人的在场"。

3. 教育的"在场"。文学有认识、教育、审美等作用,其中教育作用强调了文学的社会价值。大自然文学中的主人公多是少年儿童,从叙述视角来看,大自然文学可以被看成是儿童文学作品,但从接受视角来看,刘先平显然并不仅仅是将少年儿童作为教育的对象,更是将整个人类作为教育的对象,因为与大自然相处的是整个人类。自 20 世纪以来,生态危机已经波及全球,一方面人们已经清楚地认识到生态危机的问题;另一方面却又在不断地制造新的生态危机。在经济高速发展的过程中,"拯救地球"似乎只是空洞的口号。

---

① 刘阳:"解构的在场与文学的在场——兼论德里达在场理论对中国文学的反照",《文艺理论研究》,2011 年第 1 期,第 125 页。

② 朱立元主编:《当代西方文艺理论》,上海:华东师范大学出版社,2014 年,第 276 页。

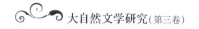

大自然文学中作者却不是仅仅呼喊口号，而是以真实可信的现状来展现这种危机和灾难：被捕杀的黄鹂，十元进行的懒猫的买卖和鸟的买卖，因生态破坏导致动物食物的缺乏，竹子开花对熊猫的灾难性影响，山林的频繁起火和被砍伐，以及各种野生动植物数量的减少和消失等等。虽然作者并没有用过多的话语来抨击人类对生态环境的破坏，但在作品中，金丝燕、长臂猿、山乐鸟、白腰雨燕、麋鹿、大熊猫等野生动物数量减少、踪迹难觅就是最为深刻的批判。在大自然文学作品中，作者不仅以这些令人震撼的文学书写来表现作者的忧虑，更是在教育读者要行动起来做生态保护的行动者，特别是作品中所塑造的为保护大自然而做出努力的众多人物形象，像小黑河、望春、李龙龙、刘早早、蓝泉、小叮当、翠衫、林凤娟等孩子形象；护林员老邹、罗大爷、孙大爷、阿山等这些与大自然朝夕相伴的人物形象；陈炳歧、张雄、赵青河、王黎明、王陵阳、老杨、小罗、老范、小秦、小李、幕容、王三奇等为保护生态环境、探索生态规律孜孜不倦辛勤工作的人物形象，这些人物都具有正能量。正是在这种人物和自然的互动中营造出和谐共处、共同发展的生存之道。因此，在大自然文学作品中，作者一方面以人的"在场"表现出对生态危机的忧虑和痛心；另一方面又不断渲染自然与人和谐相处的理想家园，在这种对比中，作品的教育意义更为鲜明，同时也是在不断展现人类的在场。

二、建构——价值生成

大自然文学从大自然与人的关系出发，深入探寻大自然与人的存在关系，力图寻找"美好家园"。在"美好家园"的建构过程中，大自然文学首先以文学的形式完成了对人类中心主义的解构，搭建起大自然与人关系的桥梁，并通过生态道德来完成美好世界的图景构建。

1. 二元解构。自柏拉图的理念、黑格尔的绝对精神、笛卡尔的理性传统以来，西方传统哲学建立了一个逻各斯中心，而在中心的对立面设定了一个次元项。由此,"主体与客体相分离,认知者与他所认识的对象相分离"①,"在笛卡尔那里,自然贬低为'广延的物质',而人则被重新赋予'思想的物质',于是这种二元对立本体论上的鸿沟愈加深刻而永久"②。"二元对立其实是传统哲学把握世界的一个最基本模式,而且,两个对立项并非是平等的……其中一项在逻辑、价值等方面统治着另一项。"③在自然与人的二元对立中,自然和人类也并不是地位对等的双方,而是人类中心主义之下的二元对立,也就是将自然置于人类之下,是工具理性世界观的表现。

20世纪60年代开始,后现代主义逐渐在文化领域中兴起,成为一种文化思潮影响了诸多方面。在后现代主义文化思潮中,"解构"是其关键词之一,它"对现代化过程中出现的工具理性、科学主义以及机械划一的整体性、同一性等的批判与解构,也是对西方传统哲学的本质主义、基础主义、逻各斯中心主义等的批判与解构"④。在大自然文学中,这种解构首先就是对人类中心主义的解构,对将大自然作为人类的"他者"关系的解构,对大自然与人类二元对立的解构。在作品中,大自然不仅是描写的环境,还是人物存在和故事情节发展的重要组成部分。大自然的壮美和野生动物的生活情境是作品展开叙述的主体部分,与由人物构成的情节相比,大自然所展现的魅力和奥妙显然要更为吸引人。作品中展现了野生动物之间的情愫:爱情、亲情甚至友情,以及人与动物之间的情感。这些情感虽然是拟人化的,却生动地展现了大自然的魅力。作者着力渲染这种情感甚至淡化作品中人与人之间的情感,如陈炳歧与方玲、赵青河与王黎明、东岛上的小赵与小李的爱情,具有明显的倾向性。在大自然文学中,大自然并不是"弱势生成",更不是人类中心主义中的

---

① 菲利普·克莱顿:"从过程视野看作为后现代理论和实践的生态美学",《江苏行政学院学报》,2013年第7期,第43页。

② 郭继民:"生态伦理的本体论承诺——庄子与西方后现代生态哲学的会通",《南通大学学报(社会科学版)》,2010年第9期,第6页。

③ 朱立元主编:《当代西方文艺理论》,上海:华东师范大学出版社,2014年,第226页。

④ 刘文良:"生态批评的后现代特征",《文学评论》,2010年第7期,第81页。

"他者"，大自然和人一样是美好世界的缔造者。在大自然与人和睦相处的世界中，人类中心主义被怀疑、颠覆、消解。

2. 价值生成。价值的存在和肯定来自对立面的存在和肯定。人类的存在价值来自大自然，大自然的存在价值也来自人类，两者并不是二元思维下的对立与抗争，工具与目的，而是整体主义下的相互肯定和融合。德里达说一个事物或结构的中心并不在它本身，而是在其他的东西。"一个符号的意义根本不是根之于他自身的内在性，如概念所致的，而是根之于他与其他符号的差异关系，它的意义是由它的他者所赋予的。"①这也就是说差异并不是事物间的隔阂，更不是促成二元项对立的原因，相反，差异是促成事物之间关系的纽带，是事物间价值存在的必要因素。因此，无论人在场或不在场，大自然在场或不在场，两者都不是对立和抗争的，而是从差异中走向彼此，走向有机和协同，正如怀特海所说的"我们在世界中，而世界也在我们中"，而事物的价值和意义也在双方的肯定中实现。

1973 年，挪威著名哲学家阿伦·奈斯(Arne Naess)曾提出浅层生态学运动和深层生态学运动的说法。他认为"浅层生态学是人类中心主义的，只关心人类的利益；深层生态学是非人类中心主义和整体主义的，关心的是整个自然界的利益"②。从本质上来看，浅层生态学实际上仍然是将人类置于世界的中心地位，从人类利益出发，关注的是非人类对人类的贡献和作用，在人类利益的终极目标下来看待大自然以及一切其他非人类事物，其思维方式遵循的仍旧是人类中心主义。正如"环境"二字所指，"'环境'是在某个中心存在的外围围绕、服务、影响该中心存在的物质"③。事实上，"浅层生态学"也好，"环境"也好，都是二元思维的产物，是人类中心主义的产物，而大自然文学则从整体主义出发，将大自然与人置于同等地位，不仅关注环境恶化、生态危

---

① 肖锦龙：《德里达的解构理论思想性质论》，北京：中国社会科学出版社，2004 年，第10 页。

② 郭继民："生态伦理的本体论承诺——庄子与西方后现代生态哲学的会通"，《南通大学学报(社会科学版)》，2010 年第 9 期，第 6 页。

③ 刘青汉主编：《生态文学》，北京：人民出版社，2012 年，第 17 页。

机,更"主张重建人类文明的秩序,使之成为自然整体中的一个有机部分"①。"解构"是后现代主义的关键词之一,但在德里达的结构理论思想中,解构理论并不是单纯的消解性的理论,而是一种建构性的理论指向,"他创立解构理论的目的就是为了彻底突破这种静态封闭的压制性的思想文化系统以期开辟出新的存在空间"②,也就是说,解构指向建构,因此,大自然文学就不只是停留在对人类中心主义的解构上,更是在建构整体主义。正因为有了这样的自觉意识和哲学思维,刘先平才能在近四十年的大自然探险和文学创作中明确提出自然与人相处之道,即"生态道德",从道德层面上来完成价值和意义的建构。

生态道德下的价值生成。生态美学从主体间性出发,强调关系中的存在。在大自然文学中大自然与人的关系就是价值生成的基础,"关系"指向生成。在人类中心主义的映照下,大自然是人类的工具和手段,两者处于不平等的地位。不存在平等的关系,也就无法形成真正的和谐和统一,正如人类对大自然无节制的开发导致的生态危机。对于事物间的关系,德里达曾提出踪迹(trace)的概念来指代事物间的这种你中有我、我中有你的相互包容的关系,"踪迹指的是在场的不在场,显现的非显现,表述的是事物或语言符号间,相互依存、相互渗透、相互映照的关系"③。也就是说,无论是在万能大自然的"神的时代"还是在大自然缺席的"人类至上"之时,真正能促使大自然与人价值存在的是一种"相互依存、相互渗透、相互映照的关系"。因此,在大自然文学中并没有过多展现触目惊心的场景,而只是通过作品中人物的忧虑来表现作者的情感,更多的则是自然与人和谐相处、其乐融融的情景。人对于大自然,大自然对于人都是相互的一部分,不仅在护林员老邹、罗大爷、孙大爷、阿

① 郭继民:"生态伦理的本体论承诺——庄子与西方后现代生态哲学的会通",《南通大学学报(社会科学版)》,2010年第9期,第6页。

② 肖锦龙:《德里达的解构理论思想性质论》,北京:中国社会科学出版社,2004年,第12页。

③ 肖锦龙:《德里达的解构理论思想性质论》,北京:中国社会科学出版社,2004年,第27页。

山等这些与大自然朝夕相伴的人物身上,还在那些关心大自然、保护大自然、探索大自然的人物如陈炳歧、张雄、赵青河、王黎明、王陵阳、老杨、小罗、老范、小秦、小李、幕容、王三奇等身上表现出来。正是在大自然与人平等关系的基础上,价值才逐渐生成。大自然文学中主要的关系就是大自然与人,但这些关系的连接并非是简单的结合而是包含作者情感的道德指向。文学作品是情感的产物,凝聚着作者的价值观和道德观。在对人类中心主义的解构中、对大自然与人关系的连接中,作者不仅完成了文学书写,更提出了实践操作方法——生态道德。所谓的生态道德就是人和自然相处时应遵循的行为准则。"建设性的后现代主义是一种科学的、道德的、美学的和宗教的直觉的新体系。"①生态道德首先就是一种道德的甚至是美学的、宗教式的目标,它注重自然与人相处时的关系法则,"只有生态道德才是维系自然与人血脉相连的纽带"。文学不是单纯地表达思想的工具而是思想本身。刘先平的生态道德体现了作者的整体思维而不是二元思维方式,看中的是大自然与人之间的关系而不是对立、抗争,约束于道德准则而不是法律,体现的是和谐、交融之美而不是占有、征服之霸权。从艺术形态来看,这是一种美的追求;从实践活动来看,这是一种生存方式;从形成结果来看,这是一种价值生成。

刘先平从20世纪70年代开始创作大自然文学,经历了近四十年的时间。从"文革"的阴霾中走出到对人类生存环境的忧虑和感悟,与其说是一种艺术表达,不如说是一种人生探索。刘先平说过他把考察大自然看作第一重要,而在大自然文学中所设置的大自然场景,由于是来自作者的亲身体验因而显得格外真实可信。虽然作为文学作品,虚构是必不可少的,但在大自然文学中纪实性、探险性显然要高于虚拟性,正是"目睹了大片森林被乱砍、乱伐,水土流失正在加重……自然生态被严重破坏的恶果"②,作者才能将真情实感寄寓于文学创作,并能正确认识大自然与人之间的关系。在大自然文学中,大

---

① 邵金峰:"生态美学的后现代特征",《社会科学家》,2010年第11期,第17页。

② 安徽大学大自然文学研究所主编:《大自然文学研究》,合肥:安徽人民出版社,2013年,第5页。

自然与人作为两个最为关键的要素都处于"在场"之中,不仅体现了人与世界、人与人、人与艺术之间的关系,更在文化的空间中探寻了大自然与人关系的构建和价值的生成。从这个角度来说,大自然文学的意义就不仅仅在于艺术性更在于实践性。也正因为如此,对大自然文学的考察就不能拘泥于文学的视角,而更应结合作者的认识活动、实践活动以及作者的世界观和价值观。从作品形成的文化环境中来考察和阐释,只有这样才能更好、更准确地把握大自然文学的真正含义和当代价值。

发表于《成都大学学报》2016 年第 4 期

多维视阈中的自然

——论刘先平大自然文学的学理价值与现实意义

朱亚坤

　　自然在中国传统文化中具有丰富的内涵，从现代学科的角度来看，哲学领域从未停止过对它的反思追问，艺术领域有着丰富的审美观照，而从伦理的视角看，自然伦理又与社会伦理有着特殊的关系。自然一直是文学创作的主题，中国当代大自然文学以审美自然为传统自然精神传承的载体，在中国传统自然精神现代价值的发扬和体现中，回应了世界文明体系中对人与自然关系的重视，也为人与自然和谐关系的现代发展提供了理性言说和现实实践的空间。大自然的指称突显出中国语境中对人与自然关系认识和定位的特殊性，具有重要的学理价值。"所谓'大自然文学'，就一般意义来说，是特指以大自然作为文本表现对象、以建构人与自然和谐共生诗意图景为基本主题、具有鲜明的现代生态意识的文学书写。"[①]伴随着现代文明的发展，环境问题的层出不穷引起了人们对生态问题的关注，大自然文学以柔性的形态融合生态科学和人文艺术，以艺术审美的形式展现了对生态问题的关注和思索，引导人们正视人与自然和谐相处的重要性，重建人类与自然的亲和关系，具有一定的现实意义。

---

① 吴尚华："人与自然的道德对话——刘先平'大自然文学'生态意涵初探"，《湖州师范学院学报》，2008 年第 6 期。

一、追问反思中的自然

当代大自然文学的理论价值在中国特殊的文化语境中得到了突显。在中国传统文化语境中，自然物作为自然精神的载体，是人通达自然精神的依凭。中国传统文化中对自然的认知不同于知识论话语中将自然视为对象性存在的定位，自然有着实体样态和抽象意味。这种认知集中体现在先秦道家老子和庄子的思想中。作为实体存在的自然，是人通晓自然精神的中介，人能够通过效法自然逐渐接近本真。自然实体能呈现自然之道，但又不能充分表现自然之道，人要从中超越出去方可到达本真的境界。老子关于"人法地，地法天，天法道，道法自然"的反思，将自然置于认识的终极。庄子发展了老子关于自然的思想，肯定自然状态的存在意义，认为自然而然、无为无待的状态才是自由、逍遥的境界，也是人的存在之真。

中国传统文化中对自然的特殊理解在刘先平大自然文学创作中得到了一定的体现。大自然文学以自然为撷取的对象，承载着中国传统自然精神：人是大自然的一部分，回归自然方为本真之道。人与自然的和谐，不仅表现在外在的获取与奉献的平衡，更多地表现出以人融入自然、与自然的齐同合一为目标。这种和谐不以人为中心，而是以自然至高无上的地位为前提。在现代社会中，自然世界与城市生活成为人生活状态的两种典型类型。相对于自然界带给人们心灵上的宁静、和谐，城市的浮躁喧嚣成为被现代人所否定的生活状态，而在这种对比中，继续的实际是对存在本质的追问。正如作者借大熊猫新兴发出的喟叹："再现代化的救护中心，也阻挡不了它对山野的思念，对自由的向往，对动物世界的渴望。"①大自然文学借助文字表现出人对自然界的热爱，对自由生存状态的向往，也描绘出了人回归自然乐而忘忧的状态。在大自然中，"头发斑白的胡教授喊得最起劲，还跺着脚，忘形之态使人

---

① 刘先平：《我的山野朋友——刘先平大自然探险奇遇》，北京：中国少年儿童出版社，2007 年。

忍俊不禁,在新兴(熊猫)的面前全都成了顽童"。大自然文学以大自然为主题,以文学艺术为形式,既为中国传统文化中一贯的对大自然的亲近提供了现代传承,又为自然与自由的关系论证提供了文本样态。大自然文学一方面秉承中国哲学的自然精神,另一方面也精心营构人的精神自然、精神生态。在自然世界中,人们能够摆脱成人世界的种种思想困惑与束缚,像个孩童一样无拘无束地敞开心怀,进入庄子所推崇的"婴孩""赤子"的境界,而这无疑是人最真实的存在状态,一种自由的境界,本真的境界。

二、审美观照中的自然

大自然文学作为一种艺术表达形式,以自然为撷取的对象,有效地表现出审美观照中的自然样态,形象地勾画出人类充满诗意理想的存在状态。大自然文学的特殊意义正是通过对自然的形而上层面的认知,使被纳入艺术创作领域中的大自然与自然界有了截然的不同。大自然是基于实体自然而产生的,其间融入了人们的情感,是借具体物象的视觉感知而生成主客交融的存在,是当之无愧的人心灵"诗意的栖居地"。自然界是审美观照的对象,承载着自然的精神,是人感知自然、了悟自然必不可少的媒介,自然的精神寄予其中,却又在其之上,而人通达自然精神唯一路径就是进行审美观照。因为只有在无功利的审美观照中,人方能摆脱种种价值判断和思想束缚,生成审美体验,达到精神上的自由。

在大自然文学中,自然界是作为审美的对象而存在的,草木、鸟兽、山川皆为人类可沟通、可对话的对象,在作者饱含情感的笔触下,物之性与人之性居于同样的地位,甚至是相通的。作者的自然探险系列形象地描绘出了熊猫的憨态可掬,"新兴像是猛然省悟了似的,打量起并不粗壮的枝干,又审视一番,才抬起头,三步两脚地走到树杈处,坐下,把头深深埋在胸前,四肢环抱,抗议受到的人们的愚弄！任树下怎么哄笑喊叫,它也不抬起头来,更不看一眼……它这副模样,触动了我的心灵"①。这种书写正是作者在与熊猫产生心灵对话的基础上产生的。熊猫被纳入作者的审美视野,成为审美意象而存在,是作者审美体验的承载物。而"审美意象的生成是审美体验的结果,同时也是我们内心生命的真正显现。这种显现就是敞亮,就是去蔽,就是发现,亦即在对象中发现与敞亮自我,在自我中发现与敞亮对象"②。熊猫的可爱动人触动了作者的心灵,神似人类的举止打动了作者,在心灵的交流中,动物之性与人之性在会通中生成内在的和谐。这种和谐触发了人内心对生命的热爱,对生活的热爱,使长期生活在钢筋混凝土城市里的人们日益坚硬的内心变得柔软,也使长期中规中矩模式化生活的现代都市人变得灵动。

在大自然文学所塑造的审美世界中,不仅揭示了大自然的神秘和人类的无知,更表现出了大自然丰富而深邃的内涵和人类的渺小。即使在原生态的大自然中,人可能时刻面对着不可知的危险,但这无法阻挡人类对大自然探索的步伐。值得强调的是,这种探索,其目标不是征服,不是利用,不是获取,而是去认识、去了解、去理解、去沟通。"至高无上的大自然,只发一声号令,植物世界变色,动物世界骚动。神奇诡秘的权威!"③自然的力量是人类不可操控的,但这些并不影响人类对自然的亲近与探索。刘先平先生创作了约两百五十万字的大自然文学作品,其中不管是长篇小说《云海探奇》《呦呦鹿鸣》《千鸟谷追踪》《大熊猫传奇》,还是被归为大自然探险系列的《天鹅湖的故乡》《迷失的大象》《潜入叶猴王国》等以及结集的散文《山野寻趣》《红树林飞韵》《大熊猫故乡探险》,在这些作品里,梅花鹿、小鸟、大熊猫、天鹅、野象、金丝燕等等都为读者带来了不同的感受和认知。这种不同在于作者是以一种平等的心态对待大自然中的万事万物,以充满爱的眼光观察着大自然的千姿百态,以心灵感受着大自然的生机和活力。

---

① 黄念然:"论意象的审美生成——兼谈中国诗学中'象之审美'的内在逻辑",《晋阳学刊》,1998 年第 6 期。

② 刘先平:"大自然文学:呼唤生态道德",《创作评谭》,2015 年第 4 期。

③ 唐先田:"大自然文学的鲜明品格——兼论刘先平的大自然文学创作",《江淮论坛》,2014 年第 2 期。

三、生态伦理视野中的自然

大自然文学对生态伦理道德的重视,建立在对自然的尊重基础之上,建立在对人与自然关系的正确认知的基础上。但是在现实中,"长期以来,我们在处理人与自然关系方面,根本没有建立系统的行为规范和树立系统的道德准则,法律也严重滞后,因而对大自然进行了无情的掠夺,无视其他生命的权利,任意倾倒垃圾,没有预后评估、监测的科技滥用,造成了环境污染、资源枯竭、生态失去平衡等恶果。直到危及人类本身的生存,才迫使人类重新审视与自然的关系,规范人与自然关系的法律和生态道德才得以突显。强调生态道德,在于强调和突出它比之于其他道德的鲜明特点——人与自然的关系"[1]。在生态伦理的视阈下,大自然文学在发扬生态精神和谐本质的同时,更以对生态整体的强调以及生态伦理实践品格的突出来彰显自身的特色。

在大自然文学所勾勒的审美境界中,自然的有机性得到有效呈现,呼应了现实中整体自然所引发的生态关注。当代大自然文学弱化了传统自然文本中所强调的道德伦理价值,在反思与自省中,自然的生态伦理价值得到了着意突出和有效表达。在文本所构建的人与自然的关系中,人不再居于中心地位,人只是自然界的一部分。在丰富多彩的大自然面前,人是渺小的、无知的,这也是现代意义上的大自然文学对人与自然关系的新的认知。这种认知引发出对生命自然的感悟和对自然生态的追求。自然界是有生命的存在,而任何生命的存在都有着自身的价值和意义,都应获得尊重。大自然文学朴实的文字表达中,处处可见对生命的热爱与尊重。而正是出于对自然界生命的关注,作者开始了对生态的关注。刘先平曾撰文明确表达他几十年来进行写作的动机:"呼唤生态道德——在面临生态危机的世界,展现大自然和生命的壮美,因为只有生态道德才是维系人与自然血脉相连的纽带。"[2]事实上,这一

---

① 刘先平:"大自然文学:呼唤生态道德",《创作评谭》,2015 年第 4 期。
② 刘先平:"大自然文学:呼唤生态道德",《创作评谭》,2015 年第 4 期。

创作理念一直贯穿在他的大自然文学的创作中。大自然文学通过具体描绘作者在大自然中的所见、所闻、所感、所思,表达出对生态道德的推崇。科考组成员之间的互帮互助以及在探索大自然的过程中表现出的对大自然小心翼翼的呵护,他们的探索是在尽量不扰乱大自然中的动植物原生和谐的状态下进行的,而同时他们也见证了人类对生态系统的破坏:在"改造自然"的旗帜下,原始森林被大量砍伐,野生动物被残忍地猎杀,水被大面积污染,土地沙化……这些令人忧心的状况正源于人类与自然关系认知的扭曲,功利主义对人文精神的侵蚀。

大自然一直以来都是文学创作的主题,托物言志、寓情于景是中国古代文学常有的表现手法,其间也不乏对自然精神的探索。在环境问题日益严重的现状下,环境文学、生态文学、荒野文学等等都表现出对人与自然关系问题的反思,与其他文学形态相比,大自然文学表现出对生命个体的尊重和人与自然整体和谐关系的推崇,而这正是对中国传统自然精神的现代阐发。基于对生命的尊重,我们对大自然才会有感恩的心态,才不会只知一味地利用自然,才会自觉地维护自然生态的和谐。这种理念不仅存在于人与自然的关系中,同样能够有效地运用在人与人、人与社会的关系中。"大自然文学是以大自然生态系统整体利益为最高价值的文学。"[①]在大自然中也存在弱肉强食,生存竞争,"生物的进化历程,是一部生命奋斗的史诗……任何生物都具有猎食和被猎食、进攻和防卫的技能,即生存之道"[②]。但这都是有利于大自然整体生态和谐的。大自然文学所描绘的大自然不仅仅是人类宁静的精神理想王国,是人躲避城市喧嚣的去处,更是一个真实的、灵动的、发展的自然,是有着自身规律性的自然。大自然文学也因此不仅具有思想的深度,同时也具有了现实意义。

---

① 唐先田:"大自然文学的鲜明品格——兼论刘先平的大自然文学创作",《江淮论坛》,2004 年第 2 期。

② 刘先平:《美丽的西沙群岛——南海有飞鱼》,武汉:长江少年儿童出版社,2014 年。

四、大自然文学引发的理论回响及其现实意义

自然以其丰富的样态和深邃的内涵成为人们一再探索的对象,刘先平大自然文学的特色正在于作品建立在作者的亲身经历基础上,带有浓厚的纪实性色彩。刘先平曾经从南北两线走进帕米尔高原,穿越塔克拉玛干大沙漠,探险怒江大峡谷、青藏高原、西沙群岛等地,丰富的阅历为他创作大自然文学提供了重要的基础。刘先平创作的大自然文学作品在描绘大自然时,并无华丽的辞藻和过多的修饰,而以清新、质朴、舒缓、流畅的表达见长,通过引导读者跟随作者的脚步游览祖国的大好河山,激发了人们对自然的爱、对生命的爱。作者将亲身经历用生动的文字表述出来,使读者在饱受审美熏陶的同时,不知不觉中被其中作者所寄予的现实关怀所打动,在认识自然、体验生命、反思存在的同时,也不免引发对当下人与自然关系现状的关注。

作为审美存在的自然,是人类的心灵栖居地;作为人们生活在其中的现实自然,是人们获取生活资料的来源。而当下现实环境问题的日益突出,突显出当下人与自然关系的窘迫,生态意识、生态理念也逐渐为世人所重视。当代大自然文学的出现,在当代中国具有学理与实践上的双重意义,呼应了世界自然文学的创作理念。法国思想家阿尔贝特·史怀泽"敬畏生命"的提出,这一从神学和哲学的学科背景下提出的生存理念,曾引发了人们对人类与自然生命权利、尊严自由、伦理价值的多重关注。而中国所秉承的和谐自然的精神则是中国传统文化长期以来一贯的追求和表达,大自然文学集敬畏生命与和谐自然的创作理念为一体,表现出对生命自然的尊重和对人与自然共存共荣的追求,是中国传统自然精神在现代新的生长点,而这同时也是现代生态理念的核心。

大自然文学以对大自然探索的形式表现出对人文情感与科技理性之间关系的反思,以文学的具体形态表现出对形上致思与现实实践的贯通,不仅具有审美价值,而且具有重要的现实意义。作为审美存在的大自然文学是自然科学的生态问题在人文科学领域的现实实践,对于营造生态自然观、生态

伦理观、生态审美观具有重要的价值。伴随着社会的发展,工业文明与科技进步为人类创造了巨大的物质财富,也对自然带来了毁灭性的破坏。大自然文学在直面这些危机的同时,也不再仅仅局限于书写自然,对自然美的描绘是为了激发人们对自然的热爱,唤醒人类的环境意识,培养生态良心与环保意识。因为只有营构起现代生态伦理道德观,才能建立人与自然有机、和谐的关系,获得人与自然的可持续发展。

发表于《佳木斯大学社会科学学报》2016 年第 6 期

刘先平大自然文学产业化价值与路径选择

陈进

刘先平是我国当代著名的大自然文学作家,也是我国现代意义上大自然文学的开拓者。他的作品以大自然为描述对象,展现原生态的自然世界,构建出人与自然和谐相处的关系,传达出热爱生命与自然的主旨。在传统文学领域,文学立场多是以人类为中心对世界进行关照,文学视野也多是关注社会生活。大自然文学的出现,彻底颠覆了传统的文学立场与文学视野,实现了文学立场由人本主义到生态主义的转变、文学视野由生活到大自然的扩展。可以说,刘先平的大自然文学具有鲜明的文化特色和重要的现实意义。

刘先平大自然文学在文学界有着广泛的影响,但是相对于一些文化畅销作品,其影响力还是无法比拟。如何传播、推广刘先平大自然文学,如何使这些作品从"藏之名山、传诸后世"变成"妇孺皆知、万人空巷",如何使历史价值转换成当代价值,成为一个新的课题。

产业化是推广传播刘先平大自然文学的有效方式。然而,长期以来,传统的文学研究者对文学产业化持一种贬抑的态度,在他们看来,文学产业化将导致文学创作不可避免地走向庸俗化、功利化。实际上,文学和市场、作家艺术个性和文学产业并非是不可调和的矛盾。文学史上,优秀的文学作品进入产业化领域、实现产业化价值的案例比比皆是。美国学者 W. J. T. 米切尔指出,今天的事实表明,广义的"文学性"正在进入社会生活的中心,今天的政治活动、经济活动、道德活动、学术活动、文化活动等都在"文学化"了。① 文学

---

① W. J. T. 米切尔:"理论死了之后",《文艺报》,2004 年 7 月 15 日,第 5 版。

产业化,正是这种广义的"文学性"不断渗透到日常生活中的有效途径,它不但不会损害文学性,反而可以使文学元素更大地扩散,文学影响更广地传播,文学价值产生更深影响,同时还能实现经济效益、创造社会效益,对人文精神产生积极影响。

一般文学研究者习惯于认为文学产业化的成功是市场手段的成功。实际上,一部作品是否畅销,最关键的是在于作品本身是否优秀;文学产业化是否成功,关键在于文学本身是否具有产业化的价值。约翰·霍金斯在《创意经济:如何点石成金》将创意分为两个阶段,第一阶段是出于人类的创造本性而产生的创意,第二阶段是在产业的语境下产生的可以生产产品的创意。他认为,"第一种创意不一定引发第二种,但是第二种创意需要第一种作为前提"①。换而言之,假如没有第一种创意作为基础,第二种创意是不成立的。作为第一种创意的文学作品如果本身曲高和寡、孤芳自赏、佶屈聱牙,那么无论在第二种创意上如何进行产业化运作,也难以取得影响;另一方面,如果作品传递的是错误的价值观,那么进行产业化运作,也只会产生负面的社会效益。刘先平的大自然文学的作品是否具备产业化价值? 本文将从两个方面来分析。

一方面,刘先平大自然文学作品引人入胜。这些作品集知识性、趣味性与文学性于一体,多以探索探险的形式,以曲折生动的故事情节,来叙述自然世界的雄奇瑰丽。如短篇小说《魔鹿》叙述的是作者在热带雨林探险,目睹"魔鹿"风采的历程,惊险惊奇又富有哲理。《云海探奇》记述的是动物学家来到紫云考察,在两位少年的帮助下,终于揭开了"野人"原来是尚未被科学家认识的短尾猴。对于在现代钢筋水泥城市空间、家庭学校"两点一线"里成长起来的少年儿童来说,这无异于打开了另一扇世界的窗户,同时也极大地满足少年儿童好奇的天性和喜欢探险历险的心理,具备培养庞大读者群体的文本基础。

---

① 约翰·霍金斯,石同云:"创意产业的核心因素",《电影艺术》,2006 年第 5 期,第108 页。

另一方面，刘先平大自然文学蕴含的生态意识等具有极大的社会效益。从生态环保的角度来说，当今世界由于人类对大自然的破坏，导致地球生存环境日益恶劣。保护自然已经成为人类迫在眉睫的重要课题。刘先平大自然文学里对自然世界的灵性观照、对保护自然的真诚呼吁、对人与自然和谐关系的深度构建，都是在大力提倡生态意识，对于推动生态环保具有十分重要的现实意义。从少年儿童成长的角度来说，随着现代家庭物质生活水平的提高，少年儿童的成长也出现了很多新问题——远离自然、缺乏体育锻炼、易受挫折、缺乏探索创新精神。刘先平大自然文学里面那种亲近自然、探索自然的精神，以及主人公身上带有的勇敢、机智、顽强的品质，对少年儿童的健康成长、健全人格的塑造，有一种润物无声、潜移默化的陶冶与启迪作用。

在具备上述产业化价值的基础上，刘先平大自然文学可以采取以下产业化路径。

一是尽快建立产业化的主体。目前，与刘先平大自然文学相关的组织机构仅有一家，即安徽大学大自然文学协同创新中心，主要任务还是进行学术研究，并不专门致力于产业推动。应尽快建立相关的文化传播公司，以推动刘先平大自然文学为主旨，用企业经营理念，培育"刘先平大自然文学"的品牌价值。随着文学市场竞争日趋白热化，文学品牌将成为文学生存与发展的核心竞争力。品牌是区别于同类作品的重要标志。围绕大自然文学的属性、品质、个性，准确界定读者对象、内容、风格，重点经营其品牌，一方面可以在产业竞争中脱颖而出，赢得读者；另一方面，也有利于通过既定品牌强化读者阅读的期待视野。在产业化推进中，不妨考虑改变传统的创作方式，形成集体创作的作家链。在网络文学方兴未艾的时代，文学作品的更新速度极高，每天都有海量文学作品产生。传统的文学创作方式由作家构思、创作、修改、定稿，周期漫长，难以在产业化时代造成连续性影响。为了使大自然文学有效传播，不妨采用集体创作的方式，建立一个"大自然文学创作组"，提升创作效率，提高大自然文学的影响力。

二是跨媒介转化。在互联网时代和影像时代，人们更倾向于通过手机、电脑来阅读和接受信息，也更偏好于接受影像信息。跨媒介转化，就是将文学作品由纸质媒介传播转化为新媒体传播。一方面,可以将刘先平大自然文学作品改编成影视剧、动漫剧、广播剧,或者动漫读本等,扩大接受者的群体。大自然文学作品本身具有画面引人入胜、故事曲折离奇的特点,改编成影像作品具有很大的优势。另一方面,可以积极通过微信、微博等新媒体,加强对刘先平大自然文学的传播。当前,手机微信阅读成为最广泛的阅读方式,应尽快建立刘先平大自然文学的微信公众号,通过公众号发布创作动态、作品欣赏与评论,并采取有声阅读的方式,使阅读有声有色,读者喜闻乐见。

三是跨区域转化。刘先平大自然文学多以少年儿童的视角,将自然世界的动物、植物作为描述对象。少年儿童的情感阅历相对单纯,自然世界也较少浸润社会意识,这样的文学作品可以克服因国家、民族、地域不同而造成的跨文化障碍,具备普世性,建立起不同国家、不同民族的公共文学审美领地,所以,刘先平大自然文学也具备世界范围内推广的文本基础。可以通过版权输出等方式,在国外出版发行,拓展传播范围,做到跨区域、跨文化交流。刘先平大自然文学作品应由国内一流出版机构策划出版,出版机构应主动加强与境外出版机构的联系,积极参加国际书展,将作品推介至国外。

四是跨业态转化。跨业态转化指的是文学在艺术领域以外的应用,一些非艺术行业运用文学手段获得商业价值的各种形式。刘先平大自然文学的产业化,可以将作品元素和其他行业进行融合,延伸、丰富产业链条。一方面,可以积极开发刘先平大自然文学作品的周边衍生产品,比如作品人物公仔、玩偶等。另一方面,可以以刘先平大自然文学作品为基础,打造文化旅游。刘先平的大自然文学作品具有明显的空间性,故事都是在特定的地域内展开的,有的地域真实可知,有的地域虽然抽象但原型可考。可以在这些地域范围内,积极开发文化旅游景区,同时也可借鉴迪士尼模式,在全国一些大中城市开发建立大自然文学主题公园,将自然风情与人文精神紧密结合起来,既创造高端的经济效益,也可以以一种生动、直观的业态使作品内涵深入人心,创造极大的社会效益。

发表于《江淮法制》2017 年第 10 期

中国当代大自然文学的"自然"之"道"

——基于刘先平大自然文学的生态批评实践

张玲

一、大自然文学的"自然"转向及其意义

何谓"大自然文学"？对于人与自然的关系与态度,可以说从有文学起就有关涉,源远流长,文学作品对自然的描写随处可见,无论是《诗经》中的赋、比、兴之用,《楚辞》中的香草之喻,还是魏晋之后山水田园诗的萌芽,唐明之际山水游记的兴盛,均将自然纳入其中,进行细致的描摹和吟咏,但就文学主题而言,又总是以"人"为中心,"自然"一般被视为某种社会环境或条件起着衬托、比附的作用。而现代意义上的中国大自然文学却以"自然"为写作中心,发起和倡导者是安徽作家刘先平。自20世纪七八十年代以来,他以5部大自然探险长篇系列为发端,先后出版了近300万字的大自然探险作品,努力展现隐藏在森林或大漠深处的野生生物世界、神秘的大自然、人类为保护自然所做的努力,谱写自然和生命的壮美乐章,呼唤生态道德,开拓一个崭新的大自然文学空间。刘先平指出:"现代意义上的大自然文学是以大自然为题材,观照人类生存本身,追求人与自然的和谐。"

"文变染乎世情",当代大自然文学自觉的"自然"转向,"崇尚自然,倡导在人与自然之间寻求新的和谐"的文学主旨蕴含着强烈的时代精神和要求,鲜明地体现了人类文明进入现代社会之后,面对工业现代化进程导致的地球自然生态逐渐恶化,人类的可持续发展面临严峻挑战的现状,人们对自然与人、与生存关系的警醒和对人类文明的发展模式的反思。20世纪以来,随着

全球自然生态的不断恶化,"生态"一词迅速升温,西欧工业发达国家自20世纪六七十年代起,在自然科学领域和人文科学领域同时出现了生态转向,大量的生态文学作家作品开始涌现,倡导文学研究向自然转向、向生态转向的生态批评思潮开始在全球范围内波澜壮阔地开展,并于20世纪80年代中后期开始影响我国。在此之前,20世纪中国文学一直在"启蒙""救亡""社会革命"的主旋律中前进,强调人的主观能动性、强调社会历史价值的实现是文学作品的主流意识,"在20世纪中国现代精神传统中,尊重万物生命、超越人类中心主义的生态价值观显然被波澜壮阔的历史进程合理地遮蔽了,它既不可能构成与社会历史价值对话的姿态,也难以进入主导性文学视野之中"①。随着科学技术的快速发展,人的自我意识极度膨胀,与自然的竞争性对抗愈加激烈,在工业现代化进程中,在追求自由解放、物质文化极大丰富的同时,自然环境却是每况愈下,危机频发。大自然文学正是在这样的时代背景下发轫,将目光转向无言的大自然,呼唤对自然环境的保护、对野生动植物的爱护、对生物多样性的维护。与同时代的许多文学作品一样,大自然文学的产生"不仅是对世界环保潮流的回应,而且更直接地出于对经济发展带来环境问题切肤之痛,出于作家们对于国家民族生存所面临的'另一种危机'的忧患情怀"②。

如果说20世纪80年代后期开始的生态文学作品大部分还只是停留在对现象的描述和批判,停留在为自然环境遭受破坏而大声呼喊,还属于浅表层次的生态文学的话,那么随着中国现代化进程的加快,随着人们环保意识、生态意识、可持续发展意识的增强,文学界对"大自然"也开始从一个新的层面上去关注、把握。童庆炳指出:"绿色文学不仅仅是以自然界的动物与植物为题材,更重要的是要灌注生命意识。"③进入21世纪以来,这种生命意识、精神

---

① 陈旋波:"生态批评视阈中的20世纪中国文学",《创作评谭》,2004年第4期,第32页。

② 曾永成:《文艺的绿色之思——文艺生态学引论》,北京:人民文学出版社,2000年,第324页。

③ 童庆炳:"漫议绿色文学",《森林与人类》,1999年第3期。

家园意识得到了强化。王克俭指出："在生态文学的研究方面，我们当前的眼界似乎也狭窄了些，尤其是我们在很多地方已把生态文学命名为环境文学，这就把这种文学的题材局限于人与自然的关系。实际上，表现人与自然的关系如果不深入人的精神之中，这样的关系还是比较肤浅的。而当我们把这种文学由环境文学命名为生态文学的时候，我们的视野就可以提升到自然生态与精神生态的高度，注视一切生命的自然状态与精神状态，在拯救地球与拯救人类灵魂的高度与深度方面做出审美观照。"①王诺是中国较早关注生态文学的著名学者，通过对欧美生态文学的考察和解读，他认为："生态文学是以生态整体主义为思想基础，以生态系统整体利益为最高价值，考察和表现人与自然之关系，探寻生态危机之社会根源，传播生态思想，并从事和表现独特的生态审美的文学。生态责任、文化批判、生态理想、生态预警和生态审美是其突出特点。"②随着生态文学思潮的进一步发展，随着我国的生态批评、生态美学、生态文艺学的逐步展开，中国当代大自然文学开始在更深层次上对现代工业社会技术主义和消费主义盛行所带来的精神危机进行反思，逐步加强了从"环保意识呼唤"到"对人自身生存的观照"的写作转向。刘先平说："我在大自然中跋涉了三十多年，写了几十部作品，其实只是在做一件事：呼唤生态道德——在面临生态危机的世界，展现大自然和生命的壮美，因为只有生态道德才是维系人与自然血脉相连的纽带。我坚信，只有人们以生态道德修身济国，人与自然之花才会遍地开放！"③从这个意义上来看，中国当代大自然文学的兴起与发展正是与 20 世纪六七十年代兴起于西方的"生态"思潮同声共气，以"描写人与自然的故事、歌颂人与自然的和谐"为己任，呼唤"生态道德"，追求"天人合一"，是沉淀着深邃的生态哲思的深层生态文学。

---

① 王克俭："生态文艺学：为了人类'诗意地栖居'"，《浙江师范大学学报》，2001 年第 1 期。

② 王诺：《生态批评与生态思想》，北京：人民出版社，2013 年，第 220 页。

③ 刘先平："跋涉在大自然文学的 30 年"，《大自然文学研究》，合肥：安徽人民出版社，2013 年，第 3 页。

二、"究天人之际"——大自然文学的"自然"之"义"

在中国的传统哲学中,"自然"和"道"是两个重要的相关联的范畴。《中国大百科全书·哲学卷》"自然"条目:"现代汉语的'自然'一词有广狭二义:广义的自然是指具有无穷多样性的一切存在物,它与宇宙、物质、存在、客观实在这些范畴是同义的;狭义的自然是指与人类社会相区别的物质世界,或称自然界。它是各种物质系统的总和,通常分为非生命系统和生命系统两大类。"①后者之义为现代西方文学对"Nature"一词的基本释义,而在中国的传统文学中,"自然"更多的是在广义上被使用,与天、地或者万物接近,"自然"一词在古代汉语中多是用来表达一种"自然而然"的状态。"道"来源于道家哲学,经过道、儒、释千年的阐释和论述,它的两个主要含义逐渐为后人体认:其一为自然界万物的本体或本源,所谓"道生一,一生二,二生三,三生万物";其二,"道"为有形的道路和无形的规律、原则、方法。《韩非子》中的《解老》篇谓:"道者,万物之所然也。"②老子的著名命题"人法地,地法天,天法道,道法自然"将"道"和"自然"联系在一起,认为道所遵循的法则和存在的状态是"自然"。正因为"道"法"自然",而"自然"又是生生不息、化生万物、自然而然、自本自根的绝对存在,人类尽管是天地万物之灵,也必须敬畏自然、遵循自然规律,所谓"天人合一""物我合一""内外合一"正是对人与自然万物关系的理想状态的追求,也是中国当代大自然文学的"自然"之"义"。

敬畏自然从礼赞生命开始。翻开刘先平的大自然文学作品可以看到,处处充盈着多姿多彩的生命,随处可见生命的流光溢彩。《海猎红树林》中对海桑是这样描述的:"你千万别以为它是用栅栏围起领地,那不是栅栏,是它的

---

① 《中国大百科全书》总编委会:《中国大百科全书·哲学卷》,北京:大百科全书出版社,1985 年,第 1253 页。

② 张立文:《中国哲学范畴发展史》,北京:中国人民大学出版社 1988 年,第 38—39 页。

根。因为滩涂淤泥很厚,根在其中无法呼吸。生存的压迫,使它反其道而行之,将根向上长,露出水面,畅快地呼吸。""在陆地,我们常忽略了植物的呼吸。而在红树林里,在陆地与大海的过渡地带,植物却是如此瞩目地昭示着这一需求!""畅快地呼吸"让人感觉到生的不易和生命的精彩。"胎生"红树秋茄的生长方式也引起了作者的思考:"多神奇!种子一落地,就已完成了一般植物扎根、发芽的阶段。任凭潮涨潮落,它已牢牢地立足发展了。""生命的形态、生命的繁衍,多么奇妙、多么丰富多彩!为了适应严酷的环境,生命的本能做出了令人感叹的、巨大的、坚韧不拔的努力!最伟大的思想家,在它面前也得俯首沉思!"①

动物世界也是一样精彩。小到一只东海的飞蟹:"好漂亮的一只蟹!比捉到的沙蟹大。背上的斑纹,云般流畅;底色如淡淡的晚霞,豹纹,如云豹的花纹。两旁的八只爪尖,都长着圆形的(似是舢板桨)如桨片段爪上,斑纹也如背甲。它乖乖地趴在小早的手掌中,宛如一块晶莹的玉石"②。大如一支浩荡的猴群:"瞬间,它们全都簇拥到猴王周围的树丫、横枝上。个个都披着金色的大氅,蓝色的面孔上,黑黑的朝天鼻,一双双大眼滴溜地转……我敢打赌,这是世界上最难得的五彩猴树——彰显着生命的多彩、华丽!我敢打赌,这是世界上最具魅力的生命树,多姿多彩的金丝猴,就是常绿常青树上的累累硕果——颂扬着生命的欢乐、幸福!"③一草一木,飞禽走兽,无不洋溢着生命的庄严和欢快,彰显着自然的奥秘:万物在自然的生长、发育的过程中存在着,而自然也在万物的繁荣存在中存在着。

大自然不仅有生命,而且以不可思议的方式不断创造着新的生命。在大自然文学作品中,作者对自然砥砺生命的方式有着深深的思索。大自然犹如作者笔下的热带雨林,我们可以发现这里有光明与黑暗,美丽和残酷,生与

① 刘先平:《海猎红树林》,北京:外语教学与研究出版社,2010 年,第 37 页、39 页、85 页。

② 刘先平:"东海有飞蟹",《大自然文学研究》,北京:天天出版社,2015 年,第 162 页。

③ 刘先平:《金丝猴大战秃鹫》,北京:外语教学与研究出版社,2010 年,第 148—149 页。

死;感受到生物体之间、生物体与自然之间的依附与抗争:树木挤在狭窄的空间猛蹿,高空寄生着热带兰花,地面树根上也繁花似锦,各种动物游走其间,寻找生存的空间……为了生存,高山榕将根扎在青梅树上,青梅树死去了。而鸟儿留下的那颗种子,长成了粗壮的高山榕;为了生存,孤傲的胡杨自枯部分躯体以滋养新枝茁壮成长;为了生存,可鲁克湖边的黑颈鹤以兄弟相残的方式留下最强壮的幼鹤,为维持种群的繁盛打牢了根基;为了生存,海雕与红鱼进行着速度与机敏的殊死较量,练成各自的生存绝技。正如美国生态哲学家罗尔斯顿所阐述的那样:"每一生物体或物种都与其他生物体与物种有一种敌对,但这样具有自己价值的每一个生物体或物种又都依附于一个整体,在其中与别的个体与物种交换价值,结果是使价值得以保存。从这个角度看,资源的转换乃是从一条生命之流转到另一条,是织成生态系统的生命之线间的联结。"①自然是一个生命有机体,人类只是这个生命整体中的一个不可或缺但绝不是唯一重要的联结点。只有敬畏自然,将自然视为人类生命的赐予者,感受到与自然的生命联系与体验,人类才会自觉地去爱护、保护自然,诚挚地同其他生物成为互相鼓舞的存在,而不是任意去掠夺和破坏自然。

通过娓娓动听的探险故事,大自然文学充分展示了自然万物通过对环境的适应而生存和发展,并在相互依赖和竞争中使自然本身得到进化的自然之魅,以对自然创生的礼赞向世人警示:自然是生命之母,自然不仅是人的生命来源,而且是人的生命的价值来源。

三、"与天地合其德"——大自然文学的"自然"之"道"

1. 呼唤"生态道德"。中国传统哲学中关于人与自然关系的理解,不同哲学流派和哲学家有不同的解释,如道家强调自然、自由,儒家强调人文、道德,但都指向人与自然的内在统一性,强调人"为天地立心"的德性主体,以实现

---

① 霍尔姆斯·罗尔斯顿:《哲学走向荒野》,刘耳、叶平译,长春:吉林人民出版社,2000年,第227页。

人与自然和谐统一为目的。但近代以来，在西方文明裹挟着科学主义文化的冲击和带动之下，中国加快了现代化、工业化、科学化的社会发展进程，"人"走进了城市，也加快了对"自然"的疏离。正如小约翰·柯布在《文明与生态文明》中所描述的那样："全球变暖的事实只被看作是一种谋求新途径以管理自然和人类经济的挑战。基本上，我们只是在寻找技术上的解决方案。"在这种科学理性逐渐演化为工具理性的时候，回归生态的视角或精神便显得格外迫切和重要。当我们面对沙漠化、水污染、动植物物种灭绝、资源枯竭等问题的时候，"我们需要的，不仅仅是技术（技术有时带来的问题比其所解决的问题还要多些），我们还需要改变或改善我们看待世界的方式和最深层的敏感性"①。大自然文学正是在现代意义上，以"审美"的方式呼唤人们回归自然，走向自由。"天地以生物为心，人以天地生物之心为心"，在传统文化中，"天地生物"是具有生命情感甚至道德情感的，当代大自然文学作家正是怀着"为天地立心"的理想抱负，以仁爱之心在大自然中行走，以关心、尊重、爱护自然万物为"天职"，用丰沛的感情和细腻的笔触展现大自然和生命的壮美，批判对自然万物的无情、贪婪的破坏，呼唤人们热爱每一片绿叶，每一座山峰，每一条小溪，呼唤生态道德。在《海猎红树林》中，我们看到阿嫂们有节制地挖土笋的情形，不伤树根，不竭泽而渔；在《和大熊猫捉迷藏》中，我们看到了大熊猫新兴得到救助并回归它向往已久的自然之乡，都会为之会心微笑。只有发自内心的对自然的爱，才会在实践生活中爱惜自然，合理有节制地使用自然资源，而不是无度地、冷漠地浪费和消耗，对待自然的态度才会是建设性的，而不是破坏性的。在现代工业社会生态问题空前突显并以出乎人类想象的速度和程度继续恶化的当前，大自然文学自觉地承担起歌颂人与自然共荣共存，以构建人与自然和谐、永续发展的重任，具有深刻的时代意义。

2. 追求"天人合一"。在马克思主义者看来，人与自然的关系是辩证的，人在自然界中具有双重属性——自然属性和社会属性。人类是自然界的存在

---

① 约翰·柯布，李义天："文明与生态文明"，《生态文明与马克思主义》，北京：中央编译出版社，2008年，第9—10页。

物,具有自然属性,同时人类是有意识、有目的、能动的社会存在物,具有社会属性。在人与自然的交往中,人的主观能动性对生态平衡具有举足轻重的作用。大自然文学的笔触不仅仅停留在描写奇妙的野生动植物世界,其醉翁之意也不仅仅在乎游乐山水之间,而是浓墨重彩地描写了一群奔波在抢救濒临灭绝的野生动植物,忙碌在治理风沙、海水的"道"上之人,如致力于野生动物保护工作的胡锦矗教授,不顾艰难探寻大树杜鹃王的冯国楣先生,红树林院士林鹏教授……并借他们的视野,向世人展现大自然的整体系统性。如在《和大熊猫捉迷藏》中,作者是这样说的:"是的,在胡教授和胡工的眼里,这里是一个生趣盎然的世界:天空有飞鸟;栖息森林的有金丝猴、隐纹花鼠、啄木鸟、旋木雀;隐居在林下的是林麝、鬣羚、岩松鼠、红腹角雉、白鹇、水鹿、牛羚、金猫、豹、豺狗;林下穴居的有各种鼠类和豪猪……它们各自占据一定的空间,形成一个立体的生态系统。即使是无生命的土壤、水,也和植被、动物有着直接的关系。牛羚喜食含有盐分和硫黄的'臭水';大熊猫专喝流水;水鹿则不管流水、静水之分,想喝就喝,有了疥癣,还专找含硫的水沐浴、消炎……这里是珍贵动物熙来攘往的世界,很多都在国家一级、二级保护之列。据初步调查,这里包括珍贵动物的兽类 100 多种、鸟类 200 多种,有水青树、连香树、四川红杉等高等植物 4000 多种。但它们怎样互相影响、互相制约、共同在这里生息繁衍的呢? 我们又怎样才能保护大熊猫,使其恢复种族繁荣、摆脱灭绝的厄运呢? 这正是需要科学去揭示的奥秘,也是作为尖兵的高山营地的任务。"正是对这群探寻自然奥秘,为保护和恢复自然生态平衡而焚膏继晷、兀兀穷年的人的描写,让大自然文学摆脱了科普知识读本的嫌疑,对他们孜孜以求的工作中所表现出来的高尚的品格、坚韧的个性的深情描述,为大自然文学灌注了浓厚的人文主义精神。人类与自然是一个整体的存在,人是价值的中心,但不是自然的主宰,人的全面发展必须促进人与自然的和谐。人类应约束自己,摆正自己在自然界中的位置,关注自然的存在价值,只有在人的实践活动中,与自然、他人、宇宙相互融洽和谐,才能达到自由与美的诗意存在。

《女孩和女人们的生活》中的"生态智慧"

张琼

摘要：本文借助阿伦·奈斯的"生态智慧 T"思想,揭示了《女孩和女人们的生活》所蕴含的极具深意的"生态智慧":真诚欣赏其他生命形式的他者性,承认人对非人之自然的依赖,并把"自我"的成长发展构建于人与自然的紧密联系之上。

关键词：《女孩和女人们的生活》;"生态智慧 T";他者性;依赖;自我

发表于 1971 年的短篇小说集《女孩和女人们的生活》是加拿大当代女作家艾丽丝·门罗(1931——   )最具自传色彩的一部作品,它以门罗出生和成长的安大略省的温厄姆镇为背景,写出了女主人公戴拉充满困惑的成长经历。基于这种自传性,这部作品较为集中地再现了温厄姆镇特有的自然环境,比如"浅而呈棕色"的、可以钓到白鲑和红鳍淡水鱼的瓦瓦那什河,随意出入院子和树林的浣熊、松鼠,被圈养的雪貂、水貂、狐狸,以及田地间参差不齐的蒲公英、秋麒麟草等等。

国内学术界对门罗笔下生态环境的研究,大多借用了生态女性主义的理论,所得出的结论大致可以归为以下几点:

其一,门罗跳脱出人类中心主义的桎梏,主张对自然界中的动物予以平等对待,其作品表现出了对动物生命的"敬畏","赋予动物生存权利",同时,也"对漠视动物主体地位的人们进行了谴责"。

其二,门罗认真审视了生态环境与人的关系,把人与大地以及大地上生长的动物和植物看成一个生物共同体,推崇生物共同体和谐,其作品表达出的是"人类和自然普遍共生的发展伦理观"。

其三,门罗探讨了当下的生态环境与女性生存境遇的内在联系,以女性和男性的二元对立,来透视自然和文明的二元对立,其作品中女性在现代男权社会备受压抑的现实处境,折射出的是处于残酷环境中的现代生态,即文明社会对自然的掠夺、征服和压制,而作者的理想是"生态和谐、社会和谐与两性和谐"。

总的来看,这些研究共同表达了生态女性主义的立场和观点,其中也杂糅了动物伦理思想和大地伦理思想,但是,它们几乎都聚焦于门罗对女性权益、动物权利和整体生态环境的关怀,却没有进一步探讨门罗对人与非人自然的紧密联系的直觉感悟与洞见。本文试图借助阿伦·奈斯的"生态智慧T"思想,来揭示《女孩和女人们的生活》所蕴含的极具深意的"生态智慧":真诚欣赏其他生命形式的他者性,承认人对非人之自然的依赖,并把"自我"的成长发展构建于人与自然的紧密联系之上。

一、阿伦·奈斯和"生态智慧T"

挪威著名哲学家阿伦·奈斯把他的"深层生态学"思想概括为"生态智慧T",即"研究生态平衡与生态和谐的一种哲学"。之所以称为"T",是为了表明这只是奈斯本人的生态智慧,而其他每个人都可以提出自己的生态智慧(即生态智慧A、生态智慧B、生态智慧C……)。基于此,奈斯把"生态智慧"定义为"一个人自己的价值规范和一种可以引导我们做出决断的世界观,它被应用于那些涉及我们自身和自然的问题"。[①]

在奈斯看来,每个人的生态智慧都是这个人自身的世界观和价值规范的表达,在认识、处理人与自然的关系时,个人构建的"生态智慧"依赖于他或她

---

① Karen J Warren. *Ecofeminism: a Philosophical Perspective on What it is and Why It Matters*(forthcoming),p.36,转引自K.沃伦,"生态女性主义哲学与深层生态学",《世界哲学》,2010年第3期,第20页。

的生活和思想的具体情境，并反映着个人的喜好、价值倾向等，这就决定了生态智慧不是单一的、绝对的，而是多元的、在细微之处存在分歧的。

奈斯强调"生态智慧"的多元性，却并不承认"生态智慧"是主观的、个人的，他相信，每个人都可以基于自己的情感和理智，去获得一种被共同接受的、系统化的生态智慧，因为，人们终将"经由对某些价值和信念（它们通过深层生态学的纲领而得到表达）的共识"，走向团结一致，共同致力于自然的保护。换言之，每个人的生态智慧，尽管不尽相同，仍然会在某些共识的层面上彼此交织，而这种共识来自对深层生态学的基本纲领的一致认同。正是从这个角度出发，奈斯指出"生态智慧""可作为个人接受深层生态学之原则和纲领的哲学依据"①。

奈斯提出了"生态智慧"体系的两条最高原则，即"生态中心主义平等"和"自我实现"。"生态中心主义平等"不能被简单地等同于"非人类中心主义"，二者都推崇一切生命的生存和发展的权利的平等，但是二者立场和思维方式大不相同，前者是站在整个地球的生态系统的立场上，优先考量生态系统的丰富性和稳定性，提倡生物物种的"最大化的多样性"，所以，在看待地球上的一切有机物和无机物，包括人类时，它不带任何预设的偏见，同等重视每个生命个体的内在价值，如奈斯所言，"对我们而言，整个星球、生物圈、盖亚系统是一个统一的整体，其中的每个生命存在物都有平等的内在价值"②，而一切生物的内在价值，以及"最大化的多样性"的生态价值是被直觉到的，既无须逻辑来证明，也不是逻辑可以证明的。后者则隐含着人与非人之自然的二元对立的立场，它反对以人为生态环境的中心，反对以人为生态价值的尺度，在某种程度上不是为了使其他生命物与人类"普遍共生"，即"自己活，也让其他所有一切活下来"，而是基于对生态环境这个整体及其价值的理性认

---

①　Karen J Warren, *Ecofeminism: a Philosophical Perspective on What it is and Why It Matters*(forthcoming), p. 38, 转引自 K. 沃伦："生态女性主义哲学与深层生态学"，《世界哲学》，2010 年 5 月，第 20 页。

②　Arne Naess, *The Selected Works of Arne Naess*. Springer, Vol. 10, 2005, p. 137, 转引自孟献丽、冯颜利："奈斯深层生态学探析"，《国外马克思主义》，2011 年 1 月，第 17 页。

知,即把人类和其他生命看作一个生态整体,为的是使人类自身得到更好的发展;对于自然的他者性,它不是予以欢迎,而是力求克服;它激起了另一种极端的主张,即鼓吹人类对个体自我的克服、牺牲,要求人类克服私欲、牺牲一些权利,但不是出于对其他生命的尊重,而是为了消除它们与人类自我的对立、冲突,并最终把它们融入人类自我之中。两相对照,不难发现,"生态中心主义平等"认为每个生命物的个体价值是不言自明的,它真诚理解并欣赏其他所有生命形式与人的差别性;而"非人类中心主义"用人类理性去认识并求取生态整体价值,对于其他生命的他者性,它想要予以同情却并不真正欢迎。

"自我实现"原则与"生态中心主义平等"原则是内在相关的,它把人类的"自我实现"建立在其他生命的共同实现的基础之上,并且强调两者的实现程度呈正相关的关系,即"一个人达到的自我实现的层次越高,就越是增加了对其他生命自我实现的依赖"[1],从另一个角度来说,即"最大限度的自我实现就需要最大限度的多样性和共生"。可以看出,"自我实现"原则的提出基于人的生存发展对其他生命的生存发展的依赖关系,并且这种依赖关系也被视为是不言自明的。

二、《女孩和女人们的生活》中的"生态智慧"

艾丽丝·门罗几乎没有在她的访谈或作品中,直接表达过对生态环境的关注,从这个角度来看,她似乎算不上一个严格意义上的生态主义者,但是,正如阿伦·奈斯所指出的,在具体生活情境中的每个人,都将经由某种来自直觉的共识,形成他或她自己的、系统化的"生态智慧",而《女孩和女人们的生活》就是对门罗潜在的"生态智慧"的一种艺术表达。

作品中,作者以自然的笔墨,不仅描写各种动物、植物,也包括河流、山

---

[1] 雷毅:"阿伦·奈斯的深层生态学思想",《世界哲学》,2010 年第 7 期,第 23—24 页。

谷、沼泽、田野这样的大地环境。在女主人公戴拉出生的小镇里，人们总免不了要与自然打交道，戴拉的父亲饲养狐狸和水貂，靠售卖它们的毛皮为生，戴拉的姑妈们，身为乡村家庭的主妇，常常劳作于自己的土地，亲自"锄黄瓜地，挖马铃薯，摘黄豆和西红柿"，此外，镇上的大多数人家也"都有一两亩地和一些牲畜"。成长中的戴拉，同样不乏与自然的亲密接触，她会饶有兴致地在瓦瓦那什河边帮班尼叔叔抓"小小的黏黏的青蛙"，会充满乐趣地用光着脚踩着河岸"潮湿清凉"的泥土，等等。

在青春期到来之前，戴拉逐渐感觉到自然的内在价值，以及自己与自然的联系，这个过程中，戴拉的精神得到了成长，同时也构建起了她的（也是门罗的）"生态智慧"。

（一）真诚欣赏其他生命形式的他者性

一开始，年少的戴拉，受到班尼叔叔对自然的态度的影响，把自然视为可以不管不顾地索取、占有的对象。在第一篇小说《弗莱兹路》中，班尼叔叔就自负地以为，"河和树林，还有整个格兰诺沼泽差不多都是他的"，"我们"虽然不同意班尼叔叔的看法，却也自恃"他经常钓鱼的这个地方是我们的"；为了给班尼叔叔准备捕鱼的鱼饵，"我们"会费劲地在瓦瓦那什河边找寻幼年的绿色青蛙，然后毫不怜惜地"把它们捏碎，扔进蜂蜜桶里"；"我"甚至可以无动于衷地描述班尼叔叔和父亲一起剥兽皮的整个流程，"他和父亲在地下室工作，剥狐狸皮，然后翻过来，铺在长板子上晒干"。

但是，姑妈们对自然的朴素的感情，消除了戴拉在自然面前的"主人"心态，并代之以自然万物平等的意识。第二篇小说《活体的继承者》中，出现了不同于班尼叔叔闲暇时在瓦瓦那什河边垂钓、在树林里打猎的画面，"我"的姑妈们——埃尔斯佩思姑妈和格雷斯姑妈，几乎每天都得花上数小时，在院子里辛勤地锄地、播种和采摘，在牛棚里挤奶，其间的艰辛不言而喻，但她们总是满怀喜悦，她们常常一边"给浆果去籽、豆子剥壳、苹果削核"，一边开心地讲着故事，她们也会在给奶牛挤奶的时间里，大声地唱着歌儿，"喜气洋洋"。如果说班尼叔叔在根本上把人置于地球生态的中心，把自然视为对人有价值的隶属物，只懂得接受自然的馈赠，是自然的无节制的索取者，对自然缺乏爱,那么姑妈们则切身感受到人对自然的依赖,真正理解自然的不可替代的他者性,她们日日劳作于田间,历经了大地孕育各种食物的整个过程,感激自然对人的哺育,同时也懂得对自然予以关怀,对自然充满信赖。

戴拉感觉到了姑妈们与自然的亲密友爱,又亲眼看见了埃尔斯佩思姑妈对野生动物的呵护和尊重,这之后,才有了她对自然界其他生命形式的第一次真诚的凝视和欣赏。那是"在树林的边缘","我"和埃尔斯佩思姑妈"看到一只鹿静静站在树桩和浓密的蕨类植物中间",一向爱说笑、逗乐的埃尔斯佩思姑妈,竟然"伸出棍子像君主一般命令我不要动",显而易见,埃尔斯佩思姑妈的"君主"权威的突然萌生,完全是基于对这只"已经不知多少年没见过一只"的野生鹿的油然而生的爱护之情,并且这份毫无私心的真挚情谊感染了"我","我"不知不觉沉浸于对这只野生鹿的凝望中,被它身姿的优美所吸引和打动,"我"看到,它"跃起身来,好像在空中划了半个圆圈,就和跳舞的人一样,然后跳开了,翘着尾部,隐人深深的灌木丛",[①]"我"对自然的毫无功利的喜爱之情,第一次溢于言表。

(二)承认人对非人之自然的依赖

姑妈们对自然的情感,完全是自发的、源于生活的,同时也是真诚的、深刻的,而戴拉的母亲——一位"有文化"的女性——对人与其他所有生命形式的联系的认知,更多地来自书本知识,缺乏自我的感受和思考,也因此流于形式。同样是在第二篇小说《活体的继承者》中,因为克雷格叔叔突如其来的死亡引发的强烈的不安全感,"我"执着地向母亲追问克雷格叔叔死去时的一切细节,母亲用她的理性的、缺乏感情的语言向"我"解释了死的含义,她说:"自然的一切都是生生不息的,一部分坏死——不是死,而是改变,我想说的是改变,变成别的,所有组成人的元素改变,再次回归自然,在鸟类、动物和花草身

---

① 艾丽丝·门罗:《女孩和女人们的生活》,马永波、杨于军译,上海:译林出版社,2013 年,第 42 页。

上一再重现——克雷格叔叔不一定是克雷格叔叔！他可能是一种花！"①母亲获得了关于自然的整体性的些许"知识"，并理所当然地认为，自然的生生不息，是因为组成生命的自然元素的生生不息，所以，克雷格叔叔的"死"并非结束，而只是组成他的元素，重生于动植物等其他生命形式之中，基于这一认识，母亲向戴拉力证死并不那么令人生畏。

母亲的理性的"死亡"观，把人与非人自然的联系，简化为一种完全基于自然元素的联系，即一旦来自自然的生命组成元素发生改变，人的生命形式，就会随之转变为自然界的其他生命形式，这种观点看上去合乎逻辑，并且也把人与其他生命形式相提并论，却没有真正理解一切生命的"内在价值"的平等，从而忽略了人与其他生命形式在价值上的更为紧密的联系，即相互依存的共生关系。

母亲向书本寻求来的"知识"，没有引起戴拉的共鸣，也未能消除戴拉对参加克雷格叔叔葬礼的畏怯情绪。但正是在母亲的一番说教之后，仍然处于恐惧、不安中的"我"下意识地开始向自然寻求精神的慰藉。"干草垛还在那里"②——这是在苦苦思量"怎样回避"葬礼上的克雷格叔叔的尸体时，"我"充满惊喜的发现。夕阳余晖映照下的"干草垛"，勾起"我"孩子式的纯真美好的想象，使"我"彻底遗忘了来自成人世界的压力，在"我"的眼里，它们幻化成一间间"紫灰色小屋"，显得既亲切又不可抗拒，"我"情不自禁地把"双臂热情地张开，向它们奔去"。对于"我"来说，克雷格叔叔的尸体是冰冷的、可怕的，让"我"一直"担心后面会有什么伸出来"，而"新鲜"的干草，有着来自阳光的"温暖"，"散发着正在生长的草的气息"，让"我"安心、舒适。

如果说母亲仅仅是认识到一切生命在形式上的联系，戴拉则进一步发现了人与其他自然生命之间的依赖关系。戴拉从内心深处认同，自然生命与人

①　艾丽丝·门罗：《女孩和女人们的生活》，马永波、杨于军译，上海：译林出版社，2013年，第56页。

②　艾丽丝·门罗：《女孩和女人们的生活》，马永波、杨于军译，上海：译林出版社，2013年，第58页。

拥有平等的"内在价值",所以,在深感与家人的隔阂以及内心的恐惧时,她不假思索地把自然视为信赖和依靠的对象,向"新鲜"的"干草垛"敞开胸怀,与之亲密地拥抱。

(三)把"自我"的成长发展构建于与自然的亲密联系之上

戴拉发现了自己与自然的联系(一种精神上的联系),同时,她也就发现了自己的最实际的需求,即内心的安全感,而非金钱、爱、责任等;散发着生命气息的新鲜干草,正是以它的"柔软"和"温暖",抗衡死亡的僵硬冰冷,从而平息了戴拉恐惧不安的情绪。而安全感的满足,将成为戴拉毕生的追求,在之后的人生中,每每遇到挫折、困惑或苦恼时,与自然的这种紧密联系,都因为曾经给予戴拉精神上的慰藉,而成为她的精神指引之一。

第四篇小说《信仰之年》写出了戴拉关于信仰的种种困惑,从一开始的渴求上帝,到最后的怀疑、否定上帝,在这个精神成长的重要阶段,越来越清晰可辨的是戴拉与自然同在的立场。小说开篇,"我"开始苦苦地追寻上帝,试图在自我与上帝之间建立某种联系,为的是,获得生存所需要的全部安全感,如"我"所言,"如果能找到或回想起上帝,一切都将是安全的"。[1] 然而,"我"希望,以极其自然的方式来走近上帝,"我"先是希望上帝"像一道光亮,耀眼和清晰地出现,出现在现代的靠背长凳上"或"像一片萱草在管风琴下突然开花",紧接着,"我"又"要求上帝回应我的祈祷来证明自己"。[2] 不难发现,"我"所渴求的是,"我"可以实实在在地相依于上帝,恰如"我"与自然的亲密无间,这就注定了"我"的一厢情愿,上帝这个超于自然之上的神秘存在,既然没有自然生命的气息和温度,也就不可能以自然的方式,与人面对面地互动交流,最终,"我"唯有否定与上帝之间的联系的存在,"看到有人有信仰,接近信仰,比看见有人把手指剁掉更难受",这是从"我"的心底蹦出的对上帝充满

---

① 艾丽丝·门罗:《女孩和女人们的生活》,马永波、杨于军译,上海:译林出版社,2013 年,第 117 页。

② 艾丽丝·门罗:《女孩和女人们的生活》,马永波、杨于军译,上海:译林出版社,2013 年,第 113 页。

失望愤怒的怨语。①

　　潜在的自然的立场，帮助戴拉认清了上帝的遥不可及和虚渺，而这一立场的出现，也预示着戴拉对人与自然之间关系的把握，开始具有更多的自觉性，也更趋深刻，所以，才有了她对父亲射杀梅杰（一只牧羊狗）这一行为的自发性的反思和批评。父亲决定杀死梅杰，是因为它染上了追羊的嗜好，接连咬死了邻居家的两只羊，并且它的这一举动将使父亲一贫如洗。基于梅杰的所作所为，"我"并无意对它予以袒护，但"我"始终不能理解，父亲裁决梅杰生死的权力从何而来，为什么父亲要选择结束它的生命，而不是另谋他法。在"我"看来，"不是因为这不可避免，而是因为人们想要这么做——那些大人、管理者、刽子手想要这么做，带着善良却毫不留情的面容"②。在梅杰的生死时刻，"我"反复思考的不是它与父亲之间的生存冲突，而是父亲对它的凌驾和处置，是父亲对它的最基本的生存权的肆意剥夺，"我"所有的苦恼和不满，都确切地指向父亲与梅杰之间的征服与被征服、掠夺与被掠夺的联系。

　　奈斯曾说过，生态学的任务就是"揭示人们的实际需求，这种揭示不仅仅是个人的事，它需要某种社会的和生态哲学的视野。这里的问题是澄清态度、'发现自我'——不是孤立的自我，而是同周围所有事物紧密联系在一起的自我"③。从这个角度来看，在自传性作品《女孩和女人们的生活》中，正是因为女主人公戴拉逐步形成了某种初具雏形的"生态智慧"，懂得尊重自然界的其他生命形式，意识到自我在精神上与自然有紧密相依的联系，所以，她才能够发掘内心的深层需求，更全面准确地认知自我，并最终成长为一个睿智、成熟的女性。

---

　　① 艾丽丝·门罗：《女孩和女人们的生活》，马永波、杨于军译，上海：译林出版社，2013年，第 134 页。

　　② 艾丽丝·门罗：《女孩和女人们的生活》，马永波、杨于军译，上海：译林出版社，2013 年，第 132 页。

　　③ Ecology Nass. *Community*：*Outline of an Ecosophy*，Cambridge：University Press，1989，p. 80.

刘先平大自然文学产业化研究

甘来冬

摘要：文学产业化是文化产业化的一部分,也是文化市场化的重要内容。大自然文学产业化研究是将大自然文学这种新的文学领域作为文学产业化的资源进行开发。以刘先平大自然文学产业化为例,我们发现大自然文学产业化的核心是建立生态道德,虽然丰富的文化资源以及广阔的市场为产业化提供了巨大空间,但是单一的文化产品形式和较为矛盾的文学创作方向又构成了大自然文学产业化的瓶颈。为了促进大自然文学产业的进一步发展,不仅要在大自然文学产品的创作上精益求精,而且还要在纵向价值链上对大自然文学资源做更深层次的开拓。

关键词：大自然文学;刘先平;文学产业化;核心;优势;瓶颈

一、文化产业化及刘先平大自然文学产业化的核心

大自然文学创作首先是一种文化现象,所以要对大自然文学创作产业化进行研究,首先必须了解什么是文化产业化。那么什么是产业化呢?"产业化"的概念是从"产业"的概念发展而来的。"在现代产业经济学中,产业是指介于微观经济细胞(家庭和企业)与宏观经济单位(国民经济)之间,生产和经营同类产品的企业群。据此,可以把文化产业定义为生产和经营文化产品的

企业群。"①产业化是指某种产业在市场经济条件下，以行业需求为导向，以实现效益为目标，依靠专业服务和质量管理，形成的系列化和品牌化的经营方式和组织形式。傅其林认为，"所谓产业化，就是注重工业生产与管理机制运作，集中市场经营，追求价值利益的最大化。文化产业化就是利用科学技术打造现代文化的市场制度，形成独立的规模化的生产经济实体"②。综合以上观点，我们可以得出这样的结论，文化产业化，就是要在市场经济条件下，以文化行业的需求为导向，以实现效益为目标，依靠专业的服务和质量管理，形成系列化和品牌化的文化产品、经营方式和组织形式。因而，大自然文学产业化是将大自然文学产品市场化的一种方式，所以要遵循市场规则，建立起高效经营方式、组织形式，以期生产出更多的文化产品，满足文化市场的需求。

此外，大自然文学从其诞生之时就带有浓厚的社会价值，即呼唤建立生态道德，呼吁人们保护大自然，保护环境，与大自然和谐相处。大自然文学肇始于刘先平先生的几次野外考察，在"文化大革命"期间，刘先平先生投身大自然的怀抱，欣赏大自然的美景。在与几位大学教授一起进行野外科考之时，刘先平先生被大自然的美景触动，心生了保护大自然的强烈愿望。刘先平先生说："正是他们的点化，使我突然明白了这么多年在大自然中寻找的是什么，突然明白了'自然保护'、'生态平衡'、人与自然的和谐、野生生物世界对人类的意义。"③然而刘先平先生的文学创作之路，却是在偶然的一次野外考察中开启的，优美的自然风景激发出了作者创作的灵感，从此就一发不可收，陆续出版了多部大自然文学著作。刘先平先生说："山谷里升起了一朵白云，冉冉飘浮，云花灿烂，在绿海中，在山的怀抱中，变幻无穷；山在动，树在动，鸟在唱……充满生命的欢乐，大自然展示出无比壮丽、宏伟、惊人的和谐

---

① 叶取源，王永章，陈昕主编：《中国文化产业评论》，上海：上海人民出版社，2008 年，第 68 页。

② 傅其林："文学网站的产业化与中国网络文学的发展"，《贵州社会科学》，2008 年第 10 期。

③ 安徽大学大自然文学研究所主编：《大自然文学研究》，合肥：安徽人民出版社，2013 年，第 4 页。

之美……太阳出来了,一道电光石火突然耀起——创作的冲动,激得我透不过气来,听到了大自然的呼唤,心灵已追着森林、白云、红日……这么多年来在大自然中探险的种种生活,都成了生动的无穷的画面展开……"①因而,我们可以从刘先平先生作品中读出那种人与自然和谐相处的人情美、自然美,这些也是大自然文学作品本身所具有的独特的审美内涵。

大自然文学的开拓者刘先平先生又说过:"我在大自然中跋涉了三十多年,写了几十部作品,其实只是在做一件事:呼唤生态道德——在面临生态危机的世界,展现大自然和生命的壮美。因为只有生态道德才是维系人与自然血脉相连的纽带。我坚信,只有人们以生态道德修身济国,人与自然的和谐之花才会遍地开放。"②呼唤生态道德,体现在刘先平先生的每一部作品中,从刘先平先生的四部长篇小说《云海探奇》《呦呦鹿鸣》《千鸟谷追踪》《大熊猫传奇》到他的诸多短篇小说,无不体现着浓浓的环境保护意识,人与动物和谐共处意识。《云海探奇》讲述了护林员罗大爷的孙子望春和黑河在生物科学工作者王陵阳的影响下,走入自然亲近自然的故事;《呦呦鹿鸣》讲述的是九花山区金竹潭中学的学生在老师和科学家的带领下探访森林,从猎人的枪下救下梅花鹿的故事;在《千鸟谷追踪》中,李龙龙、刘早早和林凤娟出于对鸟儿的特殊喜爱,探寻千鸟谷,追寻到了名贵的相思鸟的踪迹;至于《大熊猫传奇》,更是把人与自然的和谐之美升华到了一个新的层次。在这部小说中,讲述了晓青和果杉两个孩子在猎人草瓦老爹和兽医冷俊秀的帮助下寻找和保护两个流浪大熊猫的故事。刘先平先生这些早期的作品要么是写人是如何认识大自然保护野生动物的,要么是深情地讲述大自然的秘密,展现大自然的奇特美景。

在刘先平先生看来,"人类五千年的文明史,已规范了很多人与人之间、

---

① 安徽大学大自然文学研究所主编:《大自然文学研究》,合肥:安徽人民出版社,2013年,第6页。

② 安徽大学大自然文学研究所主编:《大自然文学研究》,合肥:安徽人民出版社,2013年,第3页。

人与社会之间的行为准则——道德。但尚没有系统的人与自然之间的相处法则。究其原因,历来人只把大自然看成属于自己的财富,在'大自然属于人类'的误区中走得太远,直到大自然的惩罚、环境危机压力愈来愈大,才被迫重新审视与大自然的关系。审视的结果令人震惊:是人类属于大自然,人只不过是大自然万千成员中的一员,必须扫除唯'人'为大的狂妄"[1]。为此,刘先平所作的多数的作品都是在宣扬生态道德,呼吁现代人从传统的认识误区中醒悟过来。他说:"三十多年在山野的跋涉中,大自然给予了最生动、深刻的生态道德教育,因而无论是我在描写大熊猫、相思鸟世界探险的长篇小说,或是在野生动物、植物世界探险的奇遇,都是努力宣扬生态道德的伟大,呼唤着生态道德在人们心中生根、发芽。"[2]

所以,呼唤生态道德不仅是刘先平大自然文学的创作核心,也是所有大自然文学不可摒弃的核心。只有紧紧抓住这一核心,才不会让大自然文学在市场化、产业化的过程中造成社会价值的流失,精神内涵的空乏。

二、刘先平大自然文学产业化的优势

丰富的文化资源以及广阔的市场为产业化提供了巨大空间。文学产业化的必要条件是文学作品具有丰富的文化资源。文学作品的文化资源越丰富,其市场化的水平就会越高,与之相关的产业链就会越长。从已经实现较大规模产业化的案例中,我们可以发现文学作品中拥有丰富的文化资源和广阔市场的重要性。《魔戒》之所以如此成功就是因为"作者托尔金虚构了一个史前时期存在的世界——中土(Middle Earth),可这个世界显得无比真实。它拥有教科书般详尽牢固的历史、地理和文明,里面住着不同的种族,每一种

---

① 安徽大学大自然文学研究所主编:《大自然文学研究》,合肥:安徽人民出版社,2013 年,第 10 页。

② 安徽大学大自然文学研究所主编:《大自然文学研究》,合肥:安徽人民出版社,2013 年,第 22 页。

生灵都有自己的语言"①。在这个虚构的世界中提供了非常丰富的文化内涵，从而为《魔戒》的产业链提供了取之不尽的文化资源。无独有偶，J. K. 罗琳的《哈利·波特》系列也提供了一个内涵博大的魔法世界。"《哈利·波特》系列小说有其深刻的内涵。普遍的观点认为，它是融宗教思想、巫术文化、希腊神话于一体的超现实主义、雅俗共赏、老少皆宜的一部成功魔幻类文学作品。"②所以，无论是《魔戒》的成功，还是《哈利·波特》系列的风靡，都给我一个启示，文学作品产业化的基础是文学作品本身带有的丰富的文化资源。

至于以刘先平为代表的大自然文学是否具有如此丰富的文化资源，我的回答是肯定的。首先从刘先平文学系列作品来看，"刘先平创作的几十部近400万字的大自然文学作品共获得了国家奖九项，他在大自然探险的近40年中，在野外拍摄了几万张照片"③，这些无疑都是大自然文学产业化丰富的资源。从刘先平文学创作的具体内容来看，我们看到了一幅色彩斑斓的野生动物世界的画。在这个动物世界中有短尾猴、梅花鹿、相思鸟和大熊猫，以及与这些动物和谐共生的各种野生动植物，如吃鱼的大黑蜂，穿山甲、黄鼬、蜥蜴、熊、獐子、野猪、水鹿、野兔、豪猪、箭竹、金钱豹、雪豹、云豹、岩羊、野牛、红狼、獾子、狐狸、旱獭；贝母鸭子、虫草鸡、松鸡、篮马鸡、云雀、鸳鸯、野鸭、莺、鹂、大胡子雕、星鸦、拐棍竹、血雉、红眉朱雀、八哥、喜鹊、贝母鸡；当归、党参、山柳树、云杉、铁杉、绿绒蒿等等，有数百种之多。还有红树、马尾松、椰树、木麻黄、抗风桐；鲣鸟、飞鱼、海鸥、海豚、军舰鸟、血燕、金丝燕、白鹭；马蹄螺、凤尾螺、砗磲、玳瑁、蜘蛛螺、水字螺、鲍鱼、海兔螺、莲花螺、猫眼蝾螺、闪电涡螺、百眼宝螺、虎斑贝、希尔宝贝；马鲛鱼、金枪鱼、红鱼、水母、章鱼、海龟、石斑鱼、海参、大龙虾等等上百种海洋动植物。

刘先平的大自然文学囊括了森林、草原、高山等多种自然生态系统，展现

---

① 罗晓燕："论《魔戒》中的神话及文化底蕴"，《电影文学》，2007 年第 12 期。

② 兰艳萍："大众文化消费的'魔幻童话'"，《北京科技大学学报》，2012 年第 3 期。

③ 安徽大学大自然文学研究所主编：《大自然文学研究》，合肥：安徽人民出版社，2013 年，第 109 页。

了无比丰富的动植物资源，在不同的自然生态系统中演绎的故事为读者打开了一个又一个新奇的世界。这些都是当下大自然文学产业化所具有的独特的资源优势。放眼国内外，在文学产业化比较成熟的美国，电影是文学产业化的重要一环，而美国动画电影公司所生产的动画电影，也是取材于丰富的动物世界。如《冰河世纪》系列、《海底总动员》、《疯狂原始人》、《虫虫特工队》、《美人鱼》等，就连取材于中国、风靡全球的《功夫熊猫》也是用野生动物演绎的故事。国内的《熊出没》《喜羊羊与灰太狼》也都讲述的是野生动物世界的故事。把文学作品中涉及的野生动物的故事搬上银幕，可以极大地推动文学作品的传播，也在更深层次上促进文学产业的发展。从国内外两个市场来看，刘先平的大自然文学为文学产业化提供了强大的资源支持。

文学产业化的又一重要的影响因素是市场，文学产业化追求经济效益，因而市场就成了不可忽视的一环。从 J. K. 罗琳的《哈利·波特》系列所取得成绩，我们不难看出，文学产业化的基础就是要拥有广阔的市场，只有文学作品在文化市场受到欢迎，文学产业化的链条才有可能获得延伸的机会。J. K. 罗琳的《哈利·波特》系列在改编成电影之前，就拥有众多的读者，截至 2013 年，《哈利·波特》系列丛书的前六部已经被翻译成 60 多种语言，包括古希腊语、盖尔语、希伯来语。前六部的总销量已经突破 4 亿册，成了全球迄今为止总销量排名第三的图书。排名第一的是《圣经》(25 亿册)，排名第二的是《毛主席语录》(8 亿册)。① 正是因为有这样多的受众，《哈利·波特》在被拍成电影后才会获得高票房的收益，在电影之后的产业链诸如玩具、服装、餐饮，甚至是《哈利·波特》的"魔法世界"主题公园才陆续获得盈利。与 J. K. 罗琳的《哈利·波特》系列相较而言，大自然文学虽说没有造成全民的轰动效应，但也具有大量的受众群体，特别是儿童群体，少年儿童对大自然有天生的好奇和亲近感，他们渴望接近大自然，了解大自然的奥秘，因此成了大自然文学固定的接受群体，刘先平先生的《云海探奇》第一版就发行了 13 万册。随着几十年来不断创作，大自然文学已经达到了一个极为厚重的体量。经过报纸、

---

① 郑同波：《文化产业商业模式研究》，太原科技大学，2013 年。

电视、杂志等传统媒介的推广,在当下获得了较为广泛的接受以及非常高的评价。刘先平文学作品接受情况和地位大致可以通过下面一张图表来反映。

刘先平大自然文学作品获奖统计表①

云海探奇	1982 年获全国优秀儿童文学作品奖
山野寻趣	1989 年获新时期优秀儿童文学奖
刘先平大自然探险长篇系列	1997 年获全国"五个一工程"奖、国家图书奖
山野寻趣(增删本)	1999 年获第四届全国优秀儿童文学奖
黑叶猴王国探险记	2001 年获第五届全国优秀儿童文学奖
大自然探险系列	2003 年获宋庆龄儿童文学奖
东方之子——刘先平大自然探险	2003 年获国家图书奖
走进帕米尔高原——穿越柴达木盆地	2009 年获第 11 届"五个一工程"奖
美丽的西沙群岛	2012 年获第 12 届"五个一工程"奖

从这个图表我们可以看到,刘先平大自然文学创作不仅在大众群体,特别是儿童群体中有着较高的接受水平,而且在国家文化建设上也凸显了其社会价值,因而才会获得多个颁奖机构的认可。

总的来看,刘先平的大自然文学不仅在文化资源上为文学产业化提供了强有力的支撑,而且在文学市场上也获得了较高的人气和关注度,这些都为刘先平大自然文学产业化提供了巨大的操作空间,也奠定了其文学产业化的基础。

三、刘先平大自然文学产业化的瓶颈

单一的文化产品形式和两难的文学创作现状构成了大自然文学产业化的瓶颈。从文化产品的形式来看,价值链分析法是 20 世纪末查尔斯·兰蒂(Charles Landry)提出的,他将"价值生产链分析法"(Value Production Chain A-

---

① 刘先平大自然文学工作室:http://www.liuxianping.com/html/zpcbnb_nb/.

nalysis）引入了文化产业的应用研究，从而提出了文化产业的五个阶段性环节：创意的形成、文化产品的生产、文化产品的流通、文化产品的发送机构和最终消费者的接受等。根据这五个环节我们可以把大自然文学的生产分为：大自然文学创意的形成、大自然文学产品的生产、大自然文学产品的营销、大自然文学产品的接受四个阶段。从这四个阶段来认识刘先平先生的大自然文学创作，可以发现，大自然文学创意的形成是作家单独思考的结果，特别是刘先平文学创作，较少受市场的影响，其作品的形成也是作者以自己的大自然探险实践经历为素材，把自己的实践体验与有趣的经历用文学的手法表达出来，完成文学创作之后，接受出版社约稿，然后出版刊发。正如刘先平自己说的那样："写到第三天，人物和场景都鲜活起来了，信心也足了。终于在 10 月中旬定稿。中国少年儿童出版社总编辑李小文来信索要此稿。11 月下旬，李小文大姐在收到稿子一个星期之后就来信，说是决定出版，只需要做些编辑工作……但我仍然于 12 月到了北京，住在中少的招待所斗室中，修改了近两个月。这就是描写在猿猴世界探险的长篇小说《云海探奇》，同时利用这段创作假，开始写作《呦呦鹿鸣》。"①此后，刘先平的文学创作一直保持着这种文学产品的生产机制。这样的文学产品的生产机制导致了刘先平大自然文学产品形式的单一，从而束缚了大自然文学产业化的发展。从刘先平大自然文学工作室的官方网站的统计来看，我们发现其大自然文学的产品形式主要是以出版图书为主，很少诞生其他的文学衍生品，诸如电影、电视、玩具、服装等等。面对这样的一种情况，大自然文学研究者刘君早先生不禁发问："既然我们有刘先平大自然文学这样丰富的资源，为什么至今还没有零的突破呢？"②

---

① 安徽大学大自然文学研究所主编：《大自然文学研究》，合肥：安徽人民出版社，2013 年，第 3 页。

② 安徽大学大自然文学研究所主编：《大自然文学研究》，合肥：安徽人民出版社，2013 年，第 107 页。

刘先平大自然文学创作统计表①

云海探奇（长篇小说）	中国少年儿童出版社 1980 年出版
呦呦鹿鸣（长篇小说）	人民文学出版社 1981 年出版
千鸟谷追踪（长篇小说）	中国少年儿童出版社 1985 年出版
大熊猫传奇（长篇小说）	人民文学出版社 1987 年出版
寻找猴国（大自然探险系列）	中国少年儿童出版社 2001 年出版
寻找香榧王（大自然探险系列）	中国少年儿童出版社 2001 年出版
寻找魔鹿（大自然探险系列）	中国少年儿童出版社 2001 年出版
寻找相思鸟（大自然探险系列）	中国少年儿童出版社 2001 年出版
圆梦大树杜鹃王 （东方之子 ——刘先平大自然探险）	湖北少儿出版社 2002 年出版
麋鹿回归 （东方之子 ——刘先平大自然探险）	湖北少儿出版社 2002 年出版
天鹅的故乡 （东方之子 ——刘先平大自然探险）	湖北少儿出版社 2002 年出版
黑麋的呼唤 （东方之子 ——刘先平大自然探险）	湖北少儿出版社 2002 年出版
潜入叶猴王国 （东方之子 ——刘先平大自然探险）	湖北少儿出版社 2002 年出版
迷失的大象 （东方之子 ——刘先平大自然探险）	湖北少儿出版社 2002 年出版
解读树王长寿密码 （东方之子 ——刘先平大自然探险）	湖北少儿出版社 2002 年出版
美丽的西沙群岛·南海有飞鱼	长江少年儿童出版社 2014 年出版
美丽的西沙群岛·西沙神秘岛	长江少年儿童出版社 2014 年出版
美丽的西沙群岛·珊瑚岛狩猎	长江少年儿童出版社 2014 年出版
美丽的西沙群岛·海底变色龙	长江少年儿童出版社 2014 年出版

注：本表仅摘录了刘先平先生的主要代表作品

　　刘先平的文学创作成果可以大致分为两个系列：长篇小说系列《云海探奇》《呦呦鹿鸣》《千鸟谷追踪》《大熊猫传奇》以及三部散文集系列《山野寻

---

① 刘先平大自然文学工作室,http://www.liuxianping.com/html/zpcbnb_nb/

趣》《红树林飞韵》《大熊猫故乡探险》和《天鹅湖的故乡》《迷失的大象》《潜入叶猴王国》。然而就其营销平台来看,主要依靠传统的出版发行作为营销渠道,就属于传统的文学生产模式,即"创作—发表出版—阅读"。

从刘先平大自然文学的创作现状来看,刘先平大自然文学的创作方向处在市场化创作和非市场化创作的两难境地。布迪厄认为文学生产可以划分为"限制性生产"和"大规模生产"两个子领域。前者是自律的,独立于一切经济要求之外,拒绝对普通公众的趣味做出让步。后者是他律的,受制于市场,追求商业成功和短暂的声名。这两个对立场域的作家一般没有任何交集,彼此互不理睬。刘先平大自然文学的创作可谓是徘徊在"限制性生产"和"大规模生产"两端,一方面刘先平把自己融入大自然中,尽情地书写野生动物的野性,海洋生物的灵性,以及那些从事保护动物,保护自然的工作者身上散发的人性美,从而远离了市场的羁绊,坚定地从事着"限制性生产"。另一方面,刘先平先生又竭力在自己的文学作品中呼唤生态道德,希望通过市场的杠杆,让文学作品获得更广泛的传播,又转而为"大规模生产"做着不懈努力。正是这样的一个矛盾,导致大自然文学产业化遇到了一个较为严重的瓶颈,使得大自然文学在市场化的竞争中缺乏明确的目标,在主要产品的创作中没有以市场作为方向,出现了其文学产品市场知名度低、市场竞争力弱的现象。

小结

在分析了刘先平大自然文学产业化的优势和瓶颈之后,刘先平大自然文学如何进行产业化就成了我们所要思考的问题。就笔者的研究来看,刘先平大自然文学产业化需要在大自然文学产品的创作方向、大自然文学产品的创作机制以及大自然文学产品的运行组织形式进行改造和完善。

首先,大自然文学产业化必然要求大自然文学在创作方向上是面向市场,是以"大规模生产"为目标的。因此创作内容的选择,故事情节的安排,故事场景、人物角色的设定等等多方面都应该建立在对市场偏好的研究基础之上再进行生产。为此需要巩固创意端建设,形成稳定可靠的创意群体。大力培养大自然文学创意人才,提高团队的创意质量和实力。这有助于大自然文学品牌知名度的打造,更有助于刘先平大自然文学创作产业化水平的提升。加强创意端建设,就是加强大自然文学创作产业链的初端建设。

其次,改变传统的创作——出版——阅读的模式,将传统的创作——出版——阅读模式向策划——生产——销售——消费模式转变。并学习日本复合化经营模式,广泛与相关的文化产业(动画企业、动漫企业、工艺品生产企业)合作,对大自然文学作品进行深入开发。

再次,对大自然文学产品的运行组织形式进行改造和完善。在实现大自然文学产业化的过程中,需要建立起一个高效专业的产品运行组织。以《魔戒》的产业化为例,《魔戒》的文化品牌主要是由托尔金公司负责运作,这一市场化的组织,"将《魔戒》打造为商业品牌,在忠于原著基础上,利用作品的情节内容、人物角色、物品事件等文学要素,授权衍生产品生产商开发多种内容类产品(影视作品、图书等)或形象类产品(玩具、饰品、食品等)"①。作为《魔戒》文学资源开发商的托尔金公司,凭借其专业的管理,强大的资源整合能力,打造了一条完整文学产业链。同国外的文学产品的运行组织相似的刘先平大自然文学工作室也成立了。但其文化管理水平,资源整合能力还需要进一步的完善。

最后,综合多种途径开发大自然文学。文学场是文学生产的环境,大自然文学的创作可以凭借自己的品牌效应,构建多种形式的文学场,实现场内生产,如在动物园、公园打造大自然文学交流馆,以大自然文学交流馆为平台,定期传播大自然文学的作品,形成一种场内的文学生产,促进大自然文学创作产业化。同时还可以通过互联网,建立网络文学生产场,建立网站或加入主流的文学传播网站,定期发布更新大自然文学的创作成果,依托网站建立起虚拟的文学生产场,促进大自然文学的传播。

发表于《广东石油化工学院学报》2017 年第 5 期

---

① 刘宁:"《魔戒》文学产业化模式探究",《产业与科技论坛》,2014 年第 20 期。

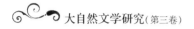

解读大自然文学的美学价值

冯亮

摘要： 大自然文学的发展最初得益于西方对自然环境的研究，一批具有自觉意识的作家结合我国具体生态状况，创作了多部文学作品。其中，刘先平是重要的代表作家，他的作品有着丰富的生态美学价值。以刘先平作品为代表的大自然文学的出现，不仅有着丰富的文学史意义，还有带领人们进入真正的绿色时代的现实意义。

关键词： 大自然文学；刘先平；美学价值

一、大自然文学的历程

人们对于大自然文学的了解，往往只是知道"大自然文学之父"刘先平先生，大自然文学的发展进程却鲜为人知，因而在解读大自然文学之前，我们必须要先了解西方有关大自然文学的发展历程，因为西方对于自然的系统研究最早也最系统，厘清西方关于自然的研究对于我们接下来分析中国大自然文学的研究有着极大的帮助。

西方对大自然和生态环境的研究，起初并没有系统化，追溯到思想领域方面，古希腊学者毕达哥拉斯和赫拉格利特当时认为，世间万事万物皆有规律，强调人与自然的和谐共处关系，赫拉格利特具有远见地提出"逻各斯"的哲学概念，他认为"这里所谓的 logos（逻各斯），人们在学习之前和刚开始学习时，是无论如何也不会懂得的；虽然他们已经体会到我按每一个不同事物本性来解释事物具有何种性质所说的话和所写的著作，但对于万物按这里所说的 logos 变化,好像还是没有什么认识"①。这里提到的逻各斯其实就是一种抽象的概念,它指的是万物归一的思想,这种思想代表着那个时候西方对于大自然环境的相处理念。正是基于这样的思想,希腊神话也处处反映着人与自然的关系,例如希腊众神的形象和名字,有的是根据动植物的名字直接化用而来,这体现出人与自然生生不息的紧密联系。而到了工业革命发展时期,西方社会开始产生对大自然的征服和利用的思想,为了发展经济,盲目地开垦荒原和森林,却没有意识到此举的严重危害性。当时一批思想家和文学家率先认识到了这一点,他们在以理性和技术为主的启蒙时代,高举回归自然的旗帜,卢梭就是其中典型的代表。卢梭的"回归自然"理论不只是期望整个社会的人性文明复归,更是希望人类社会能顺应自然,突出天性自然的法则,因此他主张通过教育来达到这一目的,这样可以长久地改变社会的思想,甚至是包括对大自然的观念,让人们"带着滋味无穷的迷醉消融在他自觉与之浑然一体的这个广袤而美丽的大自然中"②。这个时期的思想和文学的发展齐头并进,各国的文学发展从浪漫主义开始,例如英国湖畔诗人之一的华兹华斯是英国浪漫主义的代表诗人,他创作的大量诗歌都是描写大自然的美丽之处,并宣扬人与自然的和谐关系,诗人相信在大自然中有着"拯救人类灵魂需要的一种神秘力量……这种'自然观'是诗人对信仰的一种超越和升华,它既是一种超越人的知识性用以制约人类为所欲为的本能的权威,又是情感与理性的相互平衡、融合"③。再如之后 19 世纪的美国自然主义作家梭罗,他的作品更是被世人推举为生态文学的经典,尤以《瓦尔登湖》最为著名。他通过亲身经历,驻扎在瓦尔登湖的小木屋里,用自己作家的眼光去看待大自然,用人的身体与大自然做最亲密的接触,他明白了,人们只知道无止境地去占有自然,去破坏自然,人们只服从于自己的欲望。倘若人们能回归到最基本

① 陈井鸿:"试论赫拉克利特的'逻各斯'",《内蒙古农业大学学报(社会科学版)》,2008 年第 2 期,第 283 页。

② 卢梭:《一个孤独散步者的遐想》,巫静译,长沙:湖南文艺出版社,2005 年,第 114 页。

③ 王春:"关于华兹华斯诗歌中自然主题的研究",《西安外国语学院学报》,2003 年第 2 期,第 46 页。

的生存和物质需要，人们就可以活得更加轻松，更加快乐和幸福，"一切健康、成就，使我高兴，尽管它遥不可及；一切疾病、失败使我悲伤，导致恶果，尽管它如此同情我，或我如此同情它。所以，如果我们要真的用印第安式的、植物的、磁力的或自然的方式来恢复人类，首先让我们简单而安宁，如同大自然一样，逐去我们眉头上垂挂的乌云，在我们的精髓中注入一点儿小小的生命。不做穷苦人的先知，努力做值得生活在世界上的一个人"①。20世纪，联合国召开了第一次环境大会，特别呼吁各国政府和全世界人民关爱自然、关心自然，为后代子孙创造出一个绿色世界，还自然一片绿色，让大自然能够可持续发展，为此会议通过了《斯德哥尔摩人类环境宣言》。这就使得保护自然的理念深入人心，同时也刺激了一大批文学创作者通过作品表达对自然的热爱。这就不得不提到美国海洋生物学家蕾切尔·卡森，她的作品《寂静的春天》是一个历史的丰碑，直接引发了整个世界对于环境的讨论和关注，也开启了作家们自觉创造关于大自然文学作品的时代。"在这部作品中，卡森用充满忧患之情的语言向无知的大众讲述了DDT等杀虫剂对生物、环境和人类的危害，在宣传生态污染和危机意识的同时揭示了人类对待自然的态度。"②卡森用优美的散文语言向人们表达了自己对大自然现状的关切，她指出："在美国，越来越多的地方已没有鸟儿飞来报春。清晨早起，原来到处可以听到鸟儿的美妙歌声，而现在却只是异常寂静"。③ 至此，有些人以"生态文学"这样的概念术语去表现学术争鸣和文学繁荣的局面，其实这都是立足于一个极其重要的背景，就是在自然环境日益遭到破坏的情况下，人们的生态危机意识得到极大的觉醒。基于这样的意识，关于大自然的研究和创造才得到欣欣向荣的发展，这样才能让社会大众更加积极地去关注和了解大自然。

而回顾我国的大自然文学发展历程，在最初的时候，同样也是有着深厚的思想基础。例如，董仲舒提出的儒家"天人合一"思想，包含了知天命、敬天

---

① 梭罗：《瓦尔登湖》，上海：上海译文出版社，2006年，第67页。
② 薛敬梅：《生态文学与文化》，昆明：云南大学出版社，2008年，第18页。
③ 蕾切尔·卡：《寂静的春天》，北京：台海出版社，2015年，第87页。

命的哲学体系,这种体系实际上是以"仁爱"为主的基本生命思想,主张关爱生命,关爱自然,对自然怀着一股敬畏之情,"孔子的'畏天命',并不是原始的自然崇拜,也不是自然神论,只是继承了自然崇拜的某些人类经验……能深切体验自然界的生命意义"①。另外,老庄思想讲究的"道法自然""物我同一"思想也体现出人与自然的关系,老庄突出强调人类应该回归自然的天性,在自然中生活,去改善自我、完善自我,最终达到"无为"的境界。在古人看来,我们生活的世界是一个整体,人类与环境的关系不仅会影响到人类的心性,也会影响到人类的生存命运,善待自然就是善待自己,善待自己就是造福自然,由此可见,这其实是一个相互统一、相互影响的共同体关系。无论是儒家思想还是老庄思想,都直接影响到历朝各代的诗人对大自然的感情抒发。唐朝的山水田园派诗人孟浩然就是其中之一,孟浩然的诗主要是讴歌祖国大好河山,在欣赏感叹的情感中,同自然共为一体,达到放松心灵,提升自我的效果,因而有些学者认为孟浩然的自然观实际上融合了儒家思想和老庄思想,"儒家的'智者乐水,仁者乐山'是要从山水风景中寻找其内在的某种审美型理想;道家的'顺应自然'是通过将人生与自然接轨,从中探寻世外桃源……从唐代孟浩然的诗中也能发现,上述对自然的认知"②。而在新中国成立之后,我国一直坚持着中国特色的可持续发展战略,这都是对马克思和恩格斯的理论进行延伸所产生的结果,马克思和恩格斯认为:"人永远也不能征服大自然,人永远不应当与自然为敌,从长远来看,人对自然的征服、控制和改造绝对不可能获得胜利。陶醉于对自然的短暂'胜利'是愚蠢的,乞求以征服自然来张扬人的力量是虚妄的,而且终将是徒劳的。如果非要这么做,只能是自食其果。"③我们可以看到,中国一开始大力发展经济,是以牺牲自然环境来换取经济增长的,但是长久来看,无论是森林砍伐、水污染还是土壤污

---

① 曾繁仁:《人与自然:当代生态文明视野中的美学与文学》,郑州:河南人民出版社,2006年,第254页。

② 王为群,刘青汉主编:《生态文学:西部语境与中外对话》,兰州:甘肃人民出版社,2008年,第23页。

③ 王诺:《欧美生态文学》,北京:北京大学出版社,2003年,第38页。

染,都让政府和人民意识到保护自然是最根本最无法忽视的,我们必须还祖国青山绿水,必须还子孙后代一个绿色的环境。这里面,有着很多优秀的作家和学者在发挥作用,他们一方面大力创造大自然文学作品来抒发自己的情感,也熏陶读者去保护自然,另一方面引进大量西方的自然文学理论和作品,也进一步丰富和完善了大自然文学的发展。具体包括以下几个方面:1. 描写人与动物的关系。中国自古就有借动物来反映人的情感和社会感悟的传统,蒲松龄的《聊斋志异》就是最突出的典型,用充满人性的动物来制造出光怪陆离的人类社会。可见,我国的人们善于写动物。自新时期以来,我国的众多作家从古人的创作中吸收养分,利用"中国人特有的思维方式和看待生命、处理与他者关系的方法,以及中国人在悠久的历史发展进程中积累下来的与动物群类之间的故事,为中国的动物小说创作提供了自由的素材、角度和哲学思考"①。例如,张昆华的《蓝色象鼻湖》,李子玉的《野鸭麻胸脯》以及刘先平的《呦呦鹿鸣》《云海探奇》《大熊猫传奇》等等,这些都是通过描写大自然中的野生动物来展现丰富的动物世界,刻画真实的动物习性,让读者感受到一个个生动的动物形象,更加领悟到人与动物的紧密关系。2. 人与植物的关系。我国古时候就有"香草美人"之说,抑或是用"荷花"等植物意象来衬托人志向高洁,而在清代小说《红楼梦》和《镜花缘》中,也不乏描写植物的片段。实际上,古代描写植物多是为了借助其意象特点,来描写人的性格或气质,起到一个升华的作用。而在当今社会,我国经济的高速发展暴露出越来越多的环境问题,其中最严重的是森林问题导致的水土流失,这都引起人们充分的重视。其中,一大批作家创作了许多关于植物习性的文学作品,例如,刘先平的《山野寻趣》就有描写榕树的旺盛的生命力的篇章,董源编著的《中国植物之最》详细介绍了中国2000多种植物,阐释了这些植物与人们生活之间的联系,这一系列的作品都让人们意识到植物对于人类生存的重要意义。3. 人与自然的关系。中国的经济发展不同程度上影响了自然环境,一批有着前瞻意识的作家投身到保护自然的事业中,其中以徐刚和刘先平为最有代表性的作家。徐

---

① 孙悦:《动物小说:人类的绿色凝思》,沈阳:辽宁大学出版社,2010年,第41页。

刚发表了一系列关于生态自然的报告文学作品,例如《伐木者,醒来》《中国:另一种危机》《绿色宣言》等作品,都详细介绍了中国的地理环境以及目前所面临的巨大的生态危机问题,"他的作品内容丰富、文笔流畅,既有对自然的深情描绘,又不乏详尽的地理资料;既流淌着文学的诗意,又饱蘸历史的忧思"①。而刘先平的《美丽的西沙群岛》系列丛书,更是一部探险经历的纪实,作者以散文的笔调描写了西沙群岛的各种生物,同时也展现出边防官兵保护生物,同自然和谐共处的关系。

当然,我们也要看到,国内不仅有一大批作家在创作关于大自然的文学作品,同样还有着一大批理论学者在努力地对大自然文学展开一系列的理论探索和研究。关于文学和自然环境的研究,还要从引进西方的生态批评学说起,生态批评学立足于全球的生态危机,同时与我国的自然环境现状也有着千丝万缕的联系,而我国的学者将我国自然环境现状和西方生态理论进行融合,出现了"生态文艺学"和"文艺生态学"两种研究理论,前一个侧重的是文艺学,属于文艺学一个分支学科;后一个侧重于生态学,属于生态学一个分支学科。代表性著作包括鲁枢元《生态文艺学》和曾永成《文艺的绿色之思——文艺生态学引论》,两部著作都从不同层面上对生态自然进行理论性的批评和系统性的建构。除此以外,我国学界还举办过多次学术会议,包括"中国首届生态文艺学学科建设研讨会""文化生态变迁与文学艺术发展学术研究会"等等,都对学界研究自然、探讨自然起到了推动作用。因此,在大自然文学研究方面,我们仍然有很多需要去探索,需要去研究,需要更进一步地去追寻的领域。

二、刘先平的大自然文学

刘先平,安徽人,自 1957 年开始发表作品,作品一直以描写大自然为主,

---

① 孙燕华:《当代生态问题的文学思考——台湾自然写作研究》,上海:复旦大学出版社,2009 年,第 388 页。

是一位关注自然发展、关注生态环境的大自然文学作家。大自然文学,从字面上来说,就是描写大自然的文学,实际上是借用文学的形式,用一种发展的绿色的生态眼光去理解和关爱大自然。刘先平被学界公认为大自然文学之父,这既代表了学界对刘先平作品的认可,同时也是他自创作以来不断对文体风格打磨的结果。我们通过对刘先平作品的梳理,可以一窥他风格的变化过程。第一,以探险小说为主时期。这个时期是刘先平早期的大自然文学创作风格,代表作有《呦呦鹿鸣》《云海探奇》等作品,这些作品以刘先平亲身探险经历为蓝本,再融合作家的独特想象力,谱写出一部部让人喜爱的文学作品。刘先平在创作过程中曾指出:"环境危机实际上是生态危机,是我们生存的危机。感谢大自然的召唤,她给予了我最生动、最深刻的生态道德教育,因而无论是我在撰写大熊猫、相思鸟实际探险的长篇小说时,还是在描写野生动植物世界探险的奇遇中,都努力宣扬生态道德的伟大,呼唤生态道德在人们心间生根、发芽。"①我们可以看到,作家刘先平抱着对自然的热爱来创作作品,力图让人们去感受大自然里那些生动的动植物,去唤醒人们保护自然,关爱生态环境的意识。在他的作品中,塑造了一个个生动活泼的野生动植物形象,让人倍觉怜爱,例如,"一只体格健壮的梅花鹿,正在逗着一只小鹿。老鹿用嘴拱拱小鹿的脖子,当小鹿也伸出嘴来,想亲亲妈妈的脖子时,老鹿马上退了几步。小鹿只得往前走,前腿倒是不费事地跨出去了,长长的后腿却趔趄着。眼看小鹿快要够得着老鹿的嘴了,老鹿又向后退去。小鹿真够娇的,两次没够到妈妈的嘴,马上赖在那里不走。老鹿只得又往前走两步,用嘴亲吻小鹿的脖子。小鹿还是不动,细溜溜地叫了两声,大约是委屈、不满的表示,妈妈心软了,又迁就地往前走了一步……"②以上出自作品《呦呦鹿鸣》,描写的是老鹿教小鹿走路的过程,这不禁让人想起母亲教小孩子走路时的情景,作为母亲总是对孩子心存怜爱之意,既想教会孩子,又担心孩子摔倒受伤,刘先平在描写时给老鹿注入一种深沉的母爱,让读者阅读时被这样的动物形象

---

① 刘先平:《呦呦鹿鸣》,合肥:安徽少年儿童出版社,2008 年,第 1 页。
② 刘先平:《呦呦鹿鸣》,合肥:安徽少年儿童出版社,2008 年,第 15 页。

所感染,所打动。因而有学者这样评价刘先平:"刘先平在其动物叙事中贯穿着对大自然的敬畏和对生灵万物的体贴和包容,摆脱了以往用人的道德和理性去评判动物行为的窠臼,展现出动物丰富的内心世界,表达出温暖、悲悯的人文情怀。"①如此带有人性的描写,在刘先平的作品里屡见不鲜,例如,"果然,野猪张开血盆大口,伸出长长的獠牙,面目更加狰狞,吼着,威胁着。但它的腿却像是被什么绊住似的,刚冲两步,又退回原处,死死守着水凼。野猪占据水凼,也确实增加了进攻者的困难。水几乎淹没了高大的野猪的腿。斑狗要是下了水,可就糟糕了。野猪在走投无路的情况下,跳到水凼里,除了是选择有利的防守地形,也有引诱斑狗下水作战的念头。斑狗对这一切都不作反应,只是按自己的方案行事"②。以上出自作品《云海探奇》里的片段,描写的是野猪同斑狗对峙的场景。在生死存亡之际,野猪和斑狗都为了生存而有着自己的作战策略,大自然世界里本就遵循着弱肉强食的自然规律,如何在大自然中生存下去也是每个野生动物所要考虑和面对的。而人们面对如此情况,最重要的是透过这样的场面去了解动物的生存状态,让它们在大自然的环境中按照自然规律好好生活下去。第二,以探险纪实为主时期。这个时期是刘先平作品最为成熟的时期,经过多年的创作,他明确了自己的大自然文学风格,并发表了多部长篇小说,如《山野寻趣》《大熊猫传奇》等等。比如,《山野寻趣》实际是以刘先平的探险经历为蓝本,描写的是自己在野外的若干经历过程,运用散文化的文笔,不仅文章故事优美,又兼具报告文学的真实感。例如,"碧蓝碧蓝的海,以无边无际的波涛迎接了我们。浪花像是飘悠在天际的白云,它壮阔得把天地统统融入了胸怀。闪亮的沙滩,犹如银色的项链。而茂密的椰林,风中飘动的凤尾般的椰叶,就像嵌在项链上的翡翠宝石。面对这雄伟的大海,秀丽的海岸,难怪连骄傲的鹿也无限眷恋、不忍离去——化作一座高高的山岭,日日夜夜仰首注目着大海风云的变幻,倾听惊天动地

---

① 安徽大学大自然文学研究所主编:《大自然文学研究》,合肥:安徽人民出版社,2013 年,第 103 页。

② 刘先平:《云海探奇》,北京:中国少年儿童出版社,1980 年,第 45 页。

的涛声"①。这里描写的是作者去三亚海滩时的情景，作者面对如此壮丽的景色，不禁赞美祖国的大好河山，大自然的鬼斧神工造就了这样的美景，作为人类的我们如何不去保护，不去爱护呢？对此，刘先平这样说道："生活的积累，人生的感受，失去生态平衡的自然的呼唤，使我在那个山头上毫不犹豫地决定写小说。"也许正是作家这样的信念，使得他可以坚定地去探险，去历练，去走访祖国的各个角落，让保护自然的意识随他的脚步遍布每个角落。再如，作品《大熊猫传奇》里，"伟伟睡的姿态，就像果杉说的，雪白的圆肚皮，一起一伏，仰八叉的黑腿，前肢有只遮眼，还有只枕在颈下。它睡得那样自然、安逸、香甜；又是那样滑稽、可爱。起伏的呼噜声，正是它发出的。它还会打呼噜！坐在一旁的洞尕，也正昏昏地打瞌睡。很像一位慈祥的母亲，正守护着熟睡的孩子。生活的重担，已使它垂下了眼皮"②。故事讲述的是兄妹两个保护大熊猫母子伟伟和洞尕的故事，不仅用优美的文字诉说跌宕起伏的情节，同时还以科普性的态度普及种种自然知识，包括对气候的描写、对竹子的描写等等。此书作为第一部描写在大熊猫世界里探险的长篇小说，是刘先平呕心沥血之作，他在里面注入了很多自身的饱满情感，他对自然、对动物的描写反映出的是对动物的讴歌和赞美，也是对当下社会下人们物欲横流的心态的真实写照，"他不仅仅依据'物竞天择，适者生存'的客观法则和考察中所掌握的实际情况，具体地表现了大自然中实有的动物世界，并以高超的技艺把它写成'人化'的自然，亦即以'自然的人化'理解，表现了大自然的诗意美"③。第三，新创作时期。这个时期是刘先平经历沉淀，继续大自然文学创作时期，他发表了《美丽的西沙群岛》一系列丛书，包括《南海有飞鱼》《西沙神秘岛》《珊瑚岛狩猎》《海底变色龙》等四个画本文学作品，他运用科普的笔调去描写西沙群岛的各种动植物，让读者在生动的故事中也可以学习科学知识，用知识

---

① 刘先平：《山野寻趣》，北京：中国少年儿童出版社，1987年，第3页。
② 刘先平：《大熊猫传奇》，北京：中国青年出版社，1996年，第250页。
③ 安徽大学大自然文学研究所主编：《大自然文学研究》，合肥：安徽人民出版社，2013年，第44页。

去武装保护自然的意识,更好地去关爱大自然。例如,作品《南海有飞鱼》中,"东方明说:'口器是用来进食的,又是排泄口,更是生殖口。水母是很古老的低等动物。考古学家发现,它六亿多年前就活在地球上了,到现在进化也不明显,还保留着低等动物一器多用的特点'"①。这段描写的是海里的水母,通过东方明在海上钓鱼的经历,一一介绍海洋里的各种生物,难怪有学者说:"这是一部内容丰富、新颖、大有深意的作品……作品让我们认识到,没有长久明确的海洋战略,就没有真正强大的国家。没有生态和谐的海洋与陆地,就没有强劲持久的国家发展。"②因而我们可以看到,刘先平在新创作时期,仍然秉持着对大自然的赤子之心,在越来越多的作品中,坚定不移地去塑造大自然生动的形象,去宣传大自然可爱的一面,去动员人们热爱和保护大自然。例如,作品《珊瑚岛狩猎》中,"二十多年前,咱们西沙的海军就建立了我国第一座南海海洋博物馆,开始对大众进行启蒙教育。世界上还能找到第二支具有这种素质的军队吗? 我来到这里,就是想亲眼看看,这里的战士是怎样把保卫祖国海疆和保卫海洋生态融合在一起的。当然,我也要认识海洋生物世界"③。刘先平借小说主人公之口把自己创作此书的初衷说了出来,对于西沙群岛,除了边防官兵,普通人知之甚少,刘先平用自己的亲身经历给大众还原出一个充满魅力的生态世界,他既讴歌了边防战士的奉献精神和保护意识,也同样赞美了西沙群岛作为祖国的一部分所蕴含的广阔的自然风光。所以,新创作时期的刘先平,他的作品既激发了人们爱国主义情怀,又唤醒了人们保护海洋世界的意识,树立了保护生态环境的道德理念,这让刘先平的大自然文学达到了一个新的文学高度。

---

① 刘先平:《南海有飞鱼》,武汉:长江少年儿童出版社,2014 年,第 38 页。
② 安徽大学大自然文学研究所主编:《大自然文学研究》,合肥:安徽人民出版社,2013 年,第 205 页。
③ 刘先平:《珊瑚岛狩猎》,武汉:长江少年儿童出版社,2014 年,第 14 页。

三、大自然文学的美学价值

人类自近代以来,为了发展经济,盲目地对大自然进行开采和利用,造成了很大的生态问题,一次次的自然灾害都可以看作是大自然对人类行为的报复,这引起人类极大的重视。当生态危机已经成为人类社会最不容忽视的问题时,文学作为人类表现现实的一种手段,此时就发挥了功效,通过文学我们可以给予多方面的人文关怀和理性思考。学者鲁枢元曾经说过:"文学是人学,同时也应当是人与自然的关系学,是人类的生态学。"①大自然文学,作为反映当代大自然的文学,虽然才刚刚起步,理论体系和组织架构还未能有详细的规模,但是,大自然文学表现和研究的对象恰恰是目前我们需要极其重视的,可能这需要一个曲折漫长的过程,所以大自然文学需要更进一步地同美学进行建构,通过对大自然美学价值的梳理,我们可以更加开拓大自然文学的发展空间。

在 20 世纪,生态批评同美学体系融合,形成了生态美学,作为新领域下的审美范畴,生态美学是"站在后现代的审美语境中,从生态主义观念出发,来审视人与自然、人与社会、人与自身的多重审美关系,从而建立一种崭新的、和谐的、符合新的生态价值追求的审美观"②。我们可以看到,生态美学实际上是为了对抗现代工业文明,对抗无序地盲目地开发大自然的行为,是对人类行为的控诉,也是对自然生命的关怀。因此,学者曾繁仁说道:"生态美学实际上是一种在新时代经济与文化背景下产生的有关人类的崭新的存在观,是一种人与自然、社会达到动态平衡,是一种新时代的理想的审美的生活,一种'绿色的人生'。"③这种境界,正是生态美学所反映的美学旨趣,它所追求的境界不仅仅是文学意义上的升华,更是需要从现实人与自然的关系出发,去

---

① 鲁枢元:《生态批评的空间》,上海:华东师范大学出版社,2006 年,第 323 页。
② 隋丽:《现代性与生态审美》,上海:学林出版社,2009 年,第 16 页。
③ 曾繁仁:"试论生态美学",《文艺研究》,2002 年第 5 期,第 11 页。

追求人与自然的和谐共存,去追求卓有成效的对人们面临的生态危机问题的改善措施。因而,生态美学是"生态系统功利之善以及由整个生态系统的平衡所产生出来的至善至美,是人间之大美"①。生态美学突出了其对大自然的无功利性的关怀,需要全人类去共同努力来换得后世子孙的美好未来,这种价值内涵诠释了生态美学追寻的是自然环境和人类社会两者关系之间的可持续发展。

我国的大自然文学刚开始起步,理论方面并没有很完善,其看似与生态美学有很多共通的地方,但是大自然文学也有着自己的美学独特性。首先是在大自然文学生成的美学语境方面,大自然文学根植于一批作家学者的自然意识的崛起,这种具有自觉性的意识对于探究对象有着高度的敏感性,它对目前所处的境况会有深沉的反思性,人类高度发展的社会是以牺牲自然环境为代价的,这种把自然当成工具的理念和行为,是不顾社会的长远发展规律的,浓厚的个人利己主义思想导致了目前日益严重的生态危机,在这样的现实语境下,大自然文学登上了文学历史舞台,开始了它的自然之路。另外,大自然文学也受到西方语境的影响,西方的生态文学和生态理论起步较早,经过长足的发展,也有了完整的理论体系。我国的有识之士通过引进和翻译西方的文学作品和理论著作,使得大自然文学吸收了很多丰富的资源,同我国的具体自然境况相结合,让自身得到进一步的发展。不仅如此,大自然文学其实是一种对于人类自身的拷问,在让人们感受到作品中大自然的美好之处,也扪心自问:征服真的是处理人和自然的正确手段吗? 人类最终赢得胜利了吗? 如今我们面临许多的生态问题,我们是否应该反思自己从前的行为,进而改变某些功利的行为呢? 大自然文学给予人类这样的语境,是对整个人类社会的一种道德关怀,是对人类自身命运的关切。其次是在大自然文学的美学意象方面,大自然文学描写的对象丰富多彩,既有陆地生物,也有海洋生物,花鸟虫鱼,草长莺飞,这包含了深厚的生命之爱。这些生物,或是直观性的科学描写,或是拟人性的抒情描绘,抑或是带有某种象征意义的寓意

---

① 隋丽:《现代性与生态审美》,上海:学林出版社,2009 年,第 25 页。

叙事，都是一种对生命本身的赞美，对大自然世界的惊叹。"作为与人同样的生命存在，动、植物不仅是生态灾难的直接受害者，而且还是人类暴行的直接施于对象。对非人类生命的热爱能唤起我们命运的共同感，给人类带来温暖和安慰，而对其他生命的残暴则表现了人类的自私和冷酷，折射了人类内在心灵的孤独和绝望。"①所以，大自然文学作家把大自然的每一个小生物都当作是鲜活的生命，在古代，生物作为部落的崇拜对象，带有明显的宗教神话色彩，而如今每一个生物都是自然世界中的居民。大自然文学承认生物的存在性，并尊重它们的生活方式，这无疑摆脱了人们把自己作为地球上唯一的生活者的观念，无论是人类还是动植物，大家都是生活在同一片蓝天下。另外，对生物的描写，实际上也是同生命的一次对话，赋予种种意象的可能性，"在带给读者审美享受的同时引发了读者对生态问题的关注和思考，从而构建起由作者和读者共同组成的心灵共同体，形成普遍的生态共识并对人类行为和道德产生积极而深远的影响"②。最后是在大自然文学的美学特征方面，也可以说是大自然文学的美学旨趣上，大自然文学更像是精神的朝拜之旅，它对于大自然的热爱，怀揣着一颗关于爱和生命的敬畏之心，也是对宇宙中生生不息的生命的敬重，是具有普遍意义的审美之情。另一方面，大自然文学的复归审美品格寻求的是美学的真善美，复归指的是回归自然，大自然文学中那些关于自然的景色，让人流连忘返，使人不禁想要同自然融为一体。回归自然不仅仅强调的是人类同自然和谐共存，更强调的是人类的天性，人类本是喜好和平的生物，回归天性就是要回到最初人类的模样，那种无忧无虑自由自在的精神状态，而不是如今这种只为功利只为利益的狰狞面孔。另外，大自然文学更显出超越种族类别的美学关怀，人类总是将自己作为高高在上的生物，作为在地球上拥有绝对地位的掌控者，生物在他们眼里只是供自己生存的工具。但是，大自然文学打破了这一观念，它认为生物也是美的一种表现形式，通过这种美可以让人们了解到自然世界的恒定规律，让人们意识

① 薛敬梅：《生态文学与文化》，昆明：云南大学出版社，2008 年，第 92 页。
② 薛敬梅：《生态文学与文化》，昆明：云南大学出版社，2008 年，第 93 页。

到自己的不足,也让人们明白需要与自然建立精神上的联系。

因而,我们可以看到,大自然文学具有文学和现实的双重价值。大自然文学的出现,丰富了文学的流派,其作品更是体现出一大批作家的人性的自觉意识,同时也让创作形态和叙事风格更加多样化,其与美学理论的结合,更是有助于在阐释具体文本时,为作家提供新的思路和空间。在现实方面,大自然文学兴起于当下日益严重的生态危机,反映了人们对于回归自然,与自然和谐共处的愿望,文学和现实的结合暴露了严肃的环境问题,也让人们更加关注和重视自然的现实状况。相信随着大自然文学的发展和理论研究的深入,大自然文学将会有进一步的突破,带领人们走向绿色的环境时代。

大自然文学中的悲剧精神①

徐立伟

摘要：大自然文学通过观照人与自然的关系来反思人类的自身,在表现人与自然的关系时生发出悲剧精神。文学文本从"人类中心主义、家园消逝、文化消费"三个方面体现了大自然文学的悲剧精神。分析这种悲剧精神,旨在让人类重新审视自我,建立人与大自然的和谐关系。

关键词：大自然文学;人类中心主义;悲剧精神

一、为什么大自然文学中会有悲剧精神

首都经济贸易大学程虹教授提出美国自然文学的概念是"以描写自然为主题,以探索人与自然关系为内容,展现出一道亮丽的自然与心灵的风景,重述了一个在现代人心目中渐渐淡漠的土地的故事"②。安徽大学大自然文学研究所提出:"大自然文学的创作宗旨是以大自然为题材,书写人与自然的故事,追求人与自然的和谐。"③两者表达虽有差别,却都肯定了大自然文学是对于"人与自然关系"的探索和书写。当人们探讨人与自然的关系时,以人类的

---

① 本文为2016年安徽省哲学社会科学重点规划项目"生态文明视域中的'大自然文学研究'"(AHSKZ2016D23);2017年安徽大学大自然文学协同创新中心资助项目"大自然文学中的悲剧意识"(ADZWP17—07)阶段性成果。

② 程虹:《美国自然文学三十讲》,北京:外语教学与研究出版社,2013年,第2页。

③ 安徽大学大自然文学研究所:《大自然文学研究》,合肥:安徽人民出版社,2013年,第1页。

视角为出发点,以大自然文学为载体,通过对自然的观照来反思人类的自身,来重新审视并建构人与自然的关系。

如果要达到反思的效果,文学创作上通常的办法有两种:"或者通过展示人与自然的和谐关系及其营造的美景佳境激起人们热爱自然、保护生态的意识,或者通过描述人与自然相互对立及其造成的生态危机从反面唤起人们的生态忧患和生态保护意识。"①事实上,在大自然文学创作中,两种方法都存在,并且都能够从现有的作品中找出例证。但是,这里我们主要探讨第二种方式,它是悲剧精神的源泉,因为人与自然的矛盾和对立以及引起的危机,已经对人类本身造成了巨大伤害,人类从征服自然的快感中没有走出多远,就已经体味到了自然报复的痛感。这必然引起人类悲剧意识,生发悲剧精神。作为人类要面对的首要的并且是最终的问题,就是我们的生存问题。我们是什么,我们如何生存,我们生存的意义何在? 尤其是在当前我们的自然环境持续恶化的现实中,在我们的人性和自然性的巨大冲突中,我们要如何走下去? 简单地说,这种悲剧精神就是"对悲剧性现实的情感反映和理性把握"②。这既是大自然文学创作的出发点,也是落脚点。

二、大自然文学中的悲剧精神分析

(一)人类中心主义的悲剧精神

1. 在与自然的冲突中胜利引起的人的悲剧精神。古希腊先贤普罗泰戈拉认为"人是万物的尺度",德国古典哲学家康德也觉得"动物不具有自我意识,仅仅是实现外在目的的工具。这个目的就是人"③。人类习惯以人的尺度来规范自然界,以人的手段推动"自然的人化"。然而,人的尺度并不意味着自

---

① 刘文良:"悲慨:生态文学之魂",《中国文学研究》,2007 年第 4 期,第 113 页。

② 何锡章,王书婷:"佛教与中国传统文化悲剧意识的演变",《中国文学研究》,2004 年第 4 期,第 8 页。

③ Immanuel Kant,*"Rational Beings Alone Have Moral Worth "*, in Louis P. Pojman. *Environmental Ethics:Readings in Theory and Application*,Blemont,CA:Wadsworth,2000,31 – 32.

然界的法则,因为人是自然的一种类属,而不是相反。在人类"征服"自然的过程中,如果自然不能够"逆来顺受",那么,矛盾冲突在所难免。所谓矛盾冲突,一定存在着对立的两个方面,这两个方面的斗争不是东风压倒西风,就是西风压倒东风。人类的优势体现在"动物只是按照它所属的那个种的尺度和需要来建造,而人却懂得按照任何一个种的尺度来进行生产"①,所以人类总能"与大自然进行残酷而又顺利的斗争"。小说《狼图腾》中,蒙古族人民对狼有原始的崇拜,他们热爱生养自己的草原,对狼保持着一种弹性的态度,依靠并伴随。而汉人的到来,则改变了这个相对"平衡"的局面。政治运动式的屠杀,导致了狼与人的决裂。经过一轮战斗,人类高举着猎枪和幼狼的尸体,庆祝着"人定胜天"的伟大预言。但是,正像作品所渲染的那样子,"在几乎每部悲剧中,从一开始就有一种在劫难逃的气氛"②。人类与狼的关系恶化到了极点,狼的报复也默默展开。终于在月黑风高夜,它们来到了生产队驻地,将马群赶入临界冰点的泡子中,人类至此,再也无力回天。这也印证了恩格斯的话,"我们不要过分陶醉我们人类对自然界的胜利,对于每一次这样的胜利,自然界都对我们进行报复,每一次胜利,在第一线都取得了我们预期的结果,但在第二线和第三线却有了完全不同的、出乎意料的影响,它常常把第一个结果重新消除"。这种人类中心主义的恶果,与其说是与人类意图背道而驰,不如说是人类独断专行的咎由自取。借用《美狄亚》的一句话,"凡是我们所期望的往往不能实现,而我们所期望不到的,神明却有办法,这件事也就是这样的结局"③。

2. 在与自然的冲突中失败引起的人的悲剧精神。人类中心主义的首要出发点是人的利益,人类依此建立所谓的秩序,在人与自然的关系中,将自然作为客体,将人的价值观完全覆盖在自然之上。然而,这种人类中心主义恰恰

---

① 中共中央马恩列斯著作编译局:《马克思恩格斯全集》第42卷,北京:人民出版社,1979年,第97页。

② Clifford Leech, *Tragedy ,the Critical Idiom*, London：Methuen &Co. Ltd,1969,p.39.

③ 埃斯库罗斯:《悲剧二种》,罗念生译,北京:人民文学出版社,1979年,第113页。

忽视了人是自然的一部分,并且人身上具备自然的规律和秩序,一旦改造自然出现问题,那么势必是人的规则和自然的规则出现了冲突,可以想到的是,逆自然规则就意味着逆人作为自然的一部分的自身规则,后果就是所有的改造将以失败告终,连"一线的胜利",都不会发生。斯奈德指出:"野生的自然,是秩序无穷的源泉……在人类看来,这个世界有太多的杂乱无序的东西,但是在非人类的宇宙里,从树上掉落的一片树叶也是遵循着整体秩序飘落的。"①在艾特玛托夫的《断头台》中,人类烧毁了草原,用以建设代表现代文明的公路,抓获幼狼换取烈酒,屠杀羚羊,上缴肉类供给,最终导致狼的复仇,牧民在人与狼的决战中,误击中幼子,战斗结束,四野苍茫,狼藉遍地,人类受到严重的惩罚。从最初的筑路开矿,到大规模捕杀野生动物,所有满足人欲的规划都为悲剧埋下了伏笔。人类没有考虑整体的自然,仅仅从自身的欲望出发,在与自然的战斗中,落得了"白茫茫大地真干净"的下场。甚至作者发出了这样的呼喊"为什么你要赐予那些互相残杀、把大地变成大众耻辱的坟墓的人以智慧、语言以及能创造万物的自由的双手?",他甚至呼吁人类"不要再贪求对别人的统治"②。文学作品再一次以悲壮的形式,印证了人类中心主义的短视和悲剧结局。

(二)家园消逝的悲剧精神

虽然大自然文学探讨的是人与自然的关系,但是,反思的对象绝不仅仅是自然法则,还包括人类自身的思想、文化生存和发展方式。一方面,通过调整适应自然,另一方面,审视文化,在形而上的范畴消除人与自然的对立。用科技的力量认识和支配自然,我们高歌猛进,但从文化的视角我们观照自身时,却难掩反复涌上的悲剧情怀。

1.乡土消亡与城市化产生的悲剧精神。人类都是从自然而来,尤其是作为农耕民族的中原民族,人与自然、土地的情感更为复杂,有学者指出"全部

---

① 山里胜己、高田贤一、野田岩一等编:《自然和文学的对话》,北京:中国社会科学出版社,2014 年,第 9 页。

② 艾特玛托夫:《断头台》,冯加译,北京:外国文学出版社,1987 年,第 221 页。

中国文化几乎都是建立在人类的这种悲剧精神的基础之上的，都是建立在人与宇宙、自然、世界的悲剧性分裂和对立的观念之上的"①。随着人类城市化的扩张，自然的范围被进一步压缩，难以计数的农村人口拥进城市，城市的范围也在不断地扩大，可是当我们定居在钢筋水泥的丛林里，重新填写一份关于身份的证明时，会发现"祖籍"一栏越来越模糊，不但我们没有去过，甚至，那个地方已经消失了。在赵本夫的小说《即将消失的村庄》里写到"溪口村的败落是从房屋开始的，在经历了无数岁月之后，房屋一年年陈旧、破损、漏风漏雨，最后一座座倒塌。轰隆一声，冒一股尘烟，就意味着这一家从溪口村彻底消失了。每倒塌一座房屋，村长老乔就去看一下，就像每迁走一户人家，他都要去送一下，这是他的职责"②。作品中我们看到了一个又一个房屋消失，一个又一个村庄消失，一个又一个故乡消失，进而农田被流转，河水干涸，集市主干道两旁盖起了楼房，昔日绿油油的菜田和金黄的油菜花都已不会再现，留下的只有千篇一律的，城市。余虹说："一个天地隐匿，诸神逃离，万物被掠夺的世界不是真正的世界，而是一个地基被毁的深渊，悬于深渊中的现代人，是无家可归者。"③

2. 宗族谱系与个人记忆消失产生的悲剧精神。人是大自然的一部分，只是人很少用观照自然的视角来观照自身。经济社会高速发展的三十年，我们的宗族观念已经严重淡化，一个家族血脉的传承也被小家庭的分散生活所取代，大家族群居的时代已经不复存在，族群的记忆走向散佚，如果家族是一棵树，那么主干已经不在了，只剩下满地叶子。再看个人的回忆，个人的回忆也随着生活空间的不断压缩，变得气若游丝，孩提时代的过往美景今天已经荡然无存。大自然伴随着我们成长，但是当我们长大以后，大自然却不见了。如果我们是一棵树，那么曾经赖以生长的山已经不在，我们只是被安排在高

<hr/>

① 王富仁："悲剧意识与悲剧精神"（上篇），《江苏社会科学》，2001 年第 1 期，第 114 页。

② 赵本夫："即将消逝的村庄"，《时代文学》，2003 年第 4 期，第 78 页。

③ 余虹：《艺术与归家》，北京：中国人民大学出版社，2005 年，第 1 页。

楼大厦下面一个方寸大小的花坛里,这种现实阻断了关于个人的记忆。让我们看一看龙应台的《美君的淳安古城》:"美君在台湾一住就是 40 年,学会了当地的语言,也爱上了亚热带的生活,异乡已经变成了故乡。那新安江畔的故乡嘛,1959 年建水坝,整个古城沉入千岛湖底。她这才相信,原来朝代可以起灭、家国可以兴亡,连城,都可以从地球上抹掉,不留一点痕迹。"①正是如此的割裂,使个人的回忆平添了悲剧精神,而当我们真正丢失记忆的时候,那种悲怆必然引起我们的反思,"一方面遭受压抑毁灭,另一方面又能在压抑毁灭中实现生命本质力量的对象化,引发新的生命、新的人格的诞生成长,促使欣赏主体更深沉地去思索人的生命活动的意义和作用,感受人生命存在的价值和重量"②。

(三)文化消费中的悲剧精神

1.碎片化生活产生的悲剧精神。我们在研究大自然的悲剧精神时,要对我们社会的文化有一个了解,因为"我们社会文化的所有方面,共同决定了我们在这个世界上独一无二的生存方式,不研究这些,我们便无法认识人与自然环境的关系,而只能表达一些肤浅的忧虑"③。当前,后现代主义在消解了"二元对立"和中心主义之后,将生活带入一种平面化之中。这种平面化,让我们处在一种分散的状态下,每个人游离于社会体系之中,有群无体,只能称作社会的组成,而不能称为社会的组合。人们生存模式的碎片化使得每一个个体又成了封闭的自我,人类不以自己为中心,也不以大自然为中心,人们减少互相的交集,也减少对自然的交集,人变成"宅人"。那么,这种个体的碎片能否打开大自然的接纳之门,是否存在剧烈的冲突呢? 我想是的。正如越南作家阮坚在《多余的人》中写到:"母亲为了保护内部的美丽不受外部世界的影响,做了一个巨大的铁门,也建了高墙,高墙上装上了带刺的铁线,茂密的

① 龙应台:"美君的淳安古城",《中外文摘》,2010 年第 15 期,第 69 页。

② 仵荣本:《文艺美学范畴研究——论悲剧与喜剧》,南京:南京大学出版社,2002年,第 117 页。

③ Johnathan Bate.*The Song of the Earth.* Cambridge,MA:Harverd University Press,2000,p.24.

常春藤爬满了墙,隔绝内外的墙,从外面根本看不出来。"①人们在封闭的自我空间里,既隔离自我,也隔离了自然。

2. 过度消费产生的悲剧精神。文化产品和社会物资一样,在当下的时代,供应远远超出了基本需要,人们在面对纷繁的消费行为时,往往超出所需,过度占有。尼尔·波兹曼的《娱乐至死》一书,封皮上一个人头顶电视,手里还拉着孩子,这与作者本人创作此书的初衷相呼应,人类终将丧失思考,并死于人们所热爱(消费)的事物。文化消费产品的过剩,同样加速了文化的平面化与碎片化,"在这里,一切公众话语都日渐以娱乐的方式出现,并成为一种文化精神。我们的政治、宗教、新闻、体育、教育和商业都心甘情愿地成为娱乐的附庸,毫无怨言,甚至无声无息,其结果是我们成了一个娱乐至死的物种"②。相对于曾经贫瘠的文化消费而言,现在的一切有些过剩了,我们不再会被饿死,而是被胀死。正如琳达所言:"人类能力的急剧膨胀,是我们的不幸,而且很有可能是我们的悲剧,因为这种巨大的能力不仅没有受到理性和智慧的约束,而且还以不负责任为其标志。"③我们过度消耗了自然,又过度地消费了自然,在没有崇高文化引领的时代里,我们又痴痴地咽下一个又一个自然做成的汉堡,直到最后不知不觉无知无觉。"我们聚集了众多的人口/他们无力自由地生存下去/与强有力的大地绝缘/人人无助,不能自立/圆圈封了口/网在收/他们几乎感觉不到网绳正在拉。"④人们再一次从对自然无尽的获取中走向自我消解。

---

① 山里胜己、高田贤一、野田岩一等编:《自然和文学的对话》,北京:中国社会科学出版社,2014 年,第 138 页。

② 尼尔·波兹曼:《娱乐至死》,章艳译,桂林:广西师范大学出版社,2004 年,第 2 页。

③ Linda Lear, Rachel Carson, *Witness for Nuture*, New York: Henry Hholt & Company, 1997, p. 407.

④ 彭宇:《20 世纪美国诗歌——从庞德到罗伯特布莱》,开封:河南大学出版社,1995 年,第 580 页。

三、结语

大自然文学是通过对自然的观照来反思人类的自身,来重新审视并建构人与自然的关系的文学形式。激起人类深刻反思的人与自然的关系,必然包含着人与自然的剧烈冲突。而冲突和对立正是悲剧精神产生的源泉。分析大自然文学的悲剧精神,首先是人类中心主义所生发出来的,当人类在与大自然的冲突中获胜时,会落入恩格斯所言的一线胜利二线失败的泥沼。当人类在与大自然的斗争中失败时,人类需要直接吞下大自然的罚单,悲剧精神不可回避。在我们的现代化进程中,城市化发挥了巨大作用,城市占领了越来越多的大自然空间,占领了我们的乡土,让我们成了悬在深渊中的无家可归者,同时,现代化的进程瓦解了我们的记忆,连同曾经陪伴我们的自然景物都在空间上被无情地抹去了,我们为此陷入了深深的悲剧精神之中。在探讨大自然文学的同时,对社会文化的认识是必要的,在现代化的进程中,我们的生活已经被中心和对立解构了,呈现出碎片化平面化的景观,我们不再汲汲于族群和群体,我们作为碎片化的人生活在社会中,我们隔离了自己,也隔离了自然,我们在丰富得过剩的文化中寻找消费的兴奋点,我们在纷繁的选择中并没有精神节制,反而最终被同样碎片化的文化产品淹没在没完没了的需求中,连同我们的工业、物质。我们毫无知觉地全部吞下,丝毫没有在意那些东西远远地超出所需,并耗尽我们的生活和赖以生存的自然,其中也包括我们自己。最后,只有在文学中,依稀听得酒神的颂歌。

本文系安徽大学 2015 年度研究生文典学术论坛获奖作品

《追梦珊瑚》评论专辑

放声呼唤生态道德

——读刘先平《追梦珊瑚》

翟泰丰

一

　　刘先平以四十年的时光,在 960 万平方公里的大地上,跨万座山川,渡万条江河,进入古稀之年,仍以童真之心,再跨入 300 万平方公里的海疆,潜游千里蓝海。2011 年他就已经纵横西沙海域,探觅西沙的神秘岛屿,海底寻火,高歌天然气水合物可燃冰的富饶资源,吟诵感人的西沙诗篇。之后又数次去海南为珊瑚科学家在浪涛中的奉献谱写蓝色的乐章,书写珊瑚的大美世界。

　　《追梦珊瑚》,在蓝色海底五彩缤纷、多姿多态的珊瑚花园里,刘先平为美丽的珊瑚世界欢呼,同时在病态的珊瑚面前,呼唤保护珊瑚的生态道德。

　　刘先平跋涉于大自然四十余载,历尽峭崖险壑,跨越云海冰川,探觅大自然的神奇,感悟大自然的哲理。刘先平在《追梦珊瑚》这部新作扉页上依旧铿锵地宣告:"我在大自然中跋涉四十多年,写了几十部作品,其实只是在做一件事:呼唤生态道德——在面临生态危机的世界,展现大自然和生命的壮美;因为只有生态道德才是维系人与自然血脉相连的纽带。我坚信,只有人们以生态道德修身济国,和谐之花才会遍地开放。"

　　习近平总书记深刻指出:"人类发展活动必须尊重自然、顺应自然、保护自然,否则会遭到大自然的报复。"在四十余年大自然文学的创作生涯中,刘先平不同于国内外大自然文学家的显著特点,就在于他不把精力放在结构惊险离奇的探险故事上,而是按照总书记的讲话精神,认识"人因自然而生,人与自然是一种共生关系，对自然的伤害最终会伤及人类自身"。因此他脚走万里冰川路，心读大自然万卷书，探寻大自然生存的脉络，走进道法自然的哲理，认识人与大自然同生共存的历程，追讨天人合一的道法境界。故而他的大自然文学独具中国风格，在道法自然的哲理中，吟诵大自然的壮丽诗篇，奏响千川万壑的时代交响，创建了人与大自然和谐共存的中国特质、中国气魄的大自然文学。

二

"大自然赋予我生命，我爱大自然如生命"，这是刘先平大自然文学审美观照的精神根基。早在2001年他就在《大自然探险系列丛书》中提出人与自然的和谐、共荣共存——天人合一的审美追求，当看到他曾心潮澎湃，吟咏壮美的滇池、岷江、大渡河、诺尔盖湿地……受到污染变臭；当看到他冒险相识并为之歌颂的金丝猴、梅花鹿、黑叶猴，还有壮美奇观的红树林、千岁杜鹃树，曾经歌唱的生命健美，却成了生命的悲壮；当看到作品中生动鲜活的拍照，成了"老照片"，山川的壮美诗，成了悲哀的"历史"，他愤怒，他忧伤……

在2001年系列丛书中，他放声呐喊："人与自然和谐共荣。"

在2001年系列丛书中，他恳切地呼唤："生态道德，道德的力量不朽，犹如日月星辰。"

刘先平如此执着地对大自然审美观照，其根脉源于中国的优秀传统文化，《老子》第二十五章："天大、地大、人亦大，域中有四大，而人居其一焉。"天地虽大，均以人文释解，故老子又曰："人法地，地法天，天法道，道法自然。"天地人一体，共同遵从道法自然，这就是刘先平四十余年，在大自然中行万里路所感悟的人与自然和谐共处的文化根脉。

三

党的十八大以来，生态文明建设发生了翻天覆地的变化，"绿水青山，就是金山银山"已化作全国上下一致行动,"绿色中国""美丽中国"正在形成并走向世界。刘先平受到了极大的鼓舞,年逾八旬的他依然奔波在大自然之中,为它书写,为它吟诵。在《追梦珊瑚》里,刘先平再一次走入海洋,再一次面对海洋,大声呼唤生态道德,他恳切地向读者报告,"我希望用大自然探险奇遇,还给人们一个真实的大自然世界……接通(人们)与大自然相连的血脉"。他十分敬重珊瑚专家皇甫晖所率领的科研团队,向小学生一样虚心向他们学习,跟随他们一道在海洋中劈波斩浪,与鲨王打智慧战,与章鱼打消耗战,观察蝠鲼战大鲨的奇观。

珊瑚礁是众多生物共同结合而形成的珊瑚生态系统,而这个系统,既是一个神秘、奇特的美妙世界,是一个相互依存的化合共生体,又是一个保护蓝色海洋的海底花园,它以红黄紫绿褐,五彩缤纷的生命形态,美化了海洋,而这个美丽的色彩世界,是虫黄藻与珊瑚虫的共生体,是它们共同建造的。而在珊瑚虫产卵期,海上飘起了"红飘带",这标志着海洋生物的盛大节日到来,天空鸟儿俯冲,到海中小鱼虾、中型金枪鱼、大型鲨鱼……好大一个食物链,随着红色的卵带在天空中、在海水里上下浮动漂流。这一切,都不可能是人为的,全然道法自然之光华,体现海洋生物共生之法则,违背这个法则,就会损害海洋与海生生物的共存共荣,必然殃及人类自身。故而,刘先平在探险的体验中,总在呐喊"尊重生命,保护自然",反复呼唤生态道德,反复提醒人们,实现中央提出的生态文明建设目标仍任重道远,完善生态法治,加强生态道德建设的任务,永远在路上。

发表于《文艺报》2017 年 9 月 20 日

情怀、情感、情趣——读《追梦珊瑚》

高洪波

先平是非常值得尊重的一位作家。读了《追梦珊瑚》，我想用三个词来概括——情怀、情感、情趣。

第一是情怀。三四年前读《美丽的西沙群岛》让我很震撼，当时我国的南海问题还没有现在这么严重，当然通过那本书，我记住了南海这片土地，中国这片海疆。今年，他又拿出《追梦珊瑚》，这个和《美丽的西沙群岛》不同——《美丽的西沙群岛》更多讲述的是守岛、军民、人和自然、国土和我们战士们的勇气；《追梦珊瑚》更多写科考、科研，写皇甫晖这个团队。情怀是生态道德，是他自己所倡导的。"生态"和"道德"这两个词组合在一起，你会产生很多的联想，我甚至联想到习总书记所提到的"人类命运共同体"一词，地球是我们人类命运的共同体。刘先平的情怀四十年如一日，用他一部一部书、用他一个一个脚印、用他一次又一次的探险，他是用心灵在大地上写作，给我们的孩子留下了具有独特色彩的属于刘先平痕迹的大自然文学。因为我认识他三十多年了，今年我六十七了，他也八十了，八十岁的人还能坚持写报告文学，这是特别难得的，因为报告文学实际上是一种记者的身份，特别需要体力、体能、耐力和锲而不舍的精神。它和小说、诗歌、散文、童话都不同，它必须要在场，在现场。这对于十八岁、二十八岁、三十八岁，哪怕五十八岁的人都可以，但对于八十岁的人来讲，特别值得尊重。它并不是靠自己凭空的想象，而是靠平时的积累，这是一步一个脚印走出来的东西，所以他的情怀很让我们感动。

第二是情感。这份情感自始至终是他对大自然的一种敬畏。他将一部一部的书拿出来，从陆地深入海洋，甚至从海面深入海底、深入珊瑚礁，所以他的情感是很了不得的。有许多报告文学作家也很不错,但是基本是"打一枪换一个地方",靠重大题材,题材定准了,就基本胜券在握了。但是刘先平不是这样,他咬准大自然文学,死盯到底,从四十岁盯到八十岁,这是非常重要、难得的情感,也使我内心涌动着对他的尊重和敬重。从界定来讲,儿童文学界里面象有他这样情感的,执着了四十个年头的,在我看来好像还没有第二个。

第三是情趣。我认为儿童文学是给孩子看的书,最重要的是情趣。他的每部作品都洋溢着浓郁的情趣,他的作品也是写给成人看的,但写作时脑海里总有一个小读者,所以你看他的《追梦珊瑚》对海洋奇特生物的描写运用了非常漂亮的文笔。书中有皇甫晖,还有一些特别的人物,比如小笪,他表示曾经对财富心动,最后,又回归他自己的本性,没有出卖"藏宝地",没有让老板去采珊瑚。自古以来,珊瑚代表着美丽,代表着财富。他所写的这几个人物都自始至终把握着"情趣"这一点,甚至鲨鱼突然张不开嘴,一直追着皇甫晖的细节都十分有趣,这里面的情趣真是自始至终的。看完之后,感觉刘先平真的是非常好的引路人,还不是一般的那种——他把你引入他所看见的特殊海底世界,而且是科研境界的海底世界。这样的情趣,是孩子们所喜闻乐见的,所以从这点来讲,先平是个资深的儿童文学作家,在他写作的时候,他定位准确,所以给长江少儿出版社出这本书,长江少儿出版社在这一块儿抓得也非常狠,所以《追梦珊瑚》是庆祝他八十岁生日,也是写作四十周年的一部力作,也给我们儿童出版界、创作界做出了示范性作用。他是八十岁的老作家,在这个年纪还保持这样旺盛的创作力,并且还有童心童趣,我觉得非常感动,这可能就是孩子们的福音吧。

能给孩子们写作,写作到八十岁,依然有创作力,还一本一本拿出作品,这不仅需要智慧,还需要体能。因此,这值得我们大说特说,值得我们宣传和敬重。非常感谢长江少儿出版社出版这本书,出得非常漂亮,非常好,也感谢中国海洋局的大力支持。不论从文学界、儿童出版界、科考界来说,它都是一本非常有特点、有分量的书。另外,先平在李老师的帮助下,"男女混合双打"真的非常精彩。我也希望在他九十岁的时候还会拿出佳作,那就创造出儿童文学的奇迹了。

生态文艺创作的新收获

——读《追梦珊瑚》

郭运德

　　长江少年儿童出版社 2016 年出版的《追梦珊瑚》，是我国第一部以珊瑚科考与保护为主题的长篇纪实文学。著名作家刘先平不顾耄耋高龄，四下海南、两赴西沙，深入采写、精心雕琢，以诗意的笔触细腻而又生动地描绘出海洋世界光怪陆离的恢宏景象，鲜活而又深刻地再现了海洋科学家们为保护和修复南海珊瑚生态系统所付出的艰辛劳作和忘我奉献。这部作品的问世，不仅对强化稀有资源保护、促进社会绿色发展，而且对唤醒国人的海疆意识、激发爱国热情，都具有十分重要的现实意义。

　　刘先平积四十年心血倾情关注自然生态的发展变化，是中国最早一批自觉倡导且始终如一大声疾呼环境保护的文艺家中的佼佼者，他著述颇丰，成就显著，为中国生态文化建设做出了宝贵贡献。

　　首先，作为中国大自然文学的最早倡导人和忠实践行者，刘先平热爱大自然、讴歌自然美，其作品始终洋溢着浓郁的乡风野趣。山野情趣是刘先平大自然文学创作中最集中、最张扬的部分，他对大自然风景的粗犷、清幽、险峻，动物世界的野性、凶猛、趣闻，海洋世界的五光十色，以及科学考察和野外探险的艰辛、刺激、神奇的精彩描写，都是他精心铺陈、极力渲染给读者的迷人格调。古人说："读万卷书行万里路。"先平是一个真正的读万卷书，走万里路，且写万卷书的作家，真正是著作等身。长期以来，先平不辞辛劳，出没于崇山峻岭、长川大漠，在荒山野岭和江河湖海里艰苦跋涉，既饱览了名山大川、荒漠戈壁和海洋世界丰富的自然风光，也历尽了常人所难以忍受的千辛万苦。在他笔下，光怪陆离的大自然世界里诸多的生存奥秘，与他独特的生活阅历、深切的人生体验和对祖国山河的大爱融为一体。他的书中总有一幅幅鲜活生动的野外生活的场景,总有许多常人所不知的自然生存奥秘和山野趣闻,总有人们通常难以体验的大自然独特的风采与魅力,所以经常能够带给读者诸多石破天惊的审美惊喜。他的文学创作可以视为有关大自然、动植物生长、生活状态的某种通俗易懂的科学普及读物。从中我们可以了解到猴王的产生、大熊猫的生活、母鹿与鹿仔之间的关系,杜鹃为何将蛋产在别的鸟窝里,野牛如何群攻,大熊猫怎么与红狼交战,兔子怎么和老鹰搏斗,还有鲨鱼、章鱼、水母以及珊瑚等等的生存状态,给读者展示出一种完全陌生而又神奇的天地;从中我们领略到大自然的生态衍续与生死交替、野生动物世界激烈的生存斗争、物竞天择的残酷法则以及维系神奇生物链的特殊的神奇景观。读先平的书是一种精神上的享受。每次翻读都会让读者进入一个崭新的自然世界,在清新自然的山乡野趣中,使人们忘却了世俗社会的诸多烦恼和忧愁。

其次,把自己定位于为青少年写作的作家,先平作品中始终呈现出清澈的审美目光和清纯的童心世界。这里所说的清澈目光和清纯童心表现在两个方面:一是用儿童般清纯的眼光去观察社会、观察生活、观察自然,给人们带来一个崭新的认知视角;二是不为世俗功利诱惑的境界,在世俗纷争之外保持一种本色的自我和充满激情的探险精神。刘先平把探险作为自己的天性,凡是有探险的机会他都狂热地参加,也为此吃尽了苦头,历经了艰险,有时甚至有付出生命危险的代价。听说有一次先平陷进了溶岩里,要不是夫人的机智救援,他的腿可能就崴断了。其实,探险是年轻人的事业,但先平人老心不老,四十年如一日坚守着。因为他怀有一颗童心,有对事业执着的追求和对探索世界的渴望心态。人们常说:做一件好事不难,难的是做一辈子好事。先平就是这种一辈子做好事的人。他永远以一种纯净的心态去看待自然、看待社会和人生,始终保持着充沛的精力和行动的勇气,这是大自然文学作家的看家本领。他不仅仅把大自然中非常鲜活、生动、五光十色的现象带进作品,而且他把这些现象与科学普及联系起来,以儿童的视角,用浅显易懂的故事和朴实优美的语言来表达,真正地把科学性、知识性、文学性、趣味性有机地结合起来,并形象生动地展示了祖国大好河山的奇光异彩。他的作品不仅儿童爱读,成人也会受到浸染。读先平的书不仅使人向往动植物世界和科学探险的无穷魅力,也对青少年开阔视野、追求知识、陶冶情操,激发对大自然的想象力大有裨益。

再者,作家把毕生精力投进大自然,内心深处永远寄予着对祖国大好河山特别是生态文明建设的美好愿景。在刘先平作品中,始终蕴藏着一种强烈的激情,始终饱含对大自然的敬畏与敬重。尽管他笔下描写的都是真实、客观且略带残酷的现实,经常会有某种压抑不住的悲鸣与愤怒,但作为一位生态文明的先觉者,他不遗余力地发出善良的呼唤,呼唤人们尊重自然,尊重生命,建立良好的生态文明,让人类与大自然和谐共处。在过去的作品中,刘先平总是尽力把他对现实的思考用虚构的方式来表达,日益恶化的生态环境正改变着他的叙述方式,开始直接从虚构转到写实,直叙胸臆地去呼吁。从对以皇甫晖为代表的科学家们的追踪与激赏,就可看出作家对目前海洋生态的严峻现实所持的一种强烈态度。一方面,由于人类生存生活于自然的怀抱,需要自然为之提供生存发展的一切资源;但另一方面,人类对自然盲目的开发和恶性的掠取,人与自然的和谐正日益破裂。就像作家所说:四十年的经历一路走来,过去写过的青山绿水,现在已满目疮痍;过去的动物现在濒临灭绝;过去的河流现在已经干涸;有些森林已经砍伐殆尽,美好的大自然在我们面前已经面目全非。这是多么可怕的事实! 在市场"一切向钱看"的畸风下,人们掠夺性地开发、残酷地毁灭着大自然,反过来也日甚一日地威胁到人类的生存与发展。所以,刘先平投入四十年心血,不断呼吁走进自然、爱护自然、保护自然,维系着大自然文学的生长,升华着创作中的绿色主题。尽管作家无法改变"边呼唤边破坏"的事实,但没有呼吁绝不会比现状更好,所以就更加需要更多的人站出来,为此而大声疾呼! 这里,充满了一个知识分子深刻的忧患意识和自觉的责任担当。

尽管文学对社会的影响可能是有限的,但是通过文学作品的传播,可以潜移默化地让一代又一代青年人对生态意识有所觉醒,这就是国家的希望,也是人类生存的福音。我们有理由相信,这充满深情的危机呼唤和人文关怀,必将引起人们的深刻反省,这对唤醒人们的环保意识,培育良好的自然伦理和生态伦理,定会发挥有益的推动作用。仅此而言,就值得我们对生态作家表达最诚挚的敬意!

发表于《中国艺术报》2017 年 7 月 26 日

读《追梦珊瑚》好像听经典音乐

胡平

《追梦珊瑚》的最后附有刘先平40年大自然考察探险主要经历表，设计得很好，看了很感动。刘老师从1974年就开始参加野生生物和保护区考察，那时还是"文化大革命"时期呢。这40年是很了不起的40年，他主要做一件事，而且这件事40年前看很前卫，40年后看仍然前卫，都是只有极少数人能做到，能坚持的，只能说刘老师的人生是很有意义，很有价值的。人的一生其实只能做一件事，不要说书，刘老师的人生观、事业观就值得大多数人学习。当然，刘老师自己也是一本大书，他几十年的作品每一部里都有他自己，合起来就是他的人生轨迹。

写这样一部大书也是需要很好的身体的，这本写珊瑚的书来自前几年的考察，那时刘老师还能潜入海底。没有身体，光有热情和决心的作家也是坚持不了四十年的。

这本书写得非常纯净。首先，一读起来就让人安静。书里的海底世界，是和我们日常生活完全不同的世界，像在另一个星球上。这个世界其实不是现实世界，是让人忘掉现实的世界。读刘老师的大自然文学，像听有些经典音乐一样，好处之一是让人暂时脱离现实。再回到现实以后，就有了改变现实、呼唤生态道德的欲望。这本书又是儿童文学，我相信，在它的许多少儿读者中，将来一定能产生受书的影响，投身生态文明建设的一些人，包括在城里长大的孩子。刘老师的创作很扎实，也是其他有些创作不能比的。

书中的人物也很纯净。书中一个主人公、科学家皇甫晖是个女青年，天性好玩，别人觉得搞珊瑚分类没意思，出不来成果，她觉得干这个好玩，后来成了种植珊瑚和造礁的领军人物。能爱上这行的人都很纯净,这行和当官发财一点关系没有,还要把一生投入进去。书里还有个小笪,不是知识分子,而是聘来的潜水员,是由不很纯净到纯净的。有一次,他专门找皇甫晖承认错误,说有珠宝商老板向他打听哪里有黑珊瑚、红珊瑚,告诉了当然有重谢,他差点说了,但没说,还是很惭愧,主动找领导道歉。这个人应该也相当纯洁了,但他觉得自己比皇甫晖他们还差得远。他原来以为皇甫晖他们是来寻宝的,他们发现了一片黑珊瑚,要是拿到市场上能发大财,可是他们不动,到处找黑珊瑚的断枝当标本,还有各种危险,他就感动了,变得更纯净了。书里还有个小杨,也很纯净,皇甫晖曾多次提议他读个在职硕士或者申报职称,都让他婉言谢绝了,说:"我就是喜欢这行,我已经得到了很多快乐和享受,这还不够吗?"他也不想去挣钱。书中这些人物,和大自然相处是相配的,刘老师把他们写出来了,是一种成功,他们和海底世界,和珊瑚世界形成了非常和谐的格调。

一个国家各方面的尖端发展都需要像皇甫晖那样纯净的人,包括造原子弹、造火箭等。刘老师就写出了这种人,很多作品里都在写这种人,写出了高的境界。中国文学的题材内容里,不愁没人写丑,也不愁没人写美,但比较缺的是写崇高,这本书里写到了崇高。

书的知识性、趣味性都很好,首先,刘老师闯荡大自然这么多年,自己也成了半个专家,他写这本书,可以勾连起其他采访的积累,如写到章鱼喷水,他就联想到喷气飞机的发明是不是从章鱼喷水的方式上受到启发的。所以他把作品里的知识写得很充盈。他也能抓住海底最有趣味的东西写,如写珊瑚虫产卵的过程,写鹦鹉鱼睡觉先给自己弄个睡袋,都很有意思。

最后想说,刘老师是很令人尊敬的作家。

呼唤生态道德四十年

——读《追梦珊瑚》

金波

这么多年了，先平能坚持在大自然中写作，是非常非常不容易的。我从他的好多作品中，看到这是非常艰苦的事业。先平的这些作品是跋山涉水、一步一步走出来的，是蘸着他的汗水写出来的。像我们，定好题材，回去就可以在书斋里写了，而先平，则要在万水千山中行走——这种精神贯穿了他四五十年的写作经历，因此在儿童文学作家中是一个楷模，是很值得我们去学习的。

最初，先平创作大自然文学，是因为对大自然满怀感情。他有兴趣，所以无论多么艰苦他都能坚持下来。我常常讲到一个细节：有一次先平在山里探险，很冷，山洞里没有衣服、被子盖，先平就抱着一块大石头睡了；第二天早上，他把石头都暖热了，热石头也温暖了他。后来我讲，这块大石头是大自然送给你的一块奖杯，是赞扬你这几十年艰苦奋斗，出了一部又一部大自然文学作品的奖杯。这点很令人感动。

我记得他在一本书里写过：每逢我走进大自然中，就能感受到大自然对于我的巨大撞击力。我看到这句话，就在想，我们也是热爱大自然的，但是要说"巨大的撞击力"，就我个人而言，我没有体会到。我在大自然中也是很动情的，但是为什么只有先平会有被撞击的感觉？我想，是因为他对大自然，不仅仅有感情、热情，甚至是非常有激情的。所以，这种撞击力不仅仅是被感动，有时候他可能是一种发现的激情——发现了许多大自然的奥妙。同时他又是一个很喜欢思考的作家，思考有时候带有哲理性。

他的大自然文学作品给我触动最大的是提出"生态道德"的问题。在这一点上,他是与时俱进的,也可以说明,他作为一个作家,思考的深入性和深刻性。大自然文学是他带着忧患意识来写的,他在告诉人们,我们该如何热爱大自然,这种热爱跟我之前举的例子是很不一样的,他的热爱大自然是积极的、主动的,甚至是用人的力量重新复活大自然,培养大自然,科学地保护大自然和改造大自然。所以这些作品的意义,我觉得不仅仅是向我们介绍了自然的知识,提高了我们的爱国主义精神。他还说得非常具体,我们怎样去保护大自然,特别是"生态道德"这个概念的提出,对于全民,特别是少年儿童的爱国主义教育是非常有帮助的。我觉得先平的思考确实是在不断地深入,小说、散文和报告文学这几种文体很自然地融合在一起,人物的刻画非常鲜明生动,特别是对"科学家"形象的塑造越来越鲜明生动,因为他了解这些人物的内心世界。

先平的精神在今天,特别是对于儿童文学作家来说,要真正踏踏实实地走下去,下到生活中去,不断地写出好作品,这是很有启示意义的。我们对先平的作品当然要研究,更重要的是对先平这个人进行研究,他这么些年是怎么走过来的,是哪一种精神支持着他走到今天,而且写的作品越来越好、越来越深刻,这是具有普遍意义的。

我们最缺少的是这样的书

——读《追梦珊瑚》

王泉根

首先我要向刘先平先生表达我的敬意，人生在世总要有一种精神，人一辈子如果能够专注于一件事情，那就可能把这件事情做到极致，做到最好。这种精神就是一种追求。我经常会想起毛主席在《纪念白求恩》一文中的那句话，我终生难忘："要成为一个高尚的人、纯粹的人、有道德的人、有益于人民的人。"我认为，刘先平先生就是这种有精神追求、精神境界的人。四十多年来，他跋涉在大自然，从平原到沙漠，从高山到海洋，用他的双腿丈量着大自然的壮美版图，用他的笔抒写着大自然的雄浑气概。但更难能可贵的是，刘先平被大自然震撼的同时，更为大自然的千疮百孔、多种污染所痛苦，从而使他的文学观、价值观、道德观、人生观发生了深刻的变化。作为一个作家，他被写作对象所打动，所感染，甚至转变他的观念，我认为这是一个很好的研究对象。包括《追梦珊瑚》在内，刘先平的大自然文学，我认为有三个维度和特点。

第一个维度与特点是，从人类的中心主义和人类中心论走向地球中心主义和地球中心论。我认为这是大自然文学的发展趋向，也是刘先平大自然文学非常有特色的文学坐标。从人类中心论转向地球中心论，就我有限的阅读范围来看，应该是美国的托马斯·贝利提出来的。他认为我们和我们的后代正面临着地球生态系统的崩溃，这种崩溃的规模和严重性可以跟恐龙灭绝时代相提并论。人类要想拯救地球生态系统，有三条路可以走，第一是地球中心，第二是自我限制，第三是有机经济。下面这段话是他的原文："我们必须从人类中心论走向地球中心论，人类系统是地球系统的亚系统，因此我们必须认识到包括人类在内的所有生命种类的共同体比单个人类生命有更大的价值。"我认为刘先平的大自然文学所要追寻和张扬的正是维护地球生命共同体,在地球生态面前众生平等,众生都有生命价值与尊严。因此我认为他的大自然文学清醒地走出了大自然弱于人类的误区,而进入了人类弱于大自然的境界。刘先平不但通过他的文学作品,而且通过讲学、写论文等多种途径大力倡导生态道德。他作为一个有道德的人,上升到另外一种境界的道德。我们一般讲的道德是人与人、人与社会和谐的一种道德,他则更进一步,讲人与自然的和谐、人对自然的尊重这种道德。所以在刘先平身上,我们看到一种崭新的道德,这种道德在今天这个时代,在人类面临严重生态危机的背景之下,显得非常难能可贵。

第二个维度和特点是,直面现实,基于忧患,坚守现实主义精神的大自然文学的美学取向。我认为刘先平大自然文学根本的创作就是现实主义,而且是批判现实主义,充满了忧患意识,真正接地气,深入生活。用他的腿去丈量大地,一步步走出来的现实主义,这与关在宾馆里面的宅男宅女的那种写作是两回事。他是一步步走出来的,坚持四十年很不容易,年过七旬后再转而写海洋,追踪皇甫晖那个海洋团队就用了四年多时间,最后才写成长篇纪实文学《追梦珊瑚》。阅读《追梦珊瑚》确实让人非常震撼,我们普通老百姓有关海洋的知识很缺乏,只知道深海鱼类很好吃,只知道珊瑚很名贵。越是名贵的东西,人类就越有贪婪的欲望。阅读这本书对我来说是海洋知识的提升,珊瑚对我们人类的生态有如此重要的价值,珊瑚礁占海洋面积的四百分之一,但生活在其中的海洋生物种类却占四分之一,如果珊瑚礁遭到破坏,那将是人类生活的大灾难。这种知识,不要说一般的青少年,就是我们这种所谓的受过高等教育的人很多都不知道。我们的阅读推广活动,不乏小说、童话、诗歌,却缺乏这样的作品。一个小学生或中学生,如果他认真读了《追梦珊瑚》,他的海洋知识、海洋意识肯定会有所提高,可是我们现在的阅读推广就缺乏与科学、科普、科幻有关的作品的推广。从某种角度讲,大自然文学应该归于这个范围里。所以我觉得长江少儿出版社做了一件好事,我认为这样的书,向青少年推荐百种优秀图书也好,其他大的奖项也好,应该大力提倡,我们并不缺少小说、童话，我们缺少的就是这样的作品。他的珍贵之处就在于他的直面现实，基于忧患，坚守现实主义。对于刘先平来说，当然我们不能说他的面容非常痛苦，但他在走向海洋、走向沙漠、走向高山的时候，他内心的痛苦会逐步在脸上显现出来。

第三个维度和特点，大自然文学是一种特殊的文学类型，这种特殊性体现在它是跨文化的对话、跨代际的沟通、跨文体的写作。这是刘先平大自然文学重要的艺术取向。大自然的未来属于孩子，大自然的命运直接牵连着孩子，因而大自然文学的主体读者应该是少年儿童，当然，也包括我们成年人。刘先平的大自然文学，文体很难界定，他的很多作品都是跨文体的写作风格。由于大量的主角是动物，因而这是一种动物小说、探险文学，以野外报告文学为主体，又兼有游记散文、科学小品、考察笔记、随笔性质的综合性文体。他的作品既不同于沈石溪、金曾豪等人写的纯粹的动物小说，也不同于高士其、叶永烈等人写的科学文艺，它既是浪漫的，又是纪实的，既是脚踏实地的，又是仰望星空的，它是饱含情感与喜怒哀乐的，又是冷静的克制的理性的，它是打动孩子的，又能使我们大人震撼，它是文学研究的对象，我相信它也会成为领导层、决策层关注的重要话题。所以刘先平大自然文学为我们提供了多种阐释的可能性。在刘先平先生从事大自然文学创作四十周年的时候，在现代文学馆这个崇高的文学殿堂里举办这个研讨会，是非常好的事，我再次向先平表示崇高的敬意。

他高举大自然文学旗帜

——在《追梦珊瑚》研讨会上的发言

海飞

在中国儿童文学作家里,刘先平的分量很重,而且他很特别,有鲜明的特色,是独树一帜的,首先推出了"大自然文学"这个板块,举起了这面大旗。

他的"大自然文学"体现了中国儿童文学的大格局和中国儿童文学的深度。以往外国人看我们的儿童文学,觉得你们中国人老是在教室里为了一些鸡毛蒜皮的事折腾来折腾去,小孩都陷到那里面去了,而大自然文学完全不一样,是《山海经》——追到山里、海里去了,我觉得视野很开阔。这种格局和深度,其他儿童文学作家距此还是有很大差距的。

大自然文学是铁肩担道义的作品,是体现中华民族家国情怀的作品,还是非常优秀的科普作品。总之,刘先平的大自然文学是站得很高、看得很远的作品,我想这些作品在社会上会引起强烈反响。

高度的社会责任感

——在《追梦珊瑚》研讨会上的发言

潘凯雄

我要向先平老兄和长江少年儿童出版社表示祝贺和敬意。

《追梦珊瑚》既有文学的意义，还有对国家和社会的意义。我想这当中有两层含义。

一是先平老兄四十年来一以贯之倡导的大自然文学，以及始终坚持的生态文明和生态道德。有人说："先平老兄研究大自然文学的这四十年，恰好是我们自然生态问题突出的四十年。"现在我们也欣喜地看到，他一直关注和追求的"生态文明建设"，已经成为我国"五位一体"发展战略的内容之一。此外，他的《追梦珊瑚》中彰显的海洋意识，也恰恰是我们这几年在国家整体发展、国家安全方面所极力倡导的。先平兄在关注这个问题之时，整个社会对此还尚未引起足够的重视，而当我们对它引起重视之时，它已经被提到一个很突出的位置了。这些年，当我们的近邻和所谓的强权国家觊觎我们周边海洋和海权的时候，才唤醒了我们的海洋意识。

二是先平老兄作为一位作家，具有高度的社会责任感和突出的敏锐性。从前，先平老兄的作品都以自然为主人公，而这部作品以人为主人公，而且是以很纯净的科学家为主人公，书中人与自然融为一体，而且具有知识性。因此这部作品在他的所有作品中也显得非常有特点。

再次向先平老兄表示祝贺。

自然之美、科学之趣、人生之乐与多重奏的文本

——刘先平先生《追梦珊瑚》阅读印象

吴怀东

文学是心灵的故事，是生命的故事，每一个生命各不相同，各有价值，自然而然，好的文学不分古今中外，各不相同，也各有价值。身为当代人，我当然也阅读现当代文学作品，比如去年我就沉醉格非的"江南三部曲"半个月，可是，作为研究者，除了二十多年前受邀滥竽充数给孙玉石、谢冕先生主编的《名家析名篇》撰写过几篇戴望舒、徐志摩诗歌赏析文章以及后来就朱自清散文《背影》、川端康成京都背景的小说写过赏析文字，我还没有真正专文认真讨论现当代文学作品。这其实是研究思维的原因。我长期研究中国古代文学，古代的作家和我们生活在两个世界，尽管我们追求"了解之同情"，但是，毕竟他们都是古人，他们是我们客观审视、评论的对象。我们对古代作家的了解和认识，都建立在一定资料基础之上，这些资料本身的记载有其独特性：主要记载的是这些作家的文化活动，而选择性记载过滤了很多复杂的生活内容，因此我们评价起来就相对简单。研读刘先平先生的作品，打破了我的思维习惯，因为他是一位生活在我们身边的老人。这几年常常见到刘先平先生，我总是试图将这位老人的日常行为（比如手的颤抖）和神圣的文学创作活动联系起来，我好奇而纳闷的是：这样一位每天和我一样活动在安大校园里的老人，为什么会做出和安大校园眼镜湖边树林里乘凉的那些老人不一样的事情？

根据刘先平先生自己的介绍，他从 20 世纪 50 年代开始发表作品，20 世纪 70 年代中期以后，几乎以写作为业，不断创作。他的坚持，来自对写作的爱好。但是，他创作的热情持续到近 80 岁的年纪，显然有其他因素。今年，长江

少年儿童出版社出版了刘先平先生的新作《追梦珊瑚》，利用这个暑假，我仔细阅读了这部作品，由此我原先的疑问有了答案。刘先平先生以前的作品我没有读过，这里姑且不加讨论；我也没有阅读他人研究刘先平先生创作的论文，我就从我阅读这部作品的新鲜感觉出发，谈谈我对刘先平先生这部作品的印象——虽然这是一个旁观者外在、粗浅的印象，却是最真实的感受。

一

阅读这部书，心情轻松、愉快，这种感觉来自作者的轻松和愉快。

从这部作品的前言看，刘先平先生创作这部作品，有着明确的目的，而出版者也认同刘先平先生的这个理念，并在扉页上加以突出：

> 我在大自然中跋涉四十年了，写了几十部作品，其实只是在做一件事：呼唤生态道德——在面临生态危机的世界，展现大自然和生命的壮美——因为只有生态道德才是维系人与自然血脉的纽带。我坚信，只有人们以生态道德修养济国，人与自然的和谐之花才会遍地开放。

生态道德，如今看起来是一个非常主流、非常高大上的理念。这个理念切合当下的现实，也呼应了国内外有关人与自然关系的主流的思潮——绿色主义、生态主义。北京大学哲学系吴国盛教授提出，要反思科学的社会功能，著名美学家、山东大学曾繁仁教授则倡导，要建立一个新的学科——生态美学，而首都经济贸易大学程虹教授翻译的美国自然文学产生了巨大反响等，现实的社会基础和思想背景都在这里。

可是，我阅读刘先平先生的《追梦珊瑚》的时候，不仅共鸣于他自觉提倡的生态道德这种严肃的命题，也还有一种独特的感觉——新奇感与惊异感，正是这种感觉带给我轻松和愉快。

这种新奇感与惊异感来自多种要素，具体而言，是对两种美的发现。

首先，自然之美。

大自然的千奇百怪蕴藏着一种变化万千、引人入胜的美。刘先平先生在这部书中其实给我们分享了他发现大自然之美的人生感受：

> 几十年的大自然探险经历告诉我，发现就是快乐。大自然蕴藏着无穷的神奇和奥秘，怀着崇敬和朝圣的心情走万里路，一定会有发现。（第8页）

《追梦珊瑚》呈现的是刘先生发现的一种独特的大海之壮美：

> 世界上只有一种呼吸，吐纳之间具有惊天动地的神奇。这就是大海的呼吸，它以潮起潮落宣示着生命律动的波澜壮阔。（第1页）

全书正是以海洋为背景向我们介绍海底珊瑚有趣的生活习性。

其次，科学之趣。

科学的探索与发现也是一种美。刘先平先生的《追梦珊瑚》就通过皇甫晖博士团队的工作呈现了现代科学的魅力。《追梦珊瑚》一开始就描述李老师捡到的一块珊瑚，刘先平先生就借皇甫晖博士之口对这块红珊瑚进行了兼具科学性和艺术性的描绘：

> 确实是珊瑚，颜色艳红，看相好，体积不算太大，有好手艺的师傅，肯定能雕出个艺术品。其实，别看珊瑚虫只有针尖大小，但每一个都是神秘而完美的生命，它们创造的千姿百态的珊瑚礁都是艺术品。去年，有位记者朋友给我发来一张照片，照片中，一位潜水者拿了个红色的珊瑚，问我是不是红珊瑚。我告诉他，这是柏柳珊瑚。柏柳珊瑚也常呈红色，所以会被误认为是红珊瑚。红珊瑚自有一个科，它的特征是有圆实的、含高镁碳酸钙的中轴。当然，它还有很多其他特征，颜色也不全是红色，还有橙黄色和白色。（第22—23页）

珊瑚的色彩固然美丽,研究珊瑚的科学属性显然也是十分有趣的事情。刘先生还介绍了珍珠、珊瑚、琥珀、砗磲这四大有机宝石。全书类似这样的科学小知识其实很多。作者既关注珊瑚的科学性质,更关注珊瑚的审美性质。作者对这些科学知识的呈现也不完全使用科学语言,还采用形象化的语言——美的语言加以描述。

由此我想到了这部作品的精神魅力来源问题。德国古典哲学家黑格尔曾经指出:

> 艺术观照、宗教观照(毋宁说二者的统一)乃至于科学研究一般都起于惊奇感。人如果没有惊奇感,他就还是处在蒙昧状态,对事物不发生兴趣,没有什么事物是为他而存在的,因为他还不能把自己和客观世界以及其中事物分别开来。从另一极端来说,人如果已不再有惊奇感,他就已把全部客观世界都看得一目了然,他或是凭抽象的知解力对这个客观世界做出一般人的常识的解释,或是凭更高深的意识而认识到精神的自由和普遍性;对于后一种人来说,客观世界及其事物已转化为精神的自觉的洞见明察的对象。惊奇感却不。只有当人已摆脱了原始的直接和自然联系在一起的生活以及对迫切需要的事物的欲念了,他才能在精神上跳出自然和他自己的个体所在的框子,而在客观事物里只寻求和发现普遍的、如其本然的、永驻的东西;只有到了这个时候,惊奇感才会发生,人才为自然事物所撼动,这些事物既是他的另一体,又是为他而存在的,他要在这些事物里重新发现他自己,发现思想和理性。①

显然,黑格尔所指出的"新奇感",正是珊瑚吸引刘先平和这部作品吸引读者的原因。

前面我们已经说明,从写作动机角度看,刘先平先生这部书是呼唤生态道德的书,是忧患地球环境恶化之书,是饱含心理沉痛而写的书,而我们又说

---

① 黑格尔:《美学》(第二卷),朱光潜译,北京:商务印书馆,1979 年,第 23 页。

这部书是呈现美的著述,这二者不是矛盾的吗?当然并不矛盾。刘先平先生正是通过自然之美,唤起我们保护、珍惜自然的积极反应。众所周知,莱切尔·卡逊的《寂静的春天》(1962 年)用生动具体的描述给我们呈现了农药(现代科技)给人类带来的严重危害,而另一位美国文学家奥尔多·利奥波德《沙乡年鉴》(1949 年)则给我们呈现了大自然的美。这两部书也许可以被视为倡导现代生态道德的两部经典,也是两种不同的表达路径与范式,而刘先平先生选择的路径显然属于后者。

其实,在人类的文化史上,大自然很早就进入了人类的精神生活领域。无论人类如何高于大自然,人类的科技再发达,人类仍然属于大自然的一个部分,人类作为物质生命体必须遵从自然的规律,人仍然还要依靠土地里出来的植物生存,人需要阳光、空气、水才能生存。所以,正是这一点,从根本上决定了人类对大自然的关注和喜爱,大自然作为人类物质和精神生活双重依赖的环境也必然出现在人类的文化创造里。可是,随着人类认识自然、利用自然能力的变化,人类对大自然的态度和认识其实是不断变化的,大概经历了三个阶段:第一阶段,是史前时期,人和大自然是一体,大自然是作为神明隐喻的自然,就是万物有灵。第二阶段,进入文明社会,大自然和人类分开,大自然变成了人类改造与利用的对象,人类将自我精神投射到大自然身上。孔子感叹的"智者乐水,仁者乐山""岁寒,然后知松柏之后凋也"都是"物我两分""以我观物"的联想结果。屈原《橘颂》赞美的橘树,无疑是人类"独立不迁"精神的比喻性化身。大自然中的事物,不仅是一种物质的客观存在,也代表着一种社会存在方式——自然而然的自由精神,是对人类互相压迫的社会性的一种反抗——这正是老庄道家文化的核心理念。陶渊明田园诗歌颂的田园之乐,正是对社会与官场尔虞我诈的名利之争的写照。相对于东方人很早发现了自然美,欧洲文化此种形态的自然美出现得比较晚。布克哈特就说过:意大利文艺复兴时期的著名文学家但丁,"不仅用一些有力的诗句唤醒我们对于清晨的新鲜空气和远洋上颤动着的光辉,或者暴风雨袭击下的森林的壮观景象有所感受,而且他可能只是为了远眺景色而攀登高峰——自古以来他或许是第一个这样做的人"①。第三阶段，近代工业革命以来，"两种新的观念，即机械论和对自然的征服和统治，成了现代世界的核心观念"②，导致了大量生态问题，资源枯竭，环境恶化，从此引发了人类的反思，特别是 20 世纪以来，人类对大自然越来越关注，人类已经认识到：人类与大自然不再是二分的关系，人是属于大自然的一个部分，大自然不再是人类精神的隐喻性依赖，而根本上和人类是平等的。人类的生老病死也和大千世界一样遵循着客观的自然规律，人类如果要生活得很好，就必须遵从大自然的规律，包括物质的利用和科学的利用也必须是有限度的，如同北京大学刘华杰教授所言，在现代社会，"越来越多的人，不管有文化还是没文化，有科学素养还是没有科学素养，都在呼唤回归自然"③——敬畏自然，在一定程度上恢复原始人那种敬畏自然的感觉——曾繁仁教授称之为"复魅"④。当然，这种敬畏不同于原始人对大自然那种万物有灵观念的敬畏，我们今天对大自然的敬畏、对自然规律的尊重，是建立在对科学的尊重这一前提下，我们倡导尊重自然并不是否定科学的作用和成绩，我们只是要认识到科技力量的有限性和不受节制使用所导致的负面性。利奥波德《沙乡年鉴》是对一种宁静自然的向往，卡逊《寂静的春天》呈现的是对现代科技文明的拒斥，二者具有共同的思想基础，这个思想基础就是"由人类中心主义过渡到生态整体主义"⑤。中、西古代都不约而同建立了人定胜天的自然观念，而今天人类意识到回归自然、尊重自然规律的重要性。

在人与自然一体的世界中，人享受着大自然温暖的怀抱，是单纯快乐的。而今天重新认识人与自然的关系，享受着现代人与自然一体观念的人类，也应该是快乐的。成千上万年以来，人类与大自然的关系其实可以浓缩在一个个体人的成长过程之中。在婴幼儿时期，童话世界就是万物有灵的世界，人

① 布克哈特：《意大利文艺复兴时期的文化》，何新译，北京：商务印书馆，1997 年，第 294 页。

② 曾繁仁：《生态美学导论》，北京：商务印书馆，2010 年，第 1 页。

③ 刘华杰：《自然二十讲》，天津：天津人民出版社，2008 年，第 8 页。

④ 曾繁仁：《生态美学导论》，北京：商务印书馆，2010 年，第 37 页。

⑤ 麦茜特：《自然之死》，吴国盛等译，长春：吉林人民出版社，1999 年，第 2 页。

与大自然一体,生活在童话世界中的孩子是快乐的,而今天热爱大自然的人也应该是单纯快乐的,美国自然文学作家爱默生就这样说:"田野与丛树引起的欢愉,暗示着人和植物之间的一种神秘联系。它们说明我不是孤单一人也不是不被理睬。它们在向我点头,我也向它们致意。"①今天的中国人在解决了小康问题之后开始走遍世界,开始探索森林和荒漠,探索天空和大地,感受大自然的力量和美,开始感受世界的多样性和丰富性,这是当今中国旅游热的根源,也是CCTV《动物世界》老少咸宜的根源。已经去世多年的作家苇岸(1960—1999年),一年里在同一地点记录他对四季大地风景的观察,其实是内心充实而愉快的,他的《大地上的事情》是简单而快乐的书。我还想到当代著名诗人海子(1964—1989年),他的非正常离世固然使我们觉得悲哀,但是,当他在人间的时候,他也有他的大快乐,且看他去世两个月前创作的名作《面朝大海,春暖花开》:

> 从明天起,做一个幸福的人
> 喂马,劈柴,周游世界
> 从明天起,关心粮食和蔬菜
> 我有一所房子,面朝大海,春暖花开
>
> 从明天起,和每一个亲人通信
> 告诉他们我的幸福
> 那幸福的闪电告诉我的
> 我将告诉每一个人
>
> 给每一条河每一座山取一个温暖的名字
> 陌生人,我也为你祝福
> 愿你有一个灿烂的前程

---

① 爱默生:《爱默生文集》(上),赵一凡等译,北京:三联书店,1993年,第10页。

愿你有情人终成眷属

愿你在尘世获得幸福

我只愿面朝大海，春暖花开

在诗人看来，回归大地，回归尘土——谁能抗拒自然的规律不死？——回归大自然的怀抱，"面朝大海，春暖花开"，并不是可怕的事情，也许还是十分美好的事情。时光不一样，每一天的人生都应该是新鲜而快乐的，哪怕是走向结束，回归尘土。

立足于上述思想背景阅读《追梦珊瑚》，我们可以说：一位近80岁的老人还能写出这样的书，正是因为对大自然、对生命、对大千世界、对社会人生抱着一种好奇感和审美感，这种好奇感中包含着一种现代的自然理念，同时，这种好奇感、审美感也是一种快乐感。刘先生创作这部书，其实也是分享他这种精神上、心理上的好奇感和快乐感。

二

在周围人的评价中，刘先平先生是一位儿童文学作家。我认为，如果以刘先平先生早年的作品为评论对象，这个判断可能是准确的。但是，如果就刘先平先生最新的作品《追梦珊瑚》而言，这个评价显然不准确。因为大致浏览一下这部书就会知道，书中的主人公既没有儿童，文字也并不浅白，虽然儿童可以阅读，不过，可以肯定地说，这不是一本专为儿童所写的书，而主要是写给成人看的书。尽管如此，这部书中充满着童趣，却不是儿童式的童趣，而是以一种纯真的眼光看待自然界中的生趣，是那种脱去了功利之欲后回归、直面自然的单纯和淡定。可见，这里存在一个问题：如何认识和理解这本书的创作性质和定位呢？

此书主要内容就是刘先平先生以"我"的经历和视角展开，"我"和李老师一起来到西沙群岛，巧遇珊瑚研究专家皇甫晖博士等人，后者在当地渔民和守岛部队的大力支持下研究珊瑚的保护问题，而"我"就和李老师跟随着皇甫晖博士等人的研究活动,深入观察、了解珊瑚的生活习性和美丽形态。毫无疑问,《追梦珊瑚》的内容并没有触及当代社会更复杂的社会问题,没有官场尔虞我诈,没有名利钩心斗角,没有美女爱情,没有曲折离奇的情节;在技巧上,似乎没看到作者刻意的讲究,尽管其中的人物甚至情节(我一直没有直接向刘先生求证)也有虚构的因素,例如在百度上认真地检索了一下,就没有发现一个姓名叫皇甫晖的研究珊瑚的博士。此书虽然有科考纪实报告文学的特色(科学性很强),但是,又不尽然。仔细阅读这部书,既能感受到自然之美、科学之趣,更能感受到"我"的好奇心、"我"丰富的人生经验和生活智慧,换言之,这是一部以科学考察为主要情节内容的、塑造了多个人物的文学创作,概言之,这是一部兼具科学性和故事性的书,是一部带有科考报告性质却也包含了虚构成分的当代小说。

确实,书中是有人物形象塑造的,比如对皇甫晖博士,她一出场,作者就刻画道:"眉清目秀,脸庞白皙透红,娴雅地、静静地喝着茶。"(第11页)她虽然是一位女性,却性格坚毅,知识丰富,责任感强。书中的李老师虽然年纪不小,却是对生活充满好奇感的人。当然,全书中最主要的人物应该还是"我",这个"我"其实就是刘先平先生自己的化身——一个有着丰富人生阅历、知识丰富的老者,这本书通过情节的推进展示了"我"丰富的人生感受。例如,在介绍珊瑚之美、海洋之美的同时,也顺便呈现了考察珊瑚过程中所遇到的各种美丽、美好的事物。刘老师对大自然的那种沉醉感,在全书到处都留下痕迹。他写海岛渔民阿山和妻子阿惠,用"一大箥盆翠嫩翠嫩、沾着晶莹水珠的生菜"招待客人,"既无盐,又没酱,他们却津津有味地细嚼慢咽,很绅士,可拿菜的速度并不慢"——观察与铺写真是细腻!其实,刘先生自己体会到"他们这样吃生菜,就像品尝美味的水果",显然是因为海岛缺少绿色蔬菜,所以人们才特别享受吃生菜的感觉,而这种享受生菜的过程,正是刘先生热爱大自然的根源:"是心灵对绿色渴望,还是绿色抚慰了心灵。"(第9页)他写守岛驻军陈司令吃新鲜牡蛎蘸芥末:

用工具撬开了牡蛎的硬壳,白白嫩嫩的肉如水泡蛋般躺在壳里。他将各种调料放进去，用勺子一兜，就送到嘴里，美得眉毛像跳舞一般……陡然连打了两个喷嚏……那是芥末通窍开塞的功效。（第11页）

可见南海岛上生活的有趣。

书中还写了阿山、阿惠夫妻俩请一群彼此还不熟悉的客人喝酒，大家一方面热情喝酒，另一方面互相介绍，彼此熟悉，气氛非常热烈，刘先生议论了中国的酒文化：

鲜明的主题，难得的缘分，已消融了在座来自天南海北的地域隔膜，大家连连干杯，个个容光焕发。我这才知道皇甫晖的豪饮和小袁更胜一筹的酒量。渔民们常说，酒是大海酿造的甘露，架起的是知音的桥梁，不懂酒的人就不懂大海。酒能激起满腔的豪情。这些在大海中闯荡的朋友聚到一起，别说阿山了，就连他的妻子小惠也加入了豪饮的行列。（第21页）

不仅如此，刘老师还给我们讨论部队生活，讨论了现代经济发展对资源环境的影响等。全书包含了多方面的知识，也包含了一个老人的生命智慧，可以说，这部书呈现的风景有趣，考察过程有趣，知识有趣，分享的生命经验有趣。

也许有人会说，作为小说，它的精彩应该在深刻主题的设计、独特人物的塑造、曲折情节的虚构、特定环境的设定上，从这些方面进行审视，《追梦珊瑚》似乎并不纯正，似乎没有考虑这些写作规矩，它随意而散淡。然而，这些因素恰恰表明这部作品的独特性：这就是一部"我手写我心"的书，是一位耄耋老人随心所欲却不逾矩的成功的文体实验。应该说，这是一部科学考察的报告文学，也是一部引人入胜的小说，更是一部一位老人和我们分享他对自然、对科学、对生活、对人生的热爱感受的散文。这部独树一帜的作品的作者是一位热爱大千世界的80岁的老人——刘先平。

2017年7月31日，反常之酷热中

大自然文学又一座山峰

——读刘先平的《追梦珊瑚》

韩进

今年是刘先平创作大自然文学四十周年。四十年来,刘先平每年深入大自然体验生活,进行专题科学考察,以大自然行走者的现场讲述和思想者的批判精神,呼唤生态道德建设,创作了 50 余部大自然文学作品,被誉为"中国当代大自然文学之父"。今年 80 岁高龄的刘先平又推出大自然文学新作——《追梦珊瑚——献给为保护珊瑚而奋斗的科学家》,在极富小说艺术的讲述中,带领读者一起探险海底珊瑚世界,追逐人与自然的和谐梦想,再一次发出重建生态道德的文学呼唤,成为刘先平大自然文学创作又一座高峰。

有着五千年文明历史的中国,正在奋力实现中华民族伟大复兴的中国梦。海洋强国是中国梦不可分割的重要内容。不同于起源于海洋文明的西方国家,我们对两千多年前古罗马哲学家西塞罗所说的"谁控制了海洋,谁就控制了世界"的论断没有切身体会。长期以来,我们习惯说中国有 960 万平方公里的土地,却忘记了还有 300 万平方公里的海洋国土。我国的海岸线有1.8 万公里,拥有的海洋面积居世界第 4,大陆架面积居世界第 5,200 海里专属经济区面积为世界第 10。我们不仅是陆地大国,而且也是海洋大国,但我们对海洋的了解少之又少。有科学家断言,经过几千年发展,我们对大海的了解仍然不过只有 1%,这个贫缺我们今天需要尽快补上。正是这样的紧迫感和责任感,刘先平将大自然文学创作题材从广袤的陆地改变为浩瀚的海洋,希望借文学的力量,做普及海洋知识的志愿者,做呼唤海洋生态道德建设的呐喊者。他希望读者通过阅读这部《追梦珊瑚》,可以多一点对海洋知识的了解,就像观察一滴水可以领略太阳的光辉一样,了解珊瑚礁就多了一把打

139

开海洋神秘世界的钥匙，因为在珊瑚礁中，众多生物共同形成了一个特殊的生态系统——珊瑚礁生态系统，它与陆地上的热带雨林系统相似，被誉为海洋的热带雨林或热带海洋的绿洲，是海洋的顶级生态系统。可惜全球有20%的珊瑚礁被彻底摧毁，50%的珊瑚礁处在危险之中。保护珊瑚礁，就是保护海洋、保护地球、保护人类家园。主题立意更高，生态思考更深，有"21世纪是海洋世纪"的战略视野，以及陆地文明与海洋文明融合发展的时代精神。

十年前，刘先平在创作长篇大自然探险文学《走进帕米尔高原》后，就将深入大自然生活的重点由陆地转向海洋，开始关注海洋生态，创作大自然文学。《追梦珊瑚》是他继《美丽的西沙群岛》后，又一部描写西沙群岛的海洋大自然文学，写作者与海洋科学家皇甫晖博士带领的科考队一起进行珊瑚礁生态考察的故事。皇甫晖博士的科考队由一批珊瑚生物学和珊瑚礁生态学的专家学者组成，以如何保护和修复被破坏的珊瑚礁生态系统为科研课题。珊瑚礁生态是海洋中顶级生态系统，如果珊瑚礁生态出了问题，将给整个海洋生态带来灾难，保护珊瑚礁生态，就是保护人类家园。西沙群岛是由珊瑚礁形成的岛礁，是最理想的珊瑚礁生态考察地。在驻岛部队的大力支持下，科考队在西沙群岛建立了珊瑚孵化移植试验区，和守岛官兵一起开展"追梦珊瑚"行动，把保护祖国海疆和保护海洋生态融汇一体，极大地丰富了"我为祖国守边疆"的时代内涵。

科考队在对我国近海岸珊瑚礁缩减80%和西沙群岛珊瑚礁生态保持良好的比较研究中，有了重大科学发现，就是珊瑚礁生态系统可以依靠"自然本身蕴藏着的巨大修复能力"而得到不同程度的恢复，提出了"封海育珊瑚、植珊瑚造礁的宏伟构想"，这一完全颠覆了学界普遍认为"珊瑚生态不可能或很难依靠自然力恢复"的观点，成为他们"追梦珊瑚的理论基础"。科考队将这一远赴南海的珊瑚礁生态考察称为"追梦之旅"，以期为恢复和保护珊瑚礁生态系统探索出一条新路。在以皇甫晖博士为代表的科学家身上，集中体现了我国青年科学家执着、奉献、求真、追梦的科学精神，作品有着批判现实主义的厚重和青春浪漫主义的情怀，在现实与追梦之间架起了一座生态道德的桥梁，坚信没有生态道德就没有生态文明。

刘先平的大自然文学创作始终具有科考纪实风格,科学家是他作品中不可缺少的正面形象。每一部作品都是他探险考察大自然所见所闻所思所感的文学记录,而每一次探险考察都会由当地的科学工作者陪同做向导,刘先平满怀敬意地将他们写进作品,借他们之口介绍科学知识,在他们身上赋予象征愿景,体现崇尚科学的精神、尊重自然的敬意和面向未来的希望,给读者留下深刻印象,如《云海探奇》中的大学教授王陵阳、《千鸟谷追踪》中的鸟类学家赵青河、《大熊猫传奇》中的兽医冷秀峻、《呦呦鹿鸣》中的动物学家陈炳岐、《寻找大树杜鹃王》中的植物学家冯国楣、《黑叶猴王国探险记》中的环保专家李明晶。这部《追梦珊瑚》更是冠以“献给为保护珊瑚而奋斗的科学家”的标题,这里的科学家是以海洋生物研究专家皇甫晖博士、小袁博士、小李博士和小安研究生等为代表的科学家集体。人物形象的重大突破,反映了作者文学立场的重大转变,已经由过往批判地反映生态问题的批评家,提升到现在积极地建设生态系统的实践者,大自然文学对自然生态的观照更为深刻,与生态文明建设的关系更为密切,中国大自然文学创作也由此进入一个新时期。

《追梦珊瑚》的故事讲述非常注重“小说艺术”。作者在开篇《引子》里,用一组长镜头推出了大自然—宇宙—太阳系—地球—陆地与海洋—海洋生态—珊瑚礁这样一幅由远及近的宏阔画面,寥寥数句,极富层次地展示了珊瑚礁在海洋、地球、宇宙、大自然中的重要位置和生态意义,引发全文对珊瑚的追梦和对人类的追问。作品以探险小说的悬念推进情节,以极富个性的语言塑造人物,以鲜活逼真的描写,展现海洋世界的优美、生命状态的壮美、人与自然的和谐美,突出生态道德建设主题,给人阅读的美感和哲理的启迪。

既然讲述的是“追梦珊瑚”的海洋历险故事,就离不开对海洋世界的描写。作者以生花妙笔,成功描写出海洋世界的不同境界。以“海洋之夜”为例,就有多层视角转换。作者刚登上珊瑚礁盘,举目张望,“今夜没有月亮,繁星虽满天,但总在闪烁。海水泛着深沉的靛蓝色,就像一块大幕,遮住了神奇世界的大门,只有迷迷糊糊的身影似虾似鱼,在水中游动,而近处远处的鱼跳声和各种似昆虫叫的窸窸窣窣声又特别撩人。嗨,还有个小红球在游动呢!

是海龟？还是刺鲀？可当我想去追寻真相时，一切又被黑暗掩去……"。待作者打开头灯探望，"光柱下，海底花园色彩斑斓，里面仿佛长满了奇异的书目和小草，开满了大朵大朵的鲜花。然而南海海水虽透明度高，夜里看，仍给人一种乌兰花的感觉"。情不自禁地潜到海水中，"好家伙，眼前这景色如西天晚霞落入海底！比春天的柳条还要青翠的枝状珊瑚，变幻着深红、玫瑰红的红海柳、鹿茸般的鹿角珊瑚，白玉般的石芝珊瑚，大块头的脑珊瑚、滨珊瑚……更有无数盛装的小鱼在珊瑚礁中游来游去，红白相间的是小丑鱼吧，嫩黄、靛红、黑蓝相间的是蝴蝶鱼吧，还有举着大钳子的蟹，一纵一纵的虾……好美的珊瑚世界"。作者巧妙地用人们熟悉的陆上世界来比拟海洋世界，读者在自然联想中有身临其境之感，美不胜收，心旷神怡。文学是语言的艺术，儿童文学的语言表达更要规范、准确、纯洁、传神，孩子们阅读作品的同时，不仅享受文学的魅力，而且学习语言表达。

《追梦珊瑚》在题材、主题、人物、语言上的全面突破，标示着刘先平的大自然文学创作进入了一个新的审美阶段，即由大自然题材的动植物书写转向自然与人并重、突出科学家在重建生态道德和重构人与自然和谐关系中的主导作用，或者说，由过去习惯单纯以"大自然动植物"作为审美对象，转向以"人与自然"整体作为审美对象，真正意义上将"人作为自然之子"来描写，通过青年科学家提出的"大自然修复力"理论，将人类"异化了的自然""再修复"到"人与自然和谐"的生态系统中，引发我们思考，人类自身是否也应该具有一种力量来主动修复"被人异化了的自然"？答案是肯定的，那就是人类急需建立科学的"生态道德观"。

发表于《光明日报》2017 年 6 月 1 日，发表时有删节

宏阔的艺术天地　自觉的时代担当

——读刘先平纪实文学《追梦珊瑚》

刘秀娟

1978 年,40 岁的刘先平带着一包稿纸,悄悄地走进了大别山的佛子岭水库。这一走,就是 40 年。在山水跋涉中,在大自然赐予的力量中,他恢复已中断 15 年之久的文学创作——不仅仅是"恢复",更是开拓——从 1980 年的《云海探奇》到最新出版的《追梦珊瑚》,在"大自然文学"这片文学新天地里,他独领风骚 40 年。其间,间或会有同行者。在不同的时段,总有几位钟情大自然或者忧愤于生态问题、环境危机的作家,贡献出非常优秀的作品,但是,对大部分作家而言,这个题材的写作似乎只是阶段性使命,唯有刘先平,以此为终生事业,上山入海,奋笔疾书,摇旗呐喊,壮大"大自然文学",呼吁"生态道德",极力倡导以"生态文明"建设人类的未来生活。

始于天性,归于责任。2011 年、2015 年,年逾七旬的刘先平多次到南海和西沙群岛探险、考察,追踪海洋学家皇甫晖团队 4 年,于 2016 年完成了长篇纪实文学《追梦珊瑚》,让人既羡慕他强健的体魄、充沛的激情,更感佩他坚强的意志和对社会责任的担当。

一

在新作《追梦珊瑚》中,刘先平的目光探向我们熟悉又陌生的"珊瑚礁"。作为人类最早发现的珠宝之一,珊瑚已经装点富贵人家千百年。"珊瑚香点胭脂雪,芙蓉帐压春云热""银床金屋挂流苏,宝镜玉钗横珊瑚""明朝去拔珊瑚树,龙气随飞过海门"……尤其在晋代石崇与王恺斗富的故事中,被打碎在地的珊瑚，可算是当时"最高财富"的代表。"绛树无花叶，非石亦非琼。世人何处得？蓬莱石上生。"唐代诗人韦应物的《咏珊瑚》自问自答，也代表了古人对珊瑚的无限的钟爱与有限的认知。但是，直到今天，我们对珊瑚价值的认知，仍与古人无异，那些凝聚在珊瑚上的目光，常常是看客的艳羡、贪婪，或者是主人的得意，总之，"财富"几乎是它唯一的属性。

在这种几乎固定的文学认知中，读到刘先平的《追梦珊瑚》，说是"凛然一惊"毫不为过，"珊瑚礁生态系统是海洋中的顶极系统，犹如陆地上的热带雨林。珊瑚礁只占海洋面积的四百分之一，但生物多样性却占海洋的四分之一"。一言以蔽之，如果珊瑚礁出了问题，那将是整个海洋生态系统的大灾难，也必然是人类生活的大灾难。而事实是，因为海水污染和掠夺性开采，"珊瑚礁生态系统"目前已经危机四伏，尤其是我们国家，近岸珊瑚礁已经缩减了80%。这几乎是所有珍稀生物的命运：因为美，因为珍贵，因为于人有用，而招致贪婪的围剿，陷入覆灭的危境。而人，也在毁灭每一个物种的同时，一步步走向自己的深渊……

刘先平用将近40年的行走和创作，试图唤醒悬崖边的人们，能够感受和认识大自然浑然天成、不可替代的美，从而理解、尊重大自然，热爱、保护大自然。他从大自然中获得文学的力量，成就了自己的文学创作，拥有了宏阔的人生境界，作为一位先觉的"自然之子"，他努力用文学的力量回馈自然，唤醒全社会的"生态道德"意识。在此前的几十部作品中，刘先平写过多少动植物，走过多少地方，我们无法计数。每一次的写作，就是一次长久而深入的行走，都是一个我们未知的领域，对作者和读者来说，都是全新的体验，不仅极大拓展了文学的地理空间和审美表达，更深化了对人与自然的关系的认知。《追梦珊瑚》让我们不但对珊瑚礁，包括对海洋，都有了新的认识。我们通常是在实用价值、基于对人的有用性基础上，对事物的价值做出判断，但是以皇甫晖为代表的海洋科学家，则是基于自然伦理而不是狭隘的人类利益来对待海洋中的一切生物。她带领团队致力于珊瑚礁生态保护，在航行中、潜水中，很多凶猛的鱼类、有毒的动植物和浮游生物都是威胁，但是他们安之若素，视作"本来如此"，而不是引以为敌，主要靠经验来回避、周旋，而不是与之搏斗。

甚至,对那些处于困厄中的凶猛大鱼,他们还要冒着被伤害的危险出手相救。

常年的海上科研,艰苦可想而知。书中写到一个细节,第一次相见,刘先平和夫人看到皇甫晖他们面对一大盆既无盐又没酱的生菜,吃得津津有味,虽然教养使得他们"很绅士",但身体的渴望却让他们流露出"贪婪"的吃相,一看便是经历了长期的海上漂流。即便如此,和大海的魅力相比,身体和物质的困乏都微不足道。"世界上只有一种呼吸,吐纳之间具有惊天动地的神奇。这就是大海的呼吸,它以潮起潮落宣示着生命律动的波澜壮阔……"虽然经历的是艰苦卓绝的奋斗、长年累月的海底探险,但是这群当代科考人身上,却洋溢着像大海一样不竭的激情、乐观、好奇,他们享受大海带来的艺术之美和科学之思。因为梦想,因为热爱,因为理解,那些在我们看来凶恶的情景,他们视为大海、大自然的本来之义,那些我们希望能据为己有的珍珠、珊瑚、砗磲等名贵之物,在他们眼里和摇曳的海草、游弋的小鱼一样,其价值在于维持海洋世界的健康和平衡。他们对"藏宝地"谙熟于心,却守口如瓶,替大海保守着秘密。这些年轻的科学工作者,不会把自己的工作当作吃苦受累的高尚奉献,当作索取回报的资本,他们沉醉于大海的精彩与未知,享受思考和发现的快乐,在执着于海洋生态保护的同时,也实现了个体在生理和心理、物质和精神上的"生态平衡",从这个意义上说,他们和刘先平一样,都是幸福的人,在现代人惶惶不知所求的精神迷茫中,他们找到了自己在自然中的恰当位置,建立起一个人和天地造化之间的适当关系,何其有幸。所以我们看到作者笔下执着的皇甫晖,没有与海斗、与人斗的苦大仇深、疲惫不堪,反而处处透着自然的旷达、闲淡,她像美人鱼一样在海中嬉戏,她像将军一样决断,她像诗人一样经常涌动起科学的灵感,她像普通女子那样平和地享受一餐茶饭……这种自然、健康、和谐的生命状态本身,就是刘先平所呼吁的"生态道德"的内涵之一——人与自然的共荣共生。

这也是刘先平大自然文学的一个重要特点,他的价值立足点和哲学基础是"天人合一"而不是"人与自然的博弈"。虽然对生态恶化痛心疾首,但他从不把人类生活和自然生态置于简单的对立关系。美国学者约翰·塔尔梅奇曾在"大自然文学国际研讨会"上介绍说,在美国,学者缪尔的生态观很大程度上影响了20世纪早期的自然保护活动,并最终促使美国在50年前出台了《荒野保护法案》,虽然促进了环境保护运动,但没有给人类生活工作留下太多余地,更不要提科学研究或消遣娱乐了。"荒野"被定义为"没有人类居住或长期逗留的土地及其范围内的生物"。塔尔梅奇提出,今天的人们亟须一个更加兼容并包并且切实可行的自然伦理,以此来实现一个可持续发展的世界,使得人与自然以"互相促进"的方式蓬勃发展。这种"相互促进"的方式,正是刘先平在"大自然文学"的创作实践中,一直在坚持和呼吁的。在《追梦珊瑚》中,当很多国外学者认为被破坏的珊瑚礁不可恢复时,皇甫晖的团队却敢于依据自己的考察和研究,提出珊瑚礁有一定的自我修复能力,并探索实施"封海育珊瑚,植珊瑚造礁"项目,提高珊瑚礁生态系统的修复能力。所以在刘先平的生态理念中,并不排斥对自然的"人工干预",他的很多作品都是歌颂大自然,以及歌颂为保护大自然做出贡献的科学家。在他笔下,"人类属于大自然",人本身也是大自然生态系统中至关重要的组成部分,人的精神、人的意志、人的美,都是自然之美、自然之力的有机组成,所以他的理念更具有一种实践性和解决现实问题的诉求。呼吁生态道德的养成,说到底,还是人的道德,是人对自我与自然关系的认知。

二

《追梦珊瑚》是刘先平大自然文学创作上新的探索与收获,也是对我国海洋文学的极大丰富。虽然我国拥有绵延万里的海岸线、广阔的海域,但是由于历史的、地理的、文化的原因,发达的中国文学中,从古代到当代,海洋文学却极其匮乏,我们没有《海的女儿》《白鲸》《老人与海》这样的作品,我们吟诵"海上生明月",关注的其实是"月",是"天涯",是"人世",而极少关注海洋本身。新世纪以来,已经有作家开始有意识地开拓海洋领域的文学书写,多是报告文学,也多是讲述国家战略性的海洋保护与开发。从"生态"的角度来关注海洋世界的文学作品,似乎不多,因此,《追梦珊瑚》在题材开拓上的意义和价值值得珍视。

　　题材上的优势并没有使作者在行文上有所懈怠,能够看出,从结构、节奏、人物到语言,作者都苦心经营,以保持作品牵动人心、感染人情的能量。这与刘先平一直从事小说创作有极大关系。在人物的选择与表现上,除了皇甫晖夺人眼目的智慧、热情、自然、执着,同样是皇甫晖团队的成员,小袁、小张和小笪,虽然都是年轻人,却各有性格;渔民小山的性格形象也生动鲜活;哪怕就是对自己的"搭档"李老师,作者也用轻巧而形神兼备的笔墨,从言行中现出性格。在叙事节奏上,他讲究急缓有致,既有惊心动魄的海底遇险,又有抒情闲适的海上风光;在风格上,以纪实文学的真实性为基础,又格外注重故事性、诗性和哲思,而不止于描述和介绍。

　　尤其是,面对这样一个我们所陌生的、奇异的海洋世界,作者能够向读者表达到何种程度,与他在文学语言上的素养有极大关系,他是不是能够突破海面"波澜壮阔"、海底"五彩缤纷"这种惯常的表达。他发现了美,还必须要用语言去塑造这种美。作为大自然文学作家,刘先平恰恰具备这样的优势。苏联作家帕乌斯托夫斯基在他著名的《金蔷薇》中论述俄罗斯语言的光华时曾写道:"这些富有诗意的词和我们的大自然有着关联,这一点是无可争辩的。俄罗斯语言只对那无限热爱自己民族的人们,了解他们到'入骨'的程度,而且感觉到我们的土地的玄秘的美的人,才会全部展示出它的真正的奇幻性和丰富性来。自然中存在的一切——水、空气、天空、白云、太阳、雨、森林、沼泽、河流和湖泊、草地和原野、花朵和青草——在俄罗斯语言中,都有无数的美丽的字眼和名称。"中华民族的语言同样是人民与大自然的共同创造。自然的丰富性与活力使得作家不但感受到精神的撞击,而且激活作家对于艺术的表达。在《追梦珊瑚》中,我们能感觉到夜晚的大海、海底的世界那不可描述的美,这正是对作家艺术能力的挑战和激活,他必须调动自己的艺术积累、自己的文学语言,才能描述那异常的、陌生的美感。圆冠珊瑚、造礁珊瑚、软珊瑚、团块滨珊瑚、蔷薇珊瑚、柳珊瑚,各种鱼、虾、贝、藻,还有不同时间、不同天气条件下的海面变化,作者必须要以语言的丰富来呈现这个世界的丰富与特性。他写鲭鱼阵与剑鱼群遭遇后的剑拔弩张、斗智斗勇,连在场的置身事外的"人类"都感到惊心动魄;他写科考队与鲨鱼相遇的紧张与惊险,让人倒吸一口冷气;写身处夜色的深海,目睹神秘的、旷世的美,让人艳羡;他写海上数日,那种浩瀚与孤独,既和我们古典诗歌的情怀贯通,又是现代人的独特体验:"晚霞消失了,茫茫的大海,朦胧的天地之间,只有一叶小舟在上下起伏。没有人声,没有车马声,更没有小鸟的啾啾声,空寂、孤独从四面八方涌来。就像踏进了沙漠,金色的世界,沙山的流动,都使旅人感到震撼。然而,在不知不觉中,眼空了,心也空了……"在作者笔下,海洋世界涌动着生命的活力与奇美,他是在探索海洋,更是在探索生命的奥秘。

三

以刘先平的创作为标志性起点,中国大自然文学已经走过 40 年。这 40 年,可以说是中国环境恶化速度最快、程度最深的 40 年,大自然千百万年的造化区区数十年就可以被人毁坏殆尽。"四十多年来我所描写的青山绿水,现在已有不少变得面目全非:大片原始森林被砍伐了,很多小溪小河都已经退化或干涸,有些物种消亡了……"这种忧愤,这种沉痛,对刘先平来说几乎是难以承受的,他近几年的作品,一边在呈现大自然的力与美,一边在揭示美的事物被打碎的悲剧,他热切地呼唤一种新的力量,他寄希望于整个社会的觉醒。

最近几年,我们明显感觉到"行走""在场""非虚构"已经成为越来越显著的文学话语,读者在期待一种新的现实主义,从这个意义上说,刘先平称得上是"时代的先觉者"。现在想来,他当初选择大自然文学,是自然的召唤,也是时代的召唤,新鲜的、充满生机活力的大自然,富有勇力的探索和冒险,和一个正努力走出阴霾迎接新时代的国家气象脉息相合,是那个时期人们精神状态的反映,当时的他没有理论的自觉,却有艺术的直觉,使自己的天性、才华与时代精神形成了默契,发出了儿童文学、大自然文学的"先声"。今天,我们特别希望大自然文学所蕴含的丰富的审美感受和深刻的思想力量能够影响社会,唤起行动,保护我们生存的根源——大自然。

发表于《人民日报》6 月 30 日版,发表时有改动

新天地　新境界　新突破
——评刘先平大自然文学新作《追梦珊瑚》

薛贤荣

近三十年来,已经有不少评论家和出版家不止一次用"中国第一部"来评论刘先平的大自然文学作品了。如《云海探奇》被称为"中国第一部描写在猿猴世界探险的长篇小说",《呦呦鹿鸣》被称为"中国第一部描写在梅花鹿世界探险的长篇小说",《千鸟谷追踪》被称为"中国第一部描写在鸟类王国探险的长篇小说",《大熊猫传奇》被称为"中国第一部描写在大熊猫世界探险的长篇小说"……鉴于刘先平在大自然文学、儿童文学乃至整个文学领域持续不断地开拓创新,毫无疑问,新的"第一部"不断出现,填补了一个又一个空白。

无论是科学研究还是文学创作,填补空白,是最有意义的事。何况刘先平作品所填补的空白,正是社会急需、读者急切期盼填补的呢!

欣读长江少年儿童出版社新近出版的《追梦珊瑚》,我不得不说,这又是一个"中国第一部",又填补了一项空白! 这是中国作家第一次为珊瑚立传的巨著,而将珊瑚这一特殊的动物作为主角,聚焦于文学家的笔下加以描述,填补了大自然文学的又一空白。更难能可贵的是,作品还第一次塑造了以皇甫晖为代表的中国青年海洋科学家的群像,赞颂了他们的献身精神。他们探索海洋,研究珊瑚,贡献巨大,意义非凡。由此也可以看出,作家站在时代的制高点,赋予作品极高的立意。

我国有 960 万平方千米的国土面积,这是常识,小学生都知道。但我国海洋的面积有多少? 很多人并不清楚。曾有人就此事做过调查,约有 70% 的人直接回答"不知道"或"不清楚",约有 20% 的人的回答不正确,给出正确答案的,只有 10%,那就是 299.7 万平方千米,通常称为 300 万平方千米。我国是海洋大国,但面临着许多海洋国土争议,有的甚至非常激烈。怎样才能最大限度实现国家利益? 考验着民族智慧。这当然不是一代人可以完成的任务,但中国少年儿童从小了解海洋国土的方方面面,却是很有必要的。刘先平和他的夫人李老师以古稀之年赴西沙南沙探险,奉献出如此珍贵的作品,体现了一位作家的社会责任感。

了解海洋,熟悉珊瑚,也是爱国主义教育的一项重要内容,因为美丽的南沙群岛以及西沙群岛的许多岛礁就是由珊瑚礁形成的。也可以说,珊瑚创造了南沙群岛以及其他许多中国海洋国土。由此可见《追梦珊瑚》的立意之深邃高远。

《追梦珊瑚》中蕴含的知识量是惊人的。读者打开书本,仿佛进入一座藏品丰富的海洋博物馆,馆内每一件藏品,都光彩夺目,令人一望而生喜爱之心。作者笔下描写的珊瑚,不下数十个品种,如红珊瑚、黑珊瑚、金珊瑚、柳珊瑚、鹿角珊瑚等等,全都准确而精致,科学的真与艺术的美融为一体,呈现出一个熠熠生辉的珊瑚世界。在很多时候,诗情画意与理性光辉是交织在一起的。

我们先来看作者笔下的红珊瑚的描绘:

红珊瑚已经是极端濒危的物种,它生长缓慢,素有"千年珊瑚万年红"之说,价格比黄金还高。我看过一个资料,目前世界上最大的红珊瑚于1980年采自台湾省东北部宜兰龟山岛附近海底。这株桃红色的"珊瑚王",高125厘米,重75千克,现被台北市一家珊瑚公司收藏。有人出价500万美元,藏家还没卖哩! 专家估计,它的年龄应该在2万年左右,也就是说,经过这么多年的生长,才长到这个份上,是名副其实的大寿星。因而有人将红珊瑚称为"海底钻石"。

再来看作者笔下的珊瑚礁系统:

珊瑚礁的生态系统是海洋中的顶级系统,犹如陆地上的热带雨林。

珊瑚礁只占海洋面积的四百分之一,但生物多样性却占海洋的四分之一,有4000多种(也有说5000—8000种)鱼类生活在珊瑚礁中。它出了问题,那将是整个海洋生态系统的大灾难。

除了直接描写珊瑚,书中对珊瑚赖以生存的海洋环境以及与珊瑚有关的海洋生物的描绘,同样异彩纷呈。单就鱼类而言,被写得栩栩如生的就有石斑鱼、狮子鱼、飞鱼、金枪鱼、魔鬼鱼、剑鱼、翻车鱼……一本文学书中具备如此广博的自然科学知识的,真不多见。

对于文学创作,所有作家都高喊要从生活出发,但真正从生活到艺术,何止万里之遥!因此,绝大多数作家终生都在临摹别人的作品,用的只是二手材料,也就免不了给人以似曾相识之感。也有的作家写出过有影响力的作品,但以后不断重复自己,给人以江郎才尽之感。《追梦珊瑚》则不同,它来源于作家探险所得,是第一手资料;它不同于作家以前的所有作品,而开辟了一个新天地,进入一个新领域,写出了一个新境界,艺术上有了新突破,达到了新高度。对于喜爱刘先平作品的新老读者来说,阅读《追梦珊瑚》,一定会有全新的阅读体验和阅读快感。

俄罗斯作家康·帕尔斯特夫斯基在称赞大自然文学作家米哈伊尔·普里什文时说:"在整个世界文学中,未必能找到与他并驾齐驱的作家。"的确,在米哈伊尔·普里什文的大自然文学作品中,读者能听到吐露馨香的青草拔节声,涓涓清泉的潺潺流水声,百鸟争鸣的啁啾声……而这一切,都是滋润读者心灵的文学营养。

今天,我们用康·帕尔斯特夫斯基的话来评价《追梦珊瑚》,评价其作者刘先平,是一点儿也不过分的。《追梦珊瑚》的确是大自然文学宝库中全新的、独树一帜的作品,它能给读者文学的、科学的、知识的营养,更能激起读者的海洋意识和爱国心。刘先平也的确是中国当代无人能与其并驾齐驱的大自然文学作家,其创作实绩,就是最好的证明。

奇和趣,是刘先平一贯追求的美学风格,在其影响深远的《大熊猫传奇》《云海探奇》《山野寻趣》等作品中,奇和趣这两个关键词干脆都用在书名上。

《追梦珊瑚》延续了奇和趣的风格,同时也有新的突破。我们来看以下这段描写:

> 蝠鲼正在优雅地进食,两只又大又厚的肉"手"一记记地将珊瑚虫卵扫进嘴里,小家伙就在妈妈腹下有模有样地学着,一副母子情深的画面!然而,作为保护珊瑚的专家,看到了成千上万的珊瑚虫卵就这样被吃掉,心里还是苦涩⋯⋯

蝠鲼又称魔鬼鱼,是珊瑚的天敌,作者从珊瑚保护专家的角度写其进食,真是妙趣横生而又五味杂陈。

此外,作者对月亮与大海关系的描述,对潮起潮落与生命诞生之间的规律的揭示,以及对海洋生物之间可能存在信息网络的"臆测",无不体现了奇和趣的魅力,令人叫绝!

作者笔下的奇和趣,大都与险密不可分,险中求奇,险中求趣,使得整部作品险象环生,奇趣无穷。读者在阅读过程中,想必心灵也是不会平静的——这正是作品的艺术魅力所在。

有的评论家指出,刘先平作品是"用文学性统一科学性和趣味性",作家自己也说过,奇与趣是他的美学追求。从《追梦珊瑚》中可以看出,这种追求正向更高更深处开拓,以更多彩的姿态呈现。

《追梦珊瑚》中随处可见的睿言智语,增加了作品的厚重感。如作品写到大海中某些身怀绝技的小鱼竟然置大鱼于死地时,看似不经意地写道"最强大的动物也有致命的弱点,最弱小的动物也有赖以生存的本领",寥寥几笔,回味无穷,包含了一位智者的人生体验,对青少年读者来说,弥足珍贵。

《追梦珊瑚》的结构是双线并进的,其焦点当然是珊瑚。作家对珊瑚的历史、现状和前景的追溯、描写与展望令人难忘。但这只是明线,另一条暗线,则是歌颂那些研究珊瑚、保护珊瑚的中国年轻的科学家。读完全书,我更深切领会到作品副标题"献给为保护珊瑚而奋斗的科学家"的深刻含义。我们为科学家发出的"珊瑚修复没有破坏快"而焦虑,也为科学家提出的"封海育珊瑚、植珊瑚造礁"的设想而振奋！

　　《追梦珊瑚》是一部值得向广大青少年推荐的好书，它就像多面的晶体，从不同角度闪现光辉，读者可以从中获得知识，获得美感，同时也获得捍卫领海、保护自然的信心！

　　　　　　　　　　　　发表于《中华读书报》2017 年 6 月 23 日

谓我心忧·精神颂歌·诗意智性

——评《追梦珊瑚——献给为保护珊瑚而奋斗的科学家》

雷鸣

刘先平被誉为我国当代大自然文学之父。四十多年来，他奔走于大自然之中，多次跋涉、穿行于大漠戈壁、崇山峡谷、高原山区，书写着大自然的魅力与神奇，以吁求尊重自然的生态道德。这本新近出版的《追梦珊瑚——献给为保护珊瑚而奋斗的科学家》(下文简称《追梦珊瑚》)，则是他四赴南海、两赴西沙的产物。读这部描写有关珊瑚科考的纪实文学作品，我们不难触摸到作者对珊瑚等海洋资源遭到破坏的忧患情怀，不难感受到作者对那些为保护和恢复珊瑚礁生态系统的海洋科学家的浓烈礼赞之情。作者以诗性优美的文字描写祖国南海之美的同时，亦为我们"烹制"了关于海洋的"知识盛宴"。

一、心忧与何求：生态道德的急切呼唤

弗洛姆指出，占有欲"使我们无视这样一个事实，即自然宝藏是有限的，终有一天会消耗殆尽的"①。现代人欲望的无休止膨胀，正是导致自然被破坏的根本原因。《追梦珊瑚》揭示了现代人为了满足自己的各种欲望，而无休止地向海洋索取的残酷现实，对为了一己之利而掠夺和毁灭珊瑚的行径表露出深恶痛绝的批判立场，对海洋环境忧心忡忡之焦虑溢于笔端。

人们在消费主义文化的裹挟下，价值观念和生活方式正被不断地改写，

---

① 艾里克·弗洛姆：《占有或存在》，杨慧译，北京：国际文化出版公司，1998年，第8页。

对欲望化的生存图景充满期待,渴望占有。这种无止境的欲望崇拜、炫耀与无理性的消费文化,掣动着人们把海洋及珊瑚资源一步步地推向毁灭的深渊。对此类情形,作者描绘得触目惊心,忧患情怀切切可感。

作品叙述了那些消费主义崇拜的玩家为逐利开采砗磲与螺化玉,进而严重毁坏珊瑚礁的行径:砗磲又被玩家称作"海玉",虽然国家已经三番五次严令禁采砗磲,但其工艺品依然很多,而且昂贵,价格飞涨;有人无意中从珊瑚礁中得到了一个小螺,被玩家得知后,感到有"开发"价值,所谓开发就是热炒,炒到现在市场上一颗螺化玉动辄几百、上千元。对这种缺失生态道德的行为,作者借作品人物小李之口,几乎表达了撕心裂肺般的愤怒谴责:"那些想一夜暴富的人就开始炸礁了,你看,炸了那么多珊瑚礁,还不知能找到几个! 想想看吧,仅仅是我们科研团队就花费了几百万在这里造礁……有人却为蝇头小利疯狂炸礁。这种得不偿失的蠢事也有人干!"

同时,作者又以三亚地区的珊瑚礁为例,理性而概括地分析了珊瑚礁现状堪忧的原因,认为之所以如此,与人类的过度开发、本性的贪婪、生态道德缺失密不可分。作者指出,正是为了发展经济,导致三亚人口猛增,于是城市污水、垃圾统统向大海倾泻,加上过度开发,造成了严重污染。过度捕捞,特别是非法炸鱼炸礁,也对珊瑚礁造成了极大破坏;海水污染造成了珊瑚的天敌——长棘海星的爆发。还有作品中提到的海洋动物玳瑁,作者叙述道,因为其外壳漂亮,有奇妙花纹,具有驱血凉血的功能,由此玳瑁遭到了灭顶之灾,过去,我国沿海常能看到它的倩影,而现在,玳瑁已成了濒危物种。对太多的游艇占据入海口的码头,破坏海洋环境,作者也表达了深深的忧虑。

总之,作者毫不掩饰、尖锐而真实、多角度地揭示了海洋及珊瑚资源遭遇危机的现实,对现代社会里人们存在的无边欲望之壑、利益崇拜、经济短视行为予以了理性的批判。正如马丁·布伯所提出的警告:"把自然视为一个取之不尽的资源库的时代已经结束了,人类赖以生存的生物圈是一个十分脆弱的东西,人只有把自己置于与自然相互依赖的关系中,才有希望避免生态灾难。"①作者亦反复在文本中呼吁全社会树立生态道德意识:"生态文明教育也要从孩子抓起,从培育生态文化抓起。现在,很多人都觉得保护生态是环保部门的事,其实只有从每个人做起,只有树立了生态道德,才有可能建成生态文明。"此类警醒之语,作品中多处可见。

二、坚执的守望：知识分子的精神颂歌

《论语·泰伯》有云:"士不可以不弘毅,任重而道远,仁以为己任,不亦重乎? 死而后已,不亦远乎?"此为中国传统知识分子的真情写照,他们期冀建立符合自己理想的人间秩序,并为之努力奋斗。当代中国知识分子依然承继了历史上知识分子之优良传统,对国家、民族有一种强烈的使命感和责任担当,挚爱自己的事业,具有"先天下之忧而忧,后天下之乐而乐"的奉献精神。在共和国 60 多年的发展历程中,这样的优秀知识分子群体似灿烂的星河,最杰出的典型,当属"两弹一星"的元勋们。正是因为有这些知识分子群体的甘于奉献,中华民族今天才能昂然于世界民族之林。

然而,社会转型、时代变更,自 20 世纪 90 年代以来中国社会经历了全面市场化的转型,社会的价值观念悄然嬗变。在艰巨而强大的社会现实面前,知识分子该如何选择自己的人生道路与价值信仰? 是固守知识分子的家国情怀,还是为了在物欲中实现自我舒适、满足而放逐自己?《追梦珊瑚》一书塑造的皇甫晖博士团队,给了我们响亮而明晰的答案:他们舍弃个人安逸的生活,为保护祖国的海洋珊瑚礁生态系统,进行着艰苦卓绝的工作。为当下知识分子如何摆脱现实生存与精神信仰之间的选择困境,他们似乎提供了一个范例。

书中所展现的海洋科学家们的确是值得歌颂的。他们大都是具有高学

---

① 马丁·布伯:《我与你》,陈维刚译,北京:生活·读书·新知三联书店,2002 年,第 127 页。

历的知识分子,为了保护和恢复海洋顶级生态系统,保护祖国珍贵的珊瑚资源,推动可持续发展,提出了"封海育珊瑚礁,植珊瑚造礁"的科研目标。为了完成这个梦想,皇甫晖博士带领研究团队,长年累月地在祖国海岛、礁盘上,在海底深处考察。数年间,从福建东山开始,由北向南,走遍了广东珠江口和雷州半岛,广西涠洲岛,海南的洋浦、三亚,直至西沙群岛、中沙群岛、南沙群岛……其间要经历地动山摇的晕船,要饱尝海上长期漂泊与食物单调的艰苦,要忍受待在孤悬于大洋深处礁盘的寂寞,要冒着生命危险下潜到海洋深处。虽然有太多的危险与艰辛,作为海洋科学家,他们把海洋当作演奏自己生命乐章的舞台,把培育珊瑚当作自己一辈子的守望。

我们知道,歌颂知识分子的作品早已有之,为我们所熟知的作品有徐迟的报告文学《哥德巴赫猜想》、谌容的小说《人到中年》。虽然《追梦珊瑚》与上述作品在礼赞知识分子的精神操守上是一致的,但它有自己的独特旋律,即这些海洋科学家是有血有肉、有生活情趣的,对事业的忠诚与热爱,不是空洞的所谓的爱国理想的推动,更多的是因为兴趣,有着新世纪的时代气息和个人选择。比如文本中皇甫晖博士,喜欢玩,喜欢看网球比赛,她之所以选择研究珊瑚生态系统,是因为喜欢大海,"她更喜欢穿梭于海藻、珊瑚中,与鲨鱼、海豚、海狮等海洋生物嬉戏,异彩纷呈的海洋世界给了她无穷的乐趣,也激发了她内心深处的理想萌动——向往大海、大洋"。这样表现知识分子,我觉得是富有新意的,也体现了当下时代特征。

无论如何,当世俗的功利主义喧嚣高蹈,当欲望野蛮生长,当太多的知识分子沦为物欲的"迷失者",总是需要一种力量来平衡。《追梦珊瑚》塑造这样一群科学家,或许就是如斯的一种平衡的力量。感谢刘先平!

三、丰盈与诗性:知识性写作涵纳美学之韵

《追梦珊瑚》虽然是一部科考纪实的作品,但作者没有枯燥、单调地"实录"与"状写",而是借助类似于探险的叙事模式,把有关海洋及珊瑚保护的主题叙述得生动盎然。文本中既有自然、科普等方面的丰盈多维之知识介绍,

又有文学审美与诗性张力。

作者在讲述皇甫晖博士团队事迹的过程中，巧妙地穿插了许多有关海洋、珊瑚、鱼类、环保等方面的知识。比如一开篇写作者与李老师在海边漫步时，捡到一块红珊瑚，由此娓娓道来有关红珊瑚的知识："你是想疯了吧，红珊瑚已经是极端濒危的物种，它生长缓慢，素有'千年珊瑚万年红'之名，价格比黄金还高……因而有人将珊瑚称为'海底钻石'。"当叙述皇甫晖博士团队到南沙群岛考察珊瑚礁时，作者顺势介绍了南沙群岛的组成、地理位置、历史状况、气候特征及守岛官兵生活状况的变迁，宛若具体而微的一部南沙群岛的岛志。当讲述海洋污染对珊瑚的影响时，作者又纵横捭阖，笔触回溯历史深处，介绍了历史上曾经发生过的重大海洋污染事故，从1963年美国的"长尾鲨"号核潜艇在大西洋海域失事，述及新世纪以来在墨西哥湾发生的石油井喷事故。

据笔者不完全统计，作品中涉及知识性介绍的海洋动物不下10种，有蝴蝶鱼、章鱼、炮弹鱼、翻车鱼、石斑鱼、剑鱼、蝠鲼、金枪鱼、文昌鱼、白海豚、花园鳗、鲕鱼、针鱼等。介绍珊瑚的种类亦丰富多样，有红珊瑚、火焰滨珊瑚、鹿角珊瑚、叶状蔷薇珊瑚、中华扁脑珊瑚、辐石芝珊瑚、竹节珊瑚、海底柏珊瑚、泡囊珊瑚、园冠珊瑚、柳珊瑚等。还有海洋中的其他动植物，如海葵、海胆、鹦鹉螺、水母、长棘海星等。毫不夸张地说，这部作品不亚于一部小型的海洋知识百科全书。

虽然《追梦珊瑚》知识含量巨大，但作品的审美功能并没有因此失落，读起来，丝毫感觉不到文本中材料堆砌和档案搬家的滞重感。"今天读者的文化素质普遍提高，尽管他们还欢迎并需要小说这样因借助虚构手段从而更富有艺术感染力的文学作品，可他们不再轻易接受那些缺少实际内容、在艺术上又造作粗糙的作品，更乐意把精力用到提供了真实的生活现象并在艺术上有一定特点的报告文学或其他带有纪实性特征的作品上去。"①可喜的是，作者在酿造海洋知识盛宴的同时，以多年坚持大自然文学创作的职业良知、想

① 李炳银：《当代报告文学流变论》，北京：人民文学出版社，1997年，第9页。

象、感情、诗性语言灌注于其中,既有情感的充盈,又有理性的沉实。精致的语言、行文中澎湃的激情、富有哲思的议论、灵活多变的叙述方式,使得《追梦珊瑚》体现出跨文体叙事的魅性色彩。文本既有小说情节起伏之波澜,又有散文诗性抒情之旖旎,还有纪实文学之明晰。如语言之精致:"远处时而蹿起巨大的水花,如大漠孤烟——是鲸,是鱼。"如行文中澎湃之激情"好家伙,眼前这景象犹如西天晚霞落入海底! 比春天的柳条还要青翠的枝状珊瑚……好美的珊瑚世界! 好美的海底花园!"如富有哲思之议论:"孔夫子说,水至清则无鱼。以此推论,他尽管周游列国,却绝对没有来过南海,因为南海是水不清则无鱼。这里的水清澈透明,能见度高,可看清水下三五米处游动的鱼虾。"

于是,《追梦珊瑚》并没有因为知识含量之丰厚,显得滞重与拥塞,相反,因为作者追求真实与诗性的张力,整部作品读来美学韵味十足,作者的表达生态道德的诉求亦清晰可见。

综上所析,《追梦珊瑚》这部作品,在价值理念(生态道德)表达、人物形象塑造、知识厚度、文学的诗性魅力上,较之作者以前的作品,皆有新的突破。

发表于《中国新闻出版广电报》2017 年 6 月 12 日

寻找人与自然对话的叙述方式
浅谈刘先平大自然文学的文体创新
——读《追梦珊瑚》

冷林蔚

刘先平被誉为中国当代大自然文学之父，他在大自然中探险四十多年，从 20 世纪 70 年代开始至今，出版了几十部作品。2017 年，他的《追梦珊瑚——献给为保护珊瑚而奋斗的科学家》，代表了他的最新创作成就。本文试图对文本进行分析，来阐述刘先平大自然文学作品在文体方面的创新。

刘先平的大自然文学中的探险奇遇作品一直具有跨文体的特点。所谓的跨文体，简单来说就是一部作品中同时具备多种文学体裁的艺术风格，这些特点不但不会相互冲突，反而相互补充，相得益彰。从《追梦珊瑚》一书中可以感受到，虽然以第一人称作为叙事的主体，但它既具有小说的情节，又有诗歌、散文的诗性和哲理，以及报告文学的亲历和纪实等多种文体特点。

这种独特的跨文体的艺术风格，使我阅读时似乎听到了人与自然的对话。评论家们都说这是他的独创。作家本人的回答是：我在寻找与自然对话的一种叙事方式，因为大自然太博大精深、太丰富多彩了。

一、纪实性和亲历感，奇趣无穷的科学知识

刘先平一直有着自己的创作理念和美学追求。从早期的《云海探奇》《大熊猫传奇》，到近年出版的《美丽的西沙群岛》和《追梦珊瑚》，始终保持着纪实性和亲历性的特点，这是与他的创作历程分不开的。他的每一部作品都是经过实地考察、深入体验之后，再加以消化、归纳、积累、提升，最后才完成的创作结晶。如果没有实地考察经验，他绝对不会贸然动笔，所以才会有花了二

十一年时间才写出《圆梦大树杜鹃王》的感人故事。

《追梦珊瑚》一书,同样是作者多次远赴海南,两赴西沙群岛,历时数年酝酿而写就的。书中的许多精彩故事都是作者亲身经历的,所以写起来从容不迫,真实可感。关于珊瑚礁科考队成员们的故事,也是作者对以皇甫晖博士为首的团队几年的跟踪采访、参加考察之后,才精心完成的,无论是人物的成长历程还是心理活动的变化,都非常可信。所以人们在阅读刘先平的大自然文学作品时,第一个突出的感受就是特别真实和感人,这与作品具有报告文学的特点是分不开的。

由于报告文学具有新闻性和纪实性的特点,刘先平的作品其实也可以当成优秀的科普作品来读的。在《追梦珊瑚》一书中所介绍的关于珊瑚和海洋生物的知识,极为丰富和准确,为读者打开了一扇扇神奇的大门,对一般人来说,海底世界毕竟是非常难以接触到的神秘领域。看看刘先平笔下这流光溢彩的海底世界吧:

> 好家伙,眼前这景象犹如西天晚霞落入海底!比春天的柳条还要青翠的枝状珊瑚,变换着深红、玫瑰红的红海柳,鹿茸般的鹿角珊瑚,白玉般的石芝珊瑚,大块头的脑珊瑚、滨珊瑚……更有无数盛装的小鱼在珊瑚礁中游来游去,红白相间的是小丑鱼吧,嫩黄、靛红、黑蓝相间的是蝴蝶鱼吧,还有举着大钳子的蟹,一纵一纵的虾……

只不过短短的一百多字,就描写了六七种珊瑚和四五种海洋生物。通览全书,其中出现的生物品种至少也有四五十种,除了种类繁多的珊瑚,还有剑鱼、蝠鲼、鲨鱼、文昌鱼、翻车鱼、砗磲、玳瑁、海豚、长棘海星、凤尾螺等这些人们极少接触的珍稀动物,简直就是一部海洋百科全书。

著名文学评论家王泉根在《追梦珊瑚》一书的研讨会上说道:"阅读这本书对我来说是海洋知识的提升,珊瑚对我们人类的生态有这么重要的价值,如果珊瑚礁遭到破坏,那将是人类生活的大灾难。这种知识,不要说一般的青少年,就是我们这种所谓的受过高等教育的人很多都不知道。我们的阅读推广活动,不乏小说、童话、诗歌,却缺乏这样的作品。我们一个小学生或中学生,如果他认真读了《追梦珊瑚》,他的海洋知识、海洋意识肯定会有所提高。"这一评价充分肯定了刘先平的大自然文学作品在传播科学知识、认识自然方面的重要价值,也积极倡导孩子们多读一些这样的作品,提高他们的科学素养和科学精神。

二、悬念丛生的小说情节和精彩的细节描写

刘先平的作品经常以自己的探险行踪设置丛生的悬念,串联起人物和事件,同时也采用倒叙、插叙的手法交代前因后果,使得整部作品的内容非常丰富。但是纪实性不代表平铺直叙,更不代表缺乏文学性,尤其是《追梦珊瑚》这部作品,作者在纪实文学的大框架之中融入了小说笔法,情节跌宕起伏,人物鲜活丰满,场景宏伟壮阔,还时不时蹦出几个悬念,精彩程度堪比探险小说,读时使人欲罢不能,读后令人回味无穷。

《追梦珊瑚》主要记叙了刘先平夫妇和以皇甫晖为首席科学家的珊瑚科考团队一起探秘南海珊瑚礁的神奇经历,到底有多神奇,看看这些章节名就可以略知一二:《珊瑚狂舞》《谁在偷袭》《月亮鱼太阳鱼》《剑鱼疯狂》《天上掉下个小蝠鲼》《海上漂起红带子》……刘先平曾在水下被大章鱼攻击,也曾和考察队一起救助珍稀的翻车鱼,还亲眼看到了小蝠鲼出生的过程,他用自己的生花妙笔把这一切活灵活现地展现出来,随着阅读,我们仿佛跟着科考团队来到了西沙群岛,跟着他们一起经历冒险,感受神奇。

《月亮鱼太阳鱼》这一章主要讲述了刘先平和考察队一起救助被渔网缠住的珍稀翻车鱼的故事。先是刘先平与渔民阿山在夜晚的茫茫大海上发现了盈盈亮光,引起了大家的好奇,靠近看原来是一条大鱼,可是这鱼怎么只有头,没有身体呢?它侧躺在海面上,活像一个巨大的荷包蛋。原来这是一条罕见的巨型翻车鱼,被渔网缠住了不能动弹。考察队赶来当救兵,几位队员潜到水下割网,给翻车鱼松绑;有水族馆工作经验的皇甫博士还与鱼儿沟通,为它清除寄生虫,稳定它的情绪。当全部的网都被割断,翻车鱼终于重获自

由的时候,作者怀着激动的心情描述这一时刻:

> 大海激浪,翻涌。小袁他们不见了,只有大大的水花和隐隐约约滚
> 动的黑影。嗨,皇甫博士却像条金枪鱼,随着翻车鱼游动——哈哈! 她
> 正抓着翻车鱼的背鳍哩! 真比敦煌壁画里的飞天神女还多几分神采!

寥寥数笔,当时的场景就展现在眼前。苍茫大海的神奇与变幻莫测,海
洋生物的生存危机,科考队员的敬业精神与专业素养,还有女科学家精湛的
专业技能和带着调皮的天性,都跃然纸上,令人拍案叫绝。

三、人物传记的真实性和时代性

刘先平的大自然文学作品中往往穿插着科学家的人物故事,因为他最初
走上大自然文学的写作道路,就是受到了一支自然考察队的影响。后来在几
十年的考察生涯中,他行走于各具特色的自然保护区,与无数科学家以及考
察队员同行并成为很好的朋友。在他的很多作品中都出现了他们的身影,比
如《呦呦鹿鸣》中的陈炳岐教授、《大树杜鹃王传奇》中的冯国楣教授等,都是
有生活原型的。

在刘先平的作品中,他个人的考察经历是主线,除此之外,往往还有一条
记叙其他科学家、科考队员和自然保护者的生平故事作为副线,主线和副线
相互交织,互为补充。因为有了这些人物传记故事,读者在了解神奇壮丽的
大自然的同时,也了解到他们为了研究和保护自然所做的努力,这无疑会激
发读者对大自然的关注与保护,毕竟榜样的力量是巨大的。

《追梦珊瑚》一书的副标题就是“献给为保护珊瑚而奋斗的科学家”,这些
故事是和作者的考察过程紧密连接在一起的,让作品的结构更加丰富,内涵
更加多元。在作品一开始,作者与皇甫晖团队偶然相遇,言谈甚欢;因为想要
近距离接触珊瑚礁,刘先平夫妇就“赖”上了考察队,和他们一起出海考察。
在行文过程中,除了记叙一行人的考察过程,还采用插叙的手法介绍了皇甫

博士本人的求学与研究的道路,介绍了刘先平与渔民阿山、陈司令等人前前后后的交往。前后呼应,针线绵密,读起来仿佛是一部长篇小说。

在《追梦珊瑚》中,科考团队的灵魂人物——冷静果敢、专业精湛的皇甫晖教授,是一位年轻的女科学家,她大胆提出了"封海育珊瑚,植珊瑚造礁"的设想,并积极加以研究和实施。这是一个匪夷所思的科学构想,完全靠团队一点点去摸索,光是如何取得珊瑚的卵,就令人百思不得其解,充满期待。考察条件也十分艰苦,考察船就是一条住人的木船,舱房甚至比帐篷还小。而海洋充满了未知的危险,因为经常需要夜航,遇到鲨鱼、金枪鱼、剑鱼等一些富有攻击性的大型鱼类是家常便饭,稍有不慎就会发生事故。读了这些故事,无须多言,对科学家的敬佩之情在心中油然而生。除了皇甫博士,还有科考队员小李和小袁,渔民朋友阿山等人,无一不是个性鲜明,如在目前,令人难忘。

刘先平大自然文学作品不仅仅是以自然生物作为观照对象,同样也关注人的精神与成长,因为人也是生态系统的一部分,人的行为和观念对大自然产生着巨大的影响。当人类肆意破坏自然的时候,会带来巨大的灾难;当人类践行生态道德,对自然进行保护的时候,才会迎来真正的和谐与繁荣。在他的笔下,有许多幡然醒悟的猎人,因为了解了保护大自然的意义而自觉放下了猎枪,成为保护者。这些人的故事让刘先平的大自然文学作品区别于一般的动物小说,反映了时代变迁和社会变化,富有时代特点,也因此有着独特的魅力和社会意义。

其实,如果按照时间顺序通观刘先平的大自然文学作品,可以将其看作是刘先平本人的一部大传记。从最初的《云海探奇》到最近的《追梦珊瑚》,中间跨越了将近40年的时光,作者本人也从一个年富力强的壮汉成为八十岁的古稀顽童。他的作品记载着他的脚步,他从安徽的巢湖与黄山走出,走向云南的高黎贡山,走向西北的帕米尔高原,走向南海的群岛与珊瑚礁……一年一年,他用自己的热血浇灌着大自然文学之花,对大自然的热爱与敬仰从未改变。

四、散文、诗歌的诗意和哲理

刘先平的大自然文学作品致力于描述和讴歌大自然的神奇与美丽,因为他自己的考察目标就是要到最险峻的地方,看到最奇绝的风景,寻找最动人的故事。在他的笔下,动物、植物、山川湖海,无不展现出最富有魅力的一面,令人惊讶、感动、赞叹!每当作者面对这样的风景,他的内心就充溢着满满的激情,他的语言就会充满感情和蓬勃的诗意。所以我们说刘先平的大自然文学作品同样具有散文和诗歌的抒情性和哲理性,体现了作者对大自然与人类关系的深入思考。

《追梦珊瑚》一书中,描写海洋之美的段落比比皆是。满月之夜,令科考团队期待已久的珊瑚虫集体产卵开始了:

大海中冒出了水泡,水泡刚到水面便立即炸开,花粉四扬,红了一片。一个个水泡,一朵朵怒放。就像从海底涌向海面的桃花雨。

生命如此诗意般地降临!它不像蝠鲼分娩时惊天动地,却在无声中启动轰轰烈烈。

金月的光辉映在正冒红的海面上,海面涌起的波涛和海鸟飞掠的身影交相辉映出一幅神秘、奇妙的画面。珊瑚虫集体产卵的日子也是其他海洋猎手赶赴盛宴的日子。生存竞争就是如此。

只不过眨眼的工夫,那些红点子已经汇聚成飘忽的红带子——足有两三米宽,八九米长……还在蔓延!

……鱼群张开大嘴,在红带子中上下翻腾,吞食着珊瑚虫卵和追逐而来的鱼虾。

优美的语言描绘的不仅仅是难得一见的奇观,其中还蕴含着大自然的哲理。珊瑚虫选择在月圆之夜产卵,是因为此时的潮汐最为猛烈,有助于卵的受精和传播。珊瑚卵吸引来了大量的鱼群和海鸟，鱼群又引来了海洋的顶级掠食者大型鱼类，而这一切的发生，居然是受到遥远距离之外的月亮的影响——

"大海的灵魂是月亮，月亮远在 38.4 万千米外的深空，却赋予了大海血脉的张弛、生物的荣衰。难道月亮是从大海出光，却又时时眷顾故乡的游子？难道这也是引力波的作用？"大自然万物之间的联系就是如此奇妙和神秘，只有用心去探究这种万物之间的联系，并且把人类看作大自然的一部分，去适应和维护万物之间的平衡，才能真正获得大自然与人类的和谐发展。在作品的字里行间，刘先平一直在传达着这种思考。

刘先平的作品是他的人生最好的写照，同时也反映了中国自然生态的变化。也不过是三四十年的时间，生态环境发生了天翻地覆的变化，原本茂密多样的植被被破坏，珍稀的野生动物被猎杀，生态系统也渐渐失去了平衡……所以在刘先平的大自然文学作品，对大自然的讴歌同时伴随着对破坏自然行为的控诉，伴随着对生态道德的呼唤。正如他自己所说：

"我在大自然中跋涉四十多年，写了几十部作品，其实只是在做一件事，呼唤生态道德！——在面临生态危机的世界，展现大自然和生命的壮美——因为只有生态道德才是维系人与自然血脉相连的纽带。我坚信，只有人们以生态道德修身济国，和谐之花才会遍地开放。"

呼唤生态道德，是国家发展的需要，也是每个人精神成长的需要。通过文学作品的熏陶让人从内心产生对大自然的关注和热爱，从而产生保护自然的愿望，是培养生态道德最好的途径。尤其是从孩子抓起，尤为重要。在这个意义上，刘先平的大自然文学作品就是他的旗帜与武器，正在为保护自然做出巨大的贡献。

五、跨文体的写作特点来源于大自然文学的观照对象

以往众多的评论家已经注意到了刘先平的大自然文学作品具有跨文体写作的特点。翟泰丰在《大自然探险与文学形态的探索》一文中曾经指出，刘

先平的作品"在文体上大胆创新,以第一人称的笔法,沿着探险历程,在叙事中融小说、纪实文学、散文、报告文学为一体,形成一个独特的新文体,读来如同身临其境,既真实又神秘,既惊险又和谐,作者与读者共同享受大自然赐予的美,共同思考人类与生物合一生存的理念"。王泉根也评价刘先平的大自然文学"文体很难界定,他的很多作品都是跨文体的写作风格。由于大量的主角是动物,因而这是一种动物小说、探险文学,以野外报告文学为主体,又兼有游记散文、科学小品、考察笔记、随笔性质的综合性文体"。

刘先平的大自然文学作品之所以有这样的特点,与他的创作理念是分不开的。他说,自己在文体方面所做的各种尝试是自己在寻找与自然对话的叙事方式,这话说到了问题的根源。在大自然文学理论研究方面颇有造诣的文学理论家韩进指出,中国的"大自然文学"并不仅仅是"以自然为题材的文学",而是"关于人与自然关系的文学",所以刘先平的大自然文学作品的观照对象其实包括两部分,一是丰富多彩、变幻莫测的大自然本身,二是人与大自然之间复杂的互动关系。因为观照对象本身的丰富与复杂,所以必然导致作家在写作时综合运用多种创作技法,吸取多种文体的表现形式,最终表现出跨文体的写作特点。这既是刘先平个人的创造,也是吸收中国传统文学和英美自然文学作品营养的结果,更是反映时代特点的一种创新。

综上所述,刘先平的大自然文学作品在文体方面具有非常鲜明的特色与创新,这是一种跨文体的综合性写作,是一种适应时代发展的新文体。在生态文明成为国策的今天,大自然与我们每个人都息息相关,尊重自然,保护自然,绝对不是一句空话。期待大家都能通过阅读大自然文学作品感受到自然之美,进而用自己的方式来保护自然,与自然和谐发展。

惊喜与感动

——读刘先平老师新作《追梦珊瑚》

刘飞

　　多年以来，刘先平老师在大自然文学创作领域坚持不懈，笔耕不辍，以其独特的题材视角和主题倾向，使他得以成为当代文学创作中大自然文学的开拓者和当下大自然文学创作的领军人物。大自然文学创作成为当下文学创作中的一个较受关注的现象。近年来，在各类科研项目的申报中，关于生态文学研究的课题不断增多，一些研究生的学位论文，也立足于生态文学进行选题，这也从一个侧面反映了大自然文学的当下热度。大自然文学创作，更是安徽文学的一个亮点，其中，刘先平老师无疑是安徽大自然文学创作的一面旗帜，以他为中心，围绕大自然文学创作，已经聚集起一个十分活跃的作家队伍。以刘先平老师为代表的大自然文学创作，受到了安徽省委、省政府的高度重视，2010年安徽省政府专门设立了"刘先平大自然文学工作室"，2015年，在省委宣传部的支持下，由安徽大学为牵头单位，联合刘先平大自然文学工作室、有关新闻传播及出版部门成立了"安徽大学大自然文学协同创新中心"，旨在推动大自然文学的创作、研究、产品开发及人才培养等工作。之所以如此，与刘先平老师的大自然文学创作是分不开的。

　　读刘先平老师的作品，往往会产生惊喜与感动。最新推出的《追梦珊瑚》，堪为他大自然文学创作中的又一部力作。这部作品同样给人以惊喜与感动的体验，从中也体现出他创作风格的成熟和一贯性。下面拟从如下几点谈谈对《追梦珊瑚》的阅读感受。

　　第一，《追梦珊瑚》体现出刘先平老师尚奇的创作思想。刘先平老师善于发掘题材内容中的奇趣，从题材上看，刘老师作品的题材内容也多为司空见惯的,例如珊瑚,也许对于内陆的读者来说感觉很新奇,但对长期生活在海边的读者来说,差不多是生活中的寻常之物。但刘老师却以一种完全陌生好奇的眼光看待珊瑚,从这些看似寻常的描写对象中发掘出丰富的趣味,从而使描写对象以趣生奇。《追梦珊瑚》之奇还表现在作者善于设置情节,在文学接受中,读者往往会对作品有一个期待视野,刘先平老师十分重视并巧妙利用了这一读者接受心理,一方面以科考队员的探察活动为线索来安排情节,层层推进,逐步向读者展开一个奇妙的珊瑚世界。同时也把原本枯燥辛苦的渔民生活、科考活动写得富有生趣。另一方面,作者善于设置悬念。例如作品的第一章,写到作者与李老师在海边捡到一个疑似红珊瑚,但到底是不是真正的珊瑚呢?文中没有交代。紧接着却写与陈司令等人一道去喝酒的情节,让人总牵挂着一个谜团待解。作品的第二章仍没有交代,这个悬念真是吊足了读者的胃口。另外,作者充分发挥了李老师的作用,使之成为推动故事情节的一个重要角色,也因为有对李老师的描写,使故事情节富有戏剧性,更加生动。

第二,作品具有丰富的信息含量,学术价值较高。作品中旁征博引,给读者以大量的珊瑚知识、鱼类知识、海洋知识以及南海历史的知识等信息。兹举几例:

作品的第二章《吃出了珍珠》:

皇甫博士亲切地说:"阿姨,其实贝类动物都可能产珍珠,只是珍珠的大小、色泽和商业价值不同罢了。珍珠不是贝类自个儿要长的,而是一种自我保护、自我疗伤的产物。贝类会分泌一种物质,将嵌进体内的沙子等异物包裹起来,时间长了就成了珍珠。……"

"珊瑚礁生态系统是海洋中顶级系统,犹如陆地上的热带雨林。珊瑚礁只占海洋面积的四百分之一,但生物多样性却占海洋的四分之一,有4000多种(也有说5000—6000种)鱼类生活在珊瑚礁中。它出了问题,那将是整个海洋生态系统的大灾难。对珊瑚礁生态系统的破坏,无外乎天灾人祸。以天灾为例,1977 年那次全球性厄尔尼诺造成海洋水温升高,珊瑚热白化严重。但人类对珊瑚礁生态系统的破坏更大,说到底,天灾也是由人祸引起的,比如气候变暖就是过度排放二氧化碳造成的。2006 年,我们来西沙群岛考察,发现这里的珊瑚礁与我国近岸珊瑚礁至少缩减80%的现状不同,珊瑚品种丰富,生态状况良好。这至少说明,天灾人祸对西沙珊瑚的影响不大,或者是影响大,但恢复快。不管是哪种情况,事实有力地证明了自然有强大的修复能力!"皇甫博士说。

又如第十章《南沙群岛有潟湖》:

潟湖是指被沙嘴、沙坝或珊瑚分割而与外海分离的局部海域,它分为两种——海岸类潟湖和珊瑚类潟湖。海岸类潟湖是滨岸坝与海岸之间形成的狭长而不规则的水域,著名的杭州西湖和汕尾的品清湖原来都是海岸类潟湖。而珊瑚类潟湖是由环状珊瑚礁环绕或由坝状珊瑚礁相隔而成,水域呈圆形或不规则形状。

显然,因为有了这些知识信息,每一个年龄层次的读者都会受益匪浅。可以想见,作者为了《追梦珊瑚》的创作,做了大量的案头工作。尽管如此,在对这些知识信息的处理上,作者举重若轻,采取了穿插议论或借作品中他人之口等不同方式给予表现出来,很好地保证了作品的文学色彩。

第三,作品具有较突出的纪实性,属于非虚构化写作。《追梦珊瑚》不同于一般的儿童文学创作,可以说,作品具有一定的报告文学特质。作品所写都是作者亲历的事情,而且是第一人称,让人感到真实可信。对读者来说,增加了阅读的在场感,有一种特别的阅读体验。这种写法,对传播大自然知识,表达生态道德理念的大自然文学创作来说,是值得肯定的。当然,作品不是简单地写真实,一些情节和细节的表现都很具有特征化。例如,写守岛战士在守岛两年后下岛探亲,当看到一棵抗风桐树激动得痛哭,很感人,很真实。从这个细节反映出守岛战士的艰辛和他们丰富的内在情感世界。还如对吃牡蛎场景的描写等,让人得以了解海岛人的生活状态。作品之所以能做到这样真实的描写,与作者对生活细致的观察、深入的体验分不开的,这也正说明,真正的文学创作必须要来自生活。

第四,作品充满感动人心的力量。刘先平老师的大自然文学作品是有高度的,同时也是有深度的。《追梦珊瑚》的主题具有多元化特点。有对生态关怀的理念强调,也有对科学家的热情颂赞。可以说,不同的读者在阅读时会有各自的解读和感受。也许,对少年儿童来说,感受到作品所呈现的大自然的神奇,从而产生爱护自然的情感。对成人来说,感受到的是科学家的献身精神。在此拟分别从这两个方面进行分析。一方面,作品时时倾注着生态关怀意识。这种意识或基于对事情的理性分析,或借他人之口表达出来。如作品中对珊瑚生态系统的思考、珊瑚白化的担忧,对翻车鱼的抢救、保护等,这也是刘先平老师大自然文学创作最突出的地方,也是他创作的主要出发点。

刘先平老师的每一部大自然文学作品,既是生态关怀的表达,也是一个生态预警。就《追梦珊瑚》来说,它就引发了人们这样的担忧:对海洋资源如果过度开发,很可能会造成海洋生态系统的破坏。这种生态关怀的理念、生态预警的启示,也使得刘先平老师的作品具有了沉甸甸的分量。另一方面,作品具有较大的励志意义。作品中的主要人物皇甫辉,作为一个女博士,本可以有更好的工作选择,但她远离都市红尘,投身于珊瑚科考。作者身处其境,以纪实的笔法描述了皇甫辉博士科考活动的一些精彩片段,这些事迹令人感动。《追梦珊瑚》的副标题"献给为保护珊瑚而奋斗的科学家"加得好,对这些默默奉献的科学家,应该给予点赞。另外,作者本人的事迹也令人感动。刘先平老师从事大自然考察探险四十余年,四十多年来,他置身高山、大海、丛林、草原、沙漠之中,足迹遍布多个国家地区,拍摄了大量的大自然资料,其精神意志非一般人所能做到。记得近些年在与刘老师一起开会时,常听他说起到南海考察的一些计划。可以说,今天这部作品的问世,背后不知作者付出了多大的辛苦。之所以能够如此,来自信念的支撑,这个信念就是他对大自然的热爱,对生态文明、生态伦理的深切关注。今天《追梦珊瑚》的出版,正是对他多年不辞辛苦的又一个回报吧!

学位论文选登

"大自然文学"创作审美探究(节选)

汤盼盼

第二章　刘先平"大自然文学"审美解读

　　安徽作家刘先平对中国"大自然文学"的创建与发展做出了历史性的贡献。与艾特马托夫《白轮船》里的小男孩一样,不幸的童年和生活的磨难使作家全身心投入自然,在大自然中寻找精神寄托。成年以后,刘先平偶然结实了一批致力于野生动物考察与研究的科考队,从此,他的自然探险生活正式开始。在之后近四十年的时间里,他执着于山林野岭间的长途跋涉,风餐露宿,历经艰辛。在野外探险的过程中,刘先平以崭新的角度观察生活,思考人与自然的关系,失去生态平衡的大自然激发了他的创作热情。1980年,作家第一部记叙在原生自然中探险的长篇小说《云海探奇》问世,小说积极表现了爱护大自然、人与自然和谐共存的生态道德理念,在社会上产生广泛响应。随后,作家陆续发表多部展现大自然和谐之美的长篇小说,代表作有悉心保护梅花鹿种群生存的《呦呦鹿鸣》、以寻找相思鸟为目的在鸟类王国驰骋的《千鸟谷追踪》、叙述在大熊猫世界探险的《大熊猫传奇》、辑录作家多年探险生活奇闻奇遇的《山野寻趣》以及记叙畅游西沙神秘岛屿美好经历的《美丽的西沙群岛》等等。作家笔下是一首首探索大自然的诗篇,为读者展现了神奇美妙的自然世界。

　　自然世界,千姿百态,自然美无处不在。但在文艺美学领域,自然美却长期遭到众多美学理论大家的排斥和否定。黑格尔美学理论中的自然美缺乏理念、缺乏真实；克乃夫·贝尔提出"'美'是'有意味的形式'的著名观点，强调纯形式（如线条）的艺术性质"①，主张自然美并非是完全审美意义上的美；卢卡契强调艺术作品的摹写、反映、典型、现实主义，山水花鸟与美的表现毫无关系；朱光潜认为"美是客观方面某些事物性质和形状适合主观方面意识形态（即精神实践活动），可以交融在一起，而成为一个完整形象的那种特质"②，而且"凡是未经意识形态起作用的东西都还不是美，都还只能是美的条件"③；李泽厚强调自然美是人类的客观实践活动改造自然的结果，即"自然的人化"，当自然通过人类的实践活动与人类的关系发生了根本性的变化时，自然才具有美的性质。这些是文艺理论发展史上反对自然美的代表观点，与此相对，蔡仪以马克思主义唯物论为基础构建的美学理论则提出自然全美的著名论点，强调美反映的是客观的物质存在，和人类无关。这是少数支持自然美的代表理论之一，在美学界引起强烈反响。时至今日，有关自然美的议题仍是美学界争论的焦点。笔者认为，自然世界，千变万化，五彩缤纷，自然美天然的存在于自然物象之中，同时，自然界对美也是有感受的：梅花鹿最为爱惜自己头上那一对漂亮的鹿茸；雄性的红腹颈鸡在看到中意的对象时会舒展开自己漂亮的颈羽以吸引对方的注意；黄腹角雉为自己悉心梳了个大背头，在野外独自观望这新奇的世界；辛勤劳作完的白腰雨燕把自己打扮得漂漂亮亮，在石隙中狂欢……动植物对美有着生动的诠释。自然美不仅有变幻多姿的形式，其背后还蕴藏着深远神秘的意旨，正所谓"天地有大美而不言"④。"大自然文学"将自然万象纳为作品主体，以文学手法描摹原生自然，自然审美和文学审美相互融合，彰显了自然的审美品格，成就了非凡的艺术作品。

自然中美的现象极多，却各不相同。概括起来，刘先平"大自然文学"作品里对自然美的文学书写大致可分为以下三类：精彩纷呈的生物世界、姿态

---

① 李泽厚：《美的历程》，北京：文物出版社，1981 年，第 25 页。
② 朱光潜：《朱光潜全集第五卷》，合肥：安徽教育出版社，1997 年，第 82 页。
③ 朱光潜：《朱光潜全集第五卷》，合肥：安徽教育出版社，1997 年，第 82 页。
④ 陈鼓应注译：《庄子今注今译》，北京：商务印书馆，2007 年，第 643 页。

各异的奇山秀水以及千变万化的气象大观。这里的自然书写不是一种欣赏，而是一种感悟，它与其他描写自然的文学作品最大的不同在于其中蕴藏深刻的人文关怀以及对人与自然关系的深沉思索。

第一节　精彩纷呈的生物世界

大自然包孕万物，万物各有灵性。古灵精怪的鸟兽鱼虫，绚丽多姿的花草树木让大自然充满无限的活力和生机。刘先平"大自然文学"为读者展示了种种可爱生物：紫云山深处调皮机灵的短尾猴，热情好客的灌木、野葵，坚韧倔顽的紫云松，喜爱在草山上驰骋的梅花鹿，贪恋在翠竹林下沙浴的白鹇，云遮雾绕的原始森林，恍如一朵白云漂浮在青葱葱的山坡上的威灵仙花，梳着大背头的黄腹角雉，俊美的、嘴儿像一颗南国红豆的红嘴相思鸟，无论被撵得多远也要回归森林的大熊猫，密林中斑狗与野猪殊死搏斗，草鹿与茸鹿之间默契的相守相护，相思鸟巧妙地选择集群迁徙路线，洞尕对伟伟深厚的母爱……万千生灵在作品里居于主要角色地位，它们的美得到了生动体现。

一、动物的"动态美"和植物的"静态美"

梅花鹿身形健美，体态优雅，是小说《呦呦鹿鸣》里当仁不让的主角。刘先平透过金竹潭中学自然保护小组观察梅花鹿种群生活习性的独特视角，描写了紫云山区原生鹿群之间直击心灵的动态美感。这里年幼的小仔鹿总是淘气得很，喜欢互相打闹，用头撞，用嘴咬，使出浑身解数也要一争高下。就连吃奶的时候也不消停，"前肩一收，后腿一蹬，猛然往上撞去，含住奶头，用劲吮吸一口，再缩回头来，不断地重复着这样的动作，那样子既滑稽又好笑"[①]。作家以客观的自然物象为叙述主体，小仔鹿调皮可爱的形象跃然纸上。母鹿在作家心中不仅是形象主体，还蕴藏着一定的精神内涵。首先是母鹿身上散发出的对小仔鹿细腻的母爱，每次小仔鹿在妈妈身上练习跳跃时，母鹿都会不自觉地将脊背往下一凹。这看似不经意的一个小小的动作，却承载了整个物质世界原生的最伟大的力量——母爱。小鹿偎到妈妈腹下吃奶，

---

① 刘先平：《呦呦鹿鸣·鸟岛水怪》，北京：人民文学出版社，2013 年，第 6 页。

母鹿用舌头梳理着孩子们的毛衣,把它们涂抹得油光闪亮。"梅花鹿的身上都披上了一件似有若无的轻纱,那轻纱像是霜后枫树林里漫起的烟雾,连绿色的山坡和草海也被淡淡地着了色。"①这些自然的动作背后散发出无尽的美学光辉。其次,母鹿对自身生命价值的体认令人万分景仰。为了在突然发生敌情时,保护仔鹿生存,母鹿在夜间是要离开仔鹿,单独营群的。在茸鹿遇到危险的时候,母鹿也会挺身而出,掩护茸鹿逃离打鹿队的追赶。母鹿对整个梅花鹿种群的生存繁衍做出了莫大的牺牲,它的这些行动无一不击中了现代人最柔软的心灵深处。梅花鹿茸以其珍贵的药用价值长期遭受人类的无情摧残,为了猎取鹿茸,人类不惜将整头鹿杀死,惨无人道。人与自然和谐共生是当代每个人的生存追求,也是马克思主义实践存在论哲学的理论根基。小说中的梅花鹿作为独立的美学主体而存在,作家赋予了它们生命的光辉与荣耀。

植物是生物世界的另一位主角。与动物不同,受生理特征的局限,大多数植物选择在一个固定的位置绽放自己的一生,有着无与伦比的"静态美"。"有时候极珍贵的花梨、母生、青梅、坡垒会挤在三四平方米内猛蹿,挺拔成参天大树。高空中有寄生在树干上的热带兰花,地面树根上也是繁花似锦"②,虽然活动范围有限,但"花梨""母生""青梅""坡垒"仍旧以顽强的意志茁壮成长,这便是生命的力量。作家不仅将石兰以美的样态呈现了出来,而且还将石兰的美以艺术的方式呈现了出来。自然世界,包孕万物,万物在大自然之中获得了合理有序的生长和发展,这是自然生命的热情搏动,也是一种充满生机与活力的灵动之美。"美是形式,我们可以观照它,同时美又是生命,因为我们可以感知它。"③植物的美,在大自然中得以光辉绽放,自然诠释了植物生命的美。除此之外,就连那在野外偶然撞见的一片盛开的鲜花,也让作家流连忘返。"乳白色的花朵,几乎把花丛染白了。弯曲的花柄,略略俯垂的

---

① 刘先平:《呦呦鹿鸣·鸟岛水怪》,北京:人民文学出版社,2013年,第16页。

② 刘先平:《山野寻趣》,合肥:安徽少年儿童出版社,2008年,第1页。

③ 席勒著:《美育书简》,徐恒醇译,北京:中国文联出版社,1984年,第130页。

花冠,勺形的花序,使它显得无比俊美、高雅。"①作家秉着一颗敬畏之心徜徉在大自然的怀抱中,即便是山野里盛开的野百合,他也不吝惜用"俊美""高雅"这样庄重的词汇加以修饰。"阔叶林挺着高大的身躯,像是刚刚从大海中出浴归来,翠绿的叶片上闪着点点水珠。婆娑的竹林迎风曼舞。老樟树在竹林旁突兀而起,粗壮的躯干,顶起了一幢参差层叠的绿叶迷宫。"②植物虽然不能自主移动,但所有和它相遇的自然事物都会给它最好的点缀。"水珠"点缀了"阔叶林","阔叶林"如出浴而归,珠光闪闪;清风点缀了"竹林","竹林"随风曼舞,风姿绰约;"竹林"点缀了"老樟树",它那挺拔的身躯下是一幢神奇美妙的森林迷宫。这些自然风景相互之间和谐交融,远远超出人类所能想象到的精巧。在刘先平笔下,读者不仅领略了植物世界的神奇与美好,心灵世界也获得洗礼和审美享受。

　　大自然是一个整体的有机生物环链系统,万物相互依存。正如《呦呦鹿鸣》里有的"老爷河"上,便有一个天然的生物循环链,环链内的各个部分有机的生活在一起:"一阵尖利而又粗莽的鸟叫声传来。不远处有一颗孤零零的老枫树,在这满眼是荒草、小灌木丛的河谷地带,它独树参天,如一小片郁郁绿洲。无数羽毛雪白的、青灰的大鸟,在苍绿的树冠中纷纷飞起,狂乱地啼叫着。一会儿,又往下俯冲,在低空盘旋、扑腾。河面上也有几只白色的大鸟响应,扇动着有力的翅膀,向树冠飞来。'嘻嘻!老枫树成了鸟岛了!'在这被蓝色河水映得溢出蓝光的河谷里,参天的老枫树,真像冒出的一叶小岛,群鸟飞起降落,在蓝天、青山的衬托下,更增加诗情画意。"③参天的老枫树,枝繁叶茂,伫立于河谷里,犹如新生的绿岛,上面栖息着各类鸟儿,有白鹭、苍鹭……水里还有活泼可爱的鱼儿,蹦来跳去,互相打闹。有了鸟儿和鱼儿的陪伴,"孤零零"的老枫树不再孤独,如同一位母亲坚实的驻守着自己的家园,给鸟儿、鱼儿最温暖的怀抱。老枫树是鸟儿的栖息地,水里的鱼儿是树上鸟儿的

---

① 刘先平:《呦呦鹿鸣·鸟岛水怪》,北京:人民文学出版社,2013 年,第 4 页。
② 刘先平:《云海探奇·密林角斗》,北京:人民文学出版社,2013 年,第 1 页。
③ 刘先平:《呦呦鹿鸣·鸟岛水怪》,北京:人民文学出版社,2013 年,第 92 页。

主要食物来源，同时，也正是这些鸟儿的排泄物养活了水里的鱼儿，老枫树、鱼儿、鸟儿之间相互依存，和谐共生。这里，"鱼儿""鸟儿"的"动态美"与"老枫树"的"静态美"相互交融，各个部分有机运作、休戚相关，是一种整体的生态系统美。陈望衡认为"以'大自然文学'新的视野审视人与自然的审美关系，需要从整体上、诸多事物的联系上来看自然的美。自然美不仅在某一物美，也在整个生态系统美"①。这种生态系统美，其前提必然是生态平衡。生态平衡的理论来源即是生态系统的合理性，生态系统的合理性决定自然世界的所有物象皆存在难以切割的客观联系。自然环境中的任何东西哪怕是一块木头，一段腐木，都不是孤立的存在。

二、"物竞天择"——一场活泼生动的赌局

生态平衡是自然美的重要源泉，自然万物的生存智慧促进了生态的平衡，"在大自然的诸物里，物竞天择，适者生存的规律和运气一起保持这场活泼生动的赌局"②。动植物世界，既有青石溪边鸟语花香、一片生机盎然的场景，也有着你争我夺、适者生存的残酷斗争：雄松鸡有自己的领土、臣民，别的雄鸡只要在它领土上叫一声，决斗立即发生；一群水鹿的头领，决不允许外来雄鹿的挑衅；野牛占山为王，凶猛可怕，常常斗得血肉横飞……

《千鸟谷追踪》里作家细腻生动地记录了一场黑熊与箭猪之间的生死决斗。箭猪是紫云山区一种常见的小型野兽，体型比黑熊小得多，这场战斗从力量上来看，实力悬殊。但是在强大的对手面前，箭猪却毫不示弱，它拼命抖动身子，让身上的长刺相互撞击，发出激烈的声响，先是给了黑熊一记下马威。黑熊见状，却无可奈何，好像真被这号叫的哗哗声给唬住了，吓得愣在那里。箭猪见状，乘机想要溜走。此时，"笨熊却以令人难以想象的敏捷，一下拦住了它的去路，沉闷地吼了一声，比喊句'站住'还有力"③。黑熊又向箭猪

---

① 陈望衡：《环境美学》，武汉：武汉大学出版社，2007 年，第 55 页。
② 娜塔莉·安吉尔：《野兽之美》，李斯、胡冬霞译，北京：时事出版社，1997 年，第 117 页。
③ 刘先平：《千鸟谷追踪·猎雕》，北京：人民文学出版社，2013 年，第 39 页。

逼近了两步,没想到箭猪猛然调转方向,背部朝向黑熊,快速地退步行进,这下那些长刺犹如挺立的枪矛,在风烟滚滚的战火中冲锋。黑熊节节败退,对此无计可施。"是的,最强大的动物也有致命的弱点,最弱小的动物也有生存的本领,否则,这世界上就只剩下强盗了。"①战场上形成了相持不下的僵局:黑熊眼睁睁地看着这即将到嘴的美味却不知该如何下口;箭猪的处境更为艰难,无法战胜强敌,也不能偷偷溜走,只能勉强地耗在那里。为了打破这个胶着的局面,赵青河发了一记空枪,把黑熊和箭猪都吓得四处逃窜了。至于为什么没有开枪打箭猪,刘先平通过赵青河的一席话,阐明了自己的生态伦理观:"若是开枪打箭猪,难保不伤了黑熊。这些年来由于大型凶猛野兽少了,这里失去了对豺狗一类极凶残的犬科野兽的制约。它们大量繁殖,捕猎食草动物,如梅花鹿、獐子、麂子等,使这些动物数量大幅度下降,破坏了生态平衡。黑熊属国家规定保护的珍稀动物,不到万不得已,哪能随便射杀……"②每一个物种都是大自然生物环链中重要的一环,物竞天择、适者生存是自然世界发展演化的客观规律。自然美离不开自然世界的客观规律,自然世界的客观规律是生态平衡的自然基础,更是自然美的根本素质。人类应当遵循自然客观规律,不得干预大自然正常的生存竞争。

血性的物种得以存活的前提本就是要付出血的代价,可令人万万没有想到一向静默无声的植物世界同样存在激烈的生存斗争。最为震撼的篇章当属魔鹿篇,其实,传说中的魔鹿实际是一棵高山榕树,长期的生存演化使它的身躯酷似一只举蹄昂头、风姿迷人的梅花鹿,因此当地人称其为魔鹿。为了一睹魔鹿的风采,作家带着无限的憧憬和想象,从寒冷的北国马不停蹄地赶往这骄阳灿烂、绿树成荫的热带海岛,历经千辛万苦最后终于在一个山头上觅得了魔鹿的身影。然而,作家还未来得及欣赏这魔鹿耀眼的身姿,却被一个偶然的发现直击心灵:原来,魔鹿的生长竟是以一棵青梅树的灭亡为代价

① 刘先平:《美丽的西沙群岛·海底变色龙》,武汉:长江少年儿童出版社,2014年,第129页。

② 刘先平:《千鸟谷追踪·猎雕》,北京:人民文学出版社,2013年,第42页。

的。众所周知,青梅树是珍贵的热带树种,材质优良,相较之下高山榕则低劣得多,但高山榕强烈的生存意志激励着它在这现实残酷的自然世界为自己争得一块栖息之地。于是,它的气根、板根疯狂地顺着青梅树的树干向下生长,残忍地汲取青梅树的水分和营养,快速地生长,坚定地用长起来的气根严密地缠住青梅树,收缩绞索,毫不怜惜它的痛苦与不甘,一直到把青梅树榨取得一滴不剩,只能无奈地死去。高山榕从此占领了这片阳光、空间、土地和水分,"一个生命扼杀了另一个生命"①。读到这里,我们的心情和作家一样,难免有些沉重。苦心去寻找的魔鹿竟是如此残忍。大自然本是如此,物竞天择,适者生存,这是各种生命之间的抗衡,它所体现的生命的本能性、原始性以及从此种本能性和原始性中透露出的意识形态性,不得不让读者想到人类自身。刘先平从动植物世界的生存斗争出发,以人类探寻生命活动的心理变化为逻辑起点,以人的生存状态为事实参照,表现出对人类生存环境的终极关怀。

二、科学认知与生态审美的有机结合

大自然是知识的宝库,蕴藏了丰富的科学知识,人类在探索自然世界的过程中,科学技术也得到进一步的发展;同时,科学认知的不断丰富完善也有助于人类自然审美能力的提高,这是科学认知与生态审美的有机结合。刘先平非常明确地提出对自然运用"如其所是"式的欣赏方法,主张借助科学知识欣赏自然美,即通过自然科学探索出的自然知识,特别是生态学和生物学相关的知识来欣赏自然。因此,刘先平"大自然文学"作品里通常活跃着一个重要的群体——穿行在野外进行实地考察的科考队伍,虽然这里面也包括一些知识体系不成熟的孩子,但正是通过科研人员对这些孩子一步步的教导,读者才更容易直观地认识这精彩纷呈的自然世界。《千鸟谷追踪》里护林员赵青河带着一群小学生——早早、龙龙和凤娟——一起考察紫云山区相思鸟的迁徙习性,在考察的过程中,通过科学的研究,他们发现了相思鸟身上许许多多动人的小秘密:一般情况下,相思鸟喜欢成双成对飞行,而且不会飞得很

---

① 刘先平:《山野寻趣》,合肥:安徽少年儿童出版社,2008 年,第2—3 页。

高;它们的对鸣,在寂静的森林中格外清脆,雄鸟叫声婉转多变,音节丰富圆润,雌鸟扣节合拍,单声和韵,十分撩人。随着考察工作的推进,这可爱的小生物在他们眼里也更加美丽动人了:"红嘴相思鸟,它站在枝头,是一首诗;它在天空中飞翔,是耀眼的彩霞;它的歌声婉转多变,令人销魂。嘴如红豆,风情万种。"①刘先平用文学将大自然里的科学知识与生态审美理念融为一体,对读者的自然审美理想产生了巨大的影响力。

自然界物种繁多,形态各异。鹡鸰、云雀、鹰隼,虽然都属于鸟类,但在生活习性上是千差万别。"在野外观察鸟,要了解各种鸟的不同飞翔姿势,鹡鸰飞时,呈波浪形;云雀边叫边向天空盘旋;鹰隼在猎取食物时,做不同姿势的俯冲……"②这些对不同鸟类飞翔姿势的把握都是科考人员在一遍遍的野外探险考察活动中获得的。还有豹族成员,虽然都生活在雪原山野中,脾气却很不相同。最为漂亮的是雪豹,拖着一条又长又蓬松的尾巴,常年在雪山银谷中奔驰,似乎从不进入森林。森林是云豹和金钱豹的乐园,云豹身上是成片带状的花纹,很像暮色苍茫中无际的云天,这或者是因为它常年生活在大树上,在树上觅食、睡觉,甚至生儿育儿,它往树枝上一伏,竟能和黛色的树干混为一体;金钱豹也有爬树的本领,但更多的是在林下、灌木丛中自由驰骋。这凶猛的豹族成员们似乎是经过了协商,在广阔的大自然中各占了一片生活空间。和动物一样,同一属种的植物也有着各自不同的属性特征,在变幻莫测的大自然中各展身姿。拿竹类来说,就连科研人员也无法估算我国竹子的种类有多少种。"形状奇特的方竹,大肚的罗汉竹,婆婆多姿的凤尾竹,异色奇彩的紫竹、金竹,亚热带荒漠中的刺竹,雨林中的藤竹……仅岷山、邛崃山系的森林中,就繁衍了慈竹、斑竹、桂竹、刮竹、箭竹、冷箭竹、华橘竹等几十种山竹类"③,它们生活在同一片地理环境中。神秘莫测的自然科学知识令读者眼花缭乱,随着人类自然认知能力的提升,人与自然的亲和程度越来越高。

---

① 刘先平:《山野寻趣》,合肥:安徽少年儿童出版社,2008 年,第 82 页。
② 刘先平:《千鸟谷追踪·猎雕》,北京:人民文学出版社,2013 年,第 36 页。
③ 刘先平:《大熊猫传奇·食铁怪兽》,北京:人民文学出版社,2013 年,第 9 页。

自然美不仅包括自然事物的实体美,更包括自然世界生态系统的关系美。动物世界和植物世界的生存联系十分紧密。拿竹子和大熊猫之间的关系来说,竹子有一定的生长规律,它常年是用笋繁殖,只是到了一个生命周期,才开花结籽。老竹枯死,竹籽落地出芽。新竹五六年后才抽笋。竹子开花是周期性的自然现象,从开花、结籽、新竹成林,往往需要七八年时间。不出笋或出很少的笋,应是即将开花的前兆。竹子开花,大熊猫就会挨饿,不得不迁徙到其他区域。近年来,由于滥伐森林,森林面积溃减,而且被分割成很多互不关联的小片,像是大岛被海水冲蚀,又分裂成几个小岛。大熊猫离不开森林,这就使它们的栖息地呈岛状分布,由此带来生态上的诸多矛盾更为尖锐。所以当竹子大面积开花后,灾情相对集中、深重。这正是通过竹子的生物特性与大熊猫之间的关系,透过一种现象推导出整个大的环境状况,从而做出合理的预案和解决方法。科学的认知自然对人类更好地理解自然、更深地敬重自然起到了积极的推动作用。作家在前往西沙群岛的途中看到一片红树林,当时身边的朋友大为不解,为何这海里的红树林竟是碧绿的一片。其实,红树林并不是指一片红颜色的树林,而是指红树科植物形成的树林,只不过这类树含有丹宁化学物质,因此树干内呈现红色。前来拜访它的人看到这蓝色海面上的红树林竟然是碧绿的一片,难免会心生疑惑,闹了笑话。"生命是由大海走向陆地的,然而红树却由陆地向海洋进军"①,生命竟是这样神奇! 不到南海,怎么也想不到植物世界竟是如此五彩缤纷、千姿百态。红树林不仅护卫着海岸,还营造了一个良好的生态区,涵养着丰富的海产。大自然的无穷奥妙,永远超出人类的想象,人类对于大自然的认识,远远不够,因此必须不断地进行科学研究,这样才能更好地去认识对象生物,欣赏大自然的辽阔美景。作家将瑰丽的自然风光与奇妙的科学知识贯穿描写,融文学性与科学性为一体,赋予"大自然文学"无与伦比的美学价值。

---

① 刘先平:《美丽的西沙群岛·南海有飞鱼》,武汉:长江少年儿童出版社,2014年,第17页。

三、呼唤物性尊严与人性回归

审美包括表层的审美感知和深层的审美理解,刘先平"大自然文学"作品里对动植物生活习性的描写属于表层审美感知的范畴,作家还以其过人的审美理解能力赋予作品里的自然生物丰富鲜明的性格特征,它们不再是展览的标本,而是有生命有尊严的灵性的存在。在黄山地区由温泉至半山寺的路上有一棵坚挺的老枫树,给人印象十分深刻。第一次见到这棵老枫树的时候,作家就被它孤绝的外形吸引住了,一身傲骨,十分凌厉。在这棵老枫树的旁边伫立着一块巨大的石头,二者相差几厘米,共同生活在这一片狭窄的区域内。三年之后,作家再次经过此地,此时的老枫树虽然调整了树干的形态,但依旧伟岸直立,老枫树与巨石之间的距离更近了,似乎都为争夺自己的地盘拼尽了全力。十年过去了,当作家再去拜望这棵老枫树的时候,惊讶地发现老枫树已与巨石紧紧挨在了一起,相接无间,毫无半点相让之意。从常理来看,石头是坚硬无比的,老枫树怎能与巨石相抗衡?但是,在黄山,你会发现很多黄山松的树根将岩石崩裂的情况,这便是生命的力量。植物虽然不会与人类进行言语交流,却在用实际行动捍卫自己的生命和生存的尊严,动物亦是如此。众所周知,麝香是极其名贵的一种香料,取自麝的腋下。以此为生的猎人们为了获取香料,不惜将麝残忍地杀死。一日,一位猎人正在追杀一头麝,眼看已将猎物逼到悬崖边,准备猎取胜利的果实时,令人意想不到的一幕出现了。这头麝将自己的香囊挖下,用蹄子狠命践踏,然后纵身跳下悬崖,不给猎人留下任何机会。麝用自己的生命捍卫生存的尊严,发人深省。每个生命都是一个传奇故事,每个传奇故事都是大自然的诗篇,它们组成了最为宏伟的生命交响曲。

大自然以万千的形式展示着自己,但人类始终不能完全参透其形式背后的幽远内蕴。人类源于自然,自然不仅给人类提供了生活所需,也愉悦了人的感官,净化了人的心灵。"大自然文学"表现的自然万象以及对人与自然关系的深沉思索令人久久沉浸,激动不已。刘先平在长期的探险活动中亲眼见到人类对大自然所做的种种恶行,不由得发出严厉的呐喊:"正是大自然的呼唤,让我冒着种种危险,艰难跋涉在野生动植物世界中探险。无论是描写滇金丝猴、梅花鹿、黑叶猴或是红树林、大树杜鹃,都是为了歌颂生命的美丽,但是总也避免不了生命的悲壮——它们在人类猎杀、压迫下的苦苦挣扎。每年要进行一次宏伟生育大迁徙的藏羚羊,还有给人类带来福利的麝,以及在山野中呼唤爱的黑麂……都无可避免地遭受着厄运。它们生存的空间,正被人类蚕食、掠夺。"①这正是作品中"美中不足"的地方——人性的缺失,最终引发人类对大自然无限制的掠夺和破坏。有关人性的探讨经久不衰,对人性问题的关注表现了作家深刻的人文关怀精神。作品中的自然书写是科普的,诗意的,更是生态性的。生态性要求人类以生态平衡为最高标准来看待自然万物,这是自然美的基础。生态平衡呼唤人性回归,呼唤人性回归要求人类打破部分权益的有限性,从生态系统整体的高度去关怀自然万物。就笔者而言,对于自然界存在的各种奇珍异宝,人类不仅要尽到关怀保护的责任,也要不断去学习、勇敢探索,在此基础上做到合理的开发利用。

第二节　姿态各异的奇山秀水

地球在自身的不断演变过程中形成了各式各样的地形地貌:奇峰怪石、巍峨山峦、清冽江河、无尽草原……姿态各异的奇山秀水也是构成自然美的重要部分。现如今,生活在城市统一建筑群落中的人类极为渴望在原生态的山水美景中释放自己的心灵、缓解精神上的压力。刘先平作品里描写的山水美景十分精彩,作家对祖国的每一片山水都饱含着浓浓的深情。

一、变化多端的紫云山山脉

紫云山区是刘先平大自然凿空探险的第一站,也是其创作的起点。巍峨的、层层叠叠的紫云山山脉,有着刚劲有力的峭崖怪石、百转千回的蜿蜒小溪、秀丽多姿的奇峰幽谷。"眼前的雾谷,犹如一条溢满奶浆的河流,恬静、温柔地躺在山的怀抱里。对口泉哺育着她,磅磅礴礴地喷涌出乳汁,连那雷鸣般的轰响,现在也变得那样遥远,似乎是支摇篮曲,唱的群峰也微微晃动,生

---

① 刘先平:《山野寻趣》,合肥:安徽少年儿童出版社,2008年,第3页。

怕黎明会惊醒山谷河流的美梦。"①大自然孕育万物,把世间的一切都当作孩子一般极尽呵护,以最理想的方式协调每一个存在体之间的关系,生怕这片和谐宁静被恶意侵扰。"盆地收集了四周峰峦的秀丽,幽谷的清香,于是春弥杏花雾、桃花雨,夏呈枇杷、樱桃,秋天百果飘香。"②这里的人家依势伴着水溪而落,享受着大自然的无偿馈赠与包容供养,大山和溪水也以自己最舒服的姿态徜徉在大自然里,人在这样的山水美景中,自然而然进入冥想的境地,在原生的自然里释放自己的身体和心灵。

"游龙拱卧的天平杠,俨然是块硕大无朋的黛色巨石,磅礴雄伟"③,天平杠是一位天然巨匠,巧妙地立在此处,将涓涓滴水分流成新安江、青弋江和阊江。新安江接受着千重山万重壑的滋养,如一幅优美的山水诗画;青弋江则是另一种性格,它洋洋洒洒、挥毫濡墨,在峡谷中长啸一声,流流连连地向长江走去;阊江源于天平杠西侧的溪流,直达我国第一大淡水湖——鄱阳湖。刘先平的笔下不仅只有自然生物具有性格色彩,连这溪水也被赋予了鲜明的性格特征,新安江端庄优雅,青弋江豪气冲天,阊江则显得成熟稳重。追根溯源,这一池溪水竟同时流往钱塘江、长江、鄱阳湖三大水系,大自然正是如此,牵一发而动全身。大自然将万物的内在习性和外在形态安置在一种动态的和谐场所之中,人类可以去认识、可以去理解,切勿干涉和破坏,正所谓"辅万物之自然而不敢为"(《老子》)。

二、雪的故乡,海的母亲

令人谈之色变的山原雪野在作家的笔下却显得灵动可爱,这里是雪的故乡。白马溪的水,从雪山上流下,一路喧哗嬉笑、欢蹦乱跳,踏得山岩秀丽,催得百花怒放。到了春天,雪山的草场"斑斓得像一条彩色的铺向大山的巨幅地毯,衬得黑的、花的牦牛,雪白的羊群,枣红、骊黄的骏马,也都成了印在地

---

① 刘先平:《呦呦鹿鸣·长在树上的鹿角》,北京:人民文学出版社,2013 年,第 33 页。
② 刘先平:《千鸟谷追踪·大战野人岭》,北京:人民文学出版社,2013 年,第 7 页。
③ 刘先平:《千鸟谷追踪·大战野人岭》,北京:人民文学出版社,2013 年,第 7 页。

毯上的图案"①。溪耳的牧场不像内蒙古的草原，一望无际、白云悠悠，它们夹在森林中，有的占一面山坡，有的只占一个山垄。蓝天下比肩挨背的四座雪山银峰——洛桑姐妹山，俊俏地屹立在蓝天和白云之间。"银装素裹的四姐妹，面向细浪般的山峦，无际的森林，或俯首、或注目、或振臂、或呼喊……日日夜夜守卫着广袤的山原。西去的太阳，将一袭淡淡的红纱披在她们身上。"②蓝天上的羊奶云，看着看着，瞬息融入天际，天蓝得汪着水。宽阔透迤的山谷，溢满蓝光紫气。一道银帘横扯，两边是秀拔翠绿的云杉林，顶上是银峰蓝天，帘下是满布山柳红叶的泽国，升腾着虹带彩雾，走起了一支磅礴、雄浑的歌曲，这便是大树瀑布。瀑布左边，一棵高高的云杉，中流砥柱般屹立，激流从它身旁划出两片银翼，纵身飞下，它葱葱郁郁的树冠，像面绿色的旗帜，歌唱着生命！蓝色的水溢到崖边，往下一落，全抽成了一根根雪亮的银线，迸击飞溅，太阳给它着色，织成了偌大的锦霞。大自然，把美都藏在这里。

西沙群岛是大自然最慷慨的赐予，它是大海的母亲，拥有无与伦比的自然之美，"美丽是西沙群岛的名片"③。那里的岛屿千姿百态，神秘莫测；那里的海水五彩斑斓，灵动可爱；那里的海底有草地、森林，还有陡坡、沟壑、山峰；那里的生命千姿百态，五光十色。西沙群岛岛屿众多，各有特色。石岛是一块岩岛，高出海面 15 米，四周断崖陡峭，惊涛连天。山脊尽头，有一巨大褐石伸向大海，状如龙头；临海的一面是绝壁，形成多种多样的海湾、空穴与水潭。西沙的神秘岛——中建岛，就像是一颗硕大的椭圆形蓝宝石镶嵌在靛蓝色的大海上。大海特别温柔，像是刚刚睡醒的少女，轻波微浪涂抹着胭脂，连海风似乎都弥漫着淡淡的馨香，海上累积的银沙如一条细长的银带子浮现在波光粼粼的海面上。永兴岛沙堤环绕，一片葱茏；高高的椰树，耸立的气象站的圆形观测台，宏伟中不失亲切和温馨；椰风海韵，构成了西沙的诱人美景。作家

---

① 刘先平:《大熊猫传奇·食铁怪兽》,北京:人民文学出版社,2013 年,第 45 页。

② 刘先平:《大熊猫传奇·食铁怪兽》,北京:人民文学出版社,2013 年,第 86 页。

③ 刘先平:《美丽的西沙群岛·南海有飞鱼》,武汉:长江少年儿童出版社,2014 年,第 10 页。

探索海岛美景,感悟生命的价值和意义,达到客观外在自然与主体内在情感的和谐统一,每一次的探险之旅都是一场自然与精神的交融与共鸣。在这里,"审美不是主体情感的外化或投射,而是审美主体的心灵与审美对象生命价值的融合。它超越了审美主体对自身生命的关爱,也超越了役使自然而为我所用价值取向的狭隘,从而使审美主体将自身生命与对象的生命世界和谐交融"①。读者在作品中所获取的对自然美的种种审美享受,既是一场别开生面的自然欣赏之旅,也是一场蕴意深刻的生态审美之旅。

第三节　千变万化的气象大观

地球大气层与宇宙各类天体的相互作用造就了自然界的万千气象大观:云海雾嶂、日出日落、春雨冬雪……这些都是自然美的重要组成部分。刘先平透过自身独特的野外考察经历,全力捕捉所有与大自然不期而遇的惊喜瞬间,并且以文学的方式一一反馈给读者。作品中所描述的气象美景似梦似镜,似幻似醒,心灵不禁跟着作家的笔伐游荡在这广袤的天地间……

一、野性的本色美

紫云山区向来以云海雾嶂著称。"层层叠叠的紫云山脉,常年淹没在云海之中。无边无际的云海翻卷着怒涛,汹涌磅礴的向山峦冲去"②,这漫无天际的云海使得大山显得更加神秘、多姿,令无数探险者为之神往。晨曦晓露,以独特的风韵将大自然的形象渐渐地显现出来,天空中透出一层层淡淡的微光,勾勒出峰峦起伏的轮廓。森林、山谷、野花……"山崖抽出一缕缕云丝,在绿海中聚成云花,朵朵白云从山谷里升起,漫成汹涌的海洋,白雾在山谷里梭纱经纬,不知是要织成在山岭上飘荡的云花,还是璀璨夺目的朝霞?"③"微风徐徐地荡开飘在空中的雾帘,就像是拉开了一层层白纱般的帷幕。"④难怪徐

---

① 徐恒醇:《生态美学》,西安:陕西人民教育出版社,2000 年,第 9 页。

② 刘先平:《云海探奇·鹰飞猴叫》,北京:人民文学出版社,2013 年,第 45 页。

③ 刘先平:《呦呦鹿鸣·长在树上的鹿角》,北京:人民文学出版社,2013 年,第 32 页。

④ 刘先平:《云海探奇·密林角斗》,北京:人民文学出版社,2013 年,第 1 页。

霞客在看了此般巍峨秀丽的紫云山后，也禁不住极力赞叹，真令人狂叫欲舞！有时，密集的云层越来越厚，稍不留神，它已改变了颜色，由浅灰变成了浓黑，它还在召集着更多的乌云向这边聚拢过来，天空立马就变成了另外一个样子，别有一番风味。这漫天的云雾时而豪放，时而优雅，作家将自然人化，为自然事物赋予鲜明的情感特征。自然完全以真实的本来面目出现，没有雕琢的装饰和华丽的外衣。

傍晚时分，夕阳下的彩霞随意摆弄出各种各样的姿态，如"庄重的神女、俊秀的战车、起伏的丛山、浩荡的林海、威严的猛虎、奔腾的江河、驰骋的骏马、执戈持盾的勇士……"①，造型别致，生动形象，晚霞成为天空中最骄傲的舞者。大山里的晚霞更是将舞台延展到苍茫林海、奇峰异峦之间，仿佛这林海、峰峦、悬崖、飞泉都成了它舞台上的布景，"林海紫波荡漾，峰峦犹如烤蓝，悬崖生绿，飞泉泻红……"②。这里，原生的大自然真实地展现在读者面前，不加任何修饰，这是一种野性的本色的美。正如刘勰所说："云霞雕色，有逾画工之妙，草木贲华，无待锦匠之奇。夫岂外饰，盖自然耳。"③

二、庄严的崇高美

雪山地区环境恶劣，很多人对此望而却步，但它的梦幻多姿又令人无不神往，它是庄严梦幻的象征。雪山的风是雪山人的印记，它吹到白桦树上，叶儿拍着手哗哗哗，脆亮亮的；它吹到花上，黄花扭着腰，紫花摆着手，白花打着转转，步子轻盈；它吹到云杉上，呼呼地掀浪，就像月亮下江水在沙滩上拍……风在指挥着这支大乐队，风在指挥它们歌唱、跳舞……黑格尔说："审美带有令人解放的性质，它让对象保持它的自由和无限，不把它作为有利于有限需要和意图的工具，而起占有欲和加以利用。"④自然本位正是"大自然文学"的审美标准，这里，"风"是真正意义上的主角，只有经历了雪山风的吹打，

① 刘先平：《云海探奇·月下白貂》，北京：人民文学出版社，2013年，第8页。
② 刘先平：《千鸟谷追踪·猎雕》，北京：人民文学出版社，2013年，第8页。
③ 刘勰著，龙必锟译注：《文心雕龙全译》，贵阳：贵州人民出版社，1992年，第2页。
④ 黑格尔：《美学》（第一卷），朱光潜译，北京：商务印书馆，1979年，第147页。

才会被山原所接受。"风"成了指挥官，它吹到"花上""云杉上"会显现出不同的自然魔力。山原雪野的日出日落也是气势庄严。橙黄的太阳，顶破稀乳般的雾，在山原中升起来。黄澄澄的太阳，罩了个大大的色晕圈，在一片挺拔的白桦林后，将奇妙的朦朦胧胧的雾样的色彩，漫向山野，徐徐升起。朝阳从树冠射进了林间，原来乳白色的淡雾，在斜斜的一圈圈光柱间，像烟云蒸腾。绿茵茵的林中，到处是金色、紫红光环的闪耀。到了傍晚，太阳沉入雪山的背后，辐射出四五束绛色的云霞，在天幕上分出一条条宽阔的蓝河，衬得银峰无比巍峨。逆光的一面，山廓莹莹，如银线勾勒、红玉镶嵌，笔触刚劲、雄健。不久，淡淡的雾霭渐渐地往下蔓延。远山，笼罩起一片迷离。人的一生一定要感受一次雪山，站在终年积雪的高山面前，看到变幻无常的山原雪野，才会懂得敬畏、懂得卑微，这是一种崇高的美。

　　地球上的海洋面积远远大于陆地面积，但人类的生理特征决定其主要的活动区域只能是陆地，因此无边无际的大海在人类的精神生活中一直被蒙上一层神秘的面纱。人们崇拜大海、向往大海，大海也成为形容人胸怀宽广、思想开阔的意向象征。海上日出是最美的海上奇观，真真切切感受过海上日出的人一定会在某一瞬间被震撼，被感染。先是等待，万丈霞光中隐约看见太阳的半点星影，就在那不经意间，一轮红日跃出海面，一下子腾到半空中。日出的瞬间万丈霞光照耀，海天相互辉映，太阳腾空而出犹如新生命降临般神圣与可爱。人类的生命亦是如此，日出日落，生老病死，这是自然规律，也是人类的生存规律。傍晚时分，太阳浮在西天的大海上，火红火红，又圆又大，映得海天一片辉煌。太阳明明是悬挂在天空中，可在这茫茫的大海上，快要落山的太阳如同"浮"在大海之上，万丈霞辉，映衬得海面一片辉煌。远处，隐约看见几只渔船缓慢驶入状如喇叭的出海口，夕阳下的海滩上填满了诱人的红晕。不经意间，一轮明月悄然升起，天依旧微蓝，广阔无比的海面上波光粼粼。月光随着浪花的舞步，在这辽阔的海面上跳动，仿佛月光生出了波浪，波浪也随之有了色彩，像极了那连绵起伏的群山。此情此景，心中难免思念起那记忆中的大山来。欣赏刘先平的"大自然文学"作品，需要调动所有感知器官对自然物景进行描摹、想象。这里，"月光"有了"波浪"的灵动，"波浪"有了"月光"的色彩,二者相辅相成,合二为一,极似起伏依偎在一起的群山,由"海"联想到"山",虽是一动一静,但在审美体验上和谐地交织在一起。作家亲身体验的自然美景延伸了自然美的领域,丰富了自然美的内涵,带领读者在神秘而又美妙的大自然中徐步前行。

生态美学视阈下的刘先平大自然文学创作研究（节选）

王蕾

第二章　刘先平作品中的自然生态

自人类产生以来，人类的自然观经历了崇拜自然、自然祛魅、征服自然等不同阶段。随着生态危机愈演愈烈，面对可怕的生存处境，人类逐渐从新的角度探索自然的价值及与人的关系，转向研究自然的审美价值，挖掘深层生态意蕴。生态美学首先是对客观呈现的自然生态的审美鉴赏。自然生态的美是包含着自然因素的美，因为自然界中的一草一木、一虫一兽，都会给人带来放松和陶醉之感，在很多西方文学作品中也都会展示自然的美，这都是自然生态美的表现，也是最直接的审美对象。

第一节　原生态自然的再现

人类起源于自然，与自然有着密不可分的关系。在人类发展初期，由于认识水平有限，人类对自然充满崇拜，会有很多人类起源传说或是创世传说，也有很多部落将动物作为自己的图腾。在这个社会发展初期，人类对自然的认识也曾有过较为智慧的表述，能够准确地指出自然对人的重要作用，懂得爱护自然，尊重自然法则。但是人类的生存智慧却随着科学技术的发展而逐渐消失，自然逐渐被钢筋水泥建筑的城市所取代，人类失去了与自然的最亲密联系。缺失生态道德的社会，科学技术的发展使自然已经失去了"自然"，人类也失去了自然。在这样的失去自然的社会中，刘先平的大自然文学创作无疑给人类敲响了一次警钟。刘先平作为中国当代大自然文学的代表性作家,他的作品中展现了未经人类作用的原生态自然的景观,神奇美丽的自然景色在其大自然文学作品中不再是人物形象或者心情的陪衬,多姿多彩的植物也不再是没有生命意义的存在,它们都是生命的主体,都是自然的主角,给人类呈现一个真实的大自然,激活人类曾经对自然的记忆,促进人与自然的沟通交流,于原生态自然的魅力书写中,呼唤生态道德,构建人与自然和谐之美。

一、丰富多彩的植物世界

对原生态自然的再现体现在刘先平对各种各样植物的描写上,为我们展现了一个丰富多彩的植物世界。例如作品《山野寻趣》,作者描写了郁郁葱葱的稀世珍宝——红楠,将如一条巨大的绿色隧道的河谷上空遮挡得严严实实,密不透风,油绿的树冠,高大挺拔的树干,在厚密的叶子中还闪着星星点点的红艳,艳得如流火一样的花柄上还缀着许多紫红的果实,在油绿油绿的树冠中,显得格外赏心悦目;还有生长在热带雨林、充满魅力的新生命——魔鹿,这是一棵神奇的高山榕树,树身高大粗壮,整个树身依靠底下的气根支撑,树身向上倾斜着生长,这便是鹿的躯干,气根共有三根,其中一根气根在后,如鹿的后肢,前面两根腾起,如鹿抬起的前蹄,树身顶端细长如脖颈,几枝横丫分开如鹿角。作品中还展现了很多长在树干上的果子,例如可可豆。可可树生长在热带雨林,它的果子都结在树干上,可可豆藏在可可果中,虽然可可豆非常苦,但是可可果的外衣却是酸甜的,酸甜的果壳把可可豆包裹在其中,酸甜的果壳是为了引诱其他小动物来吃,这样在小动物的帮助下,完成种子的搬运和播种。"果实的长相,也是生命形态的一种。它将遗传密码压缩、深藏在种子中,待到发芽、生根之后才彻底展露。果实都有复杂、奇妙的构造。坚果类的是在外面打造了一副盔甲,以保护种子。还有的是用酸甜的肉质将种子包裹起来,引诱动物们前来吞食,帮助它们搬运、播种……"①除此之外,刘先平在《美丽的西沙群岛》《山野寻趣》《云海探奇》等等作品中用大量

① 刘先平:《探险金丝猴王国》,上海:少年儿童出版社,2013 年,第 36 页。

的篇幅描写了色彩斑斓的海底世界、郁郁葱葱的森林、苍茫壮观的云海以及多种多样的神奇动植物。这就是大自然创造的生命,这就是"美",是大自然的美丽名片。

二、变幻莫测的万千气象

对原生态自然景色的再现还体现在作者对变幻莫测的自然万千气象的展现上。在辽阔无边的宇宙中,自在地运动着多种多样的天体,不仅有人类赖以生存的地球,还有太阳、月球、金星等其他天体。这些宇宙天体的自由运动和相互作用会对地球的大气层产生一定的影响,也会形成一些神秘莫测的自然气象,日出日落、月圆月缺、电闪雷鸣、风霜雨雪、云山雾海等等。"闪烁起夺目光彩的湖面,像是块莹莹美玉的底盘,四周苍碧油绿的树林,宛如托盘的边缘,它正托着一个若有若无、红灿灿、紫莹莹的硕大葡萄——晚霞,火红的晚霞,正从高天投入山谷,折落湖面。"[1]"清晨,极目远望,山如细浪,云如堆雪。云丝自岩岫扯出,到山谷聚成一朵白云;云汇成海,时而汹涌翻卷,时而悠远寥廓……一幅幅云海蔓生图,尽收眼底。它为群峰所拱,为密密的森林簇拥,有千沟万壑纵横——理应修出变化无穷的云海。"[2]"紫云山区以雾障著称,到了秋天,这里一切都是明朗洁净的,就连雾也是透明的,平时看到的是乳白乳白的雾,在晚稻的穗头上飘浮,在河面上游动,在橘林里升腾,在石板路上悠荡,在孩子们脚下缭绕,犹如穿行在云际一般。"[3]高原雪山的气候更是变化无常,俗话说"一山有四季,四季不同天",在《大熊猫传奇》中科学家胡蜀锦在爬山时,"低山大太阳,中山下雨,高山飘雪",成群的岩羊快速移动预示着天气骤变。果然这群科学家在山上遇到小雨,越往上走,雨点越密,越大,渐渐地,"雨滴变成了雹子,开头还只是芝麻、绿豆大,渐渐有蚕豆、鸽蛋大小的往下砸了"[4]。再往上走,经过山的夹缝后,咆哮的风挟着大片的雪就往脸

① 刘先平:《千鸟谷追踪——猎雕》,北京:人民文学出版社,2013 年,第 73 页。
② 刘先平:《山野寻趣》,合肥:安徽少年儿童出版社,2010 年,第 60 页。
③ 刘先平:《千鸟谷追踪——猎雕》,北京:人民文学出版社,2013 年,第 8 页。
④ 刘先平:《大熊猫传奇——恶魔岭》,北京:人民文学出版社,2013 年,第 121 页。

上扑打而来,噎得他们嘴也张不开,只能把头埋到胸前。这些变幻莫测的气象也是大自然神秘魅力所在。

三、各具姿态的地形地貌

原生态自然不仅仅体现在原始的树木花草、万千气象上,还体现在刘先平对地形地貌的描写上,如险象环生的峭壁、充满危机的陡崖、碧蓝碧蓝的海,以及欢快流淌的小溪。"碧蓝,碧蓝的水,真蓝啊,蓝得耀眼,蓝得炫目。如一颗硕大的蓝宝石躺在山谷的怀抱中,绿的云杉、红的繁花、鹅黄的树叶、天上的飞鸟……统统都映在蓝色的水中……碧蓝的海子,在山谷里一级一级地向下向上。向上直到雪山脚下;向下,一直融入苍绿的林海,仿佛是一块块蓝宝石铺就的阶梯!无尽的险峻、无尽的峰峦、无尽的蓝天、无尽的悠悠白云……全都收揽在它坦荡的胸怀里。"① 刘先平还描写了地势险峻的紫云山,山体从西南逶迤向东北而去,紫云峰海拔一千八百多米,是我国东部地区的高峰。虽然紫云山号称七十二峰,但是实际上,紫云山山中有山,风中拔峦,层层叠叠,何止七十二峰!居民在这里生活,常常是好不容易登上一个山峰,下一步就要小心翼翼地下到谷底,有时还会遇到断谷挡住去路,隔绝在悬崖峭壁之中。除此之外,还有很多各具姿态的地形地貌的描写,如气势磅礴的高原、辽阔无垠的草原、巍峨雄踞的雪山、银蛇般浩荡绵延的冰川,不同的地形与地貌是地壳不断运动而形成的,是自然本身作用的结果,不受人类的制约,诉说着自然固有的魅力。

四、自然再现中的"乡愁"意味

刘先平描写的原生态自然景观体现自然生态之美,但是在工业文明迅速发展的时代,人类往往扩大了自然的功利价值,而忽视了自然呈现的最直观的美。从这个意义上来说,刘先平的作品又充满了浓郁的怀乡情感。怀乡是一种思乡情结,是"乡愁",在这里,"故乡"不是一个地域概念,而是人类精神的家园,故乡中的人是一个生于自然,依赖自然,与其他生命个体同等的大地之子,自然是每个生命体的故乡,大自然文学中所描写的自然景象,是一种非

---

① 刘先平:《大熊猫传奇——食铁怪兽》,北京:人民文学出版社,2013 年,第 182 页。

神话的客观真实存在,呈现出人类家园最本真的状态,自然与人的故乡情感紧密联系,是人永远不能摆脱的精神寄托。同时,"乡愁"也不再是一个专业的学术用语,而是一种情感状态,是一种哲学思维,表现出人类对已经失去的美丽家园的怀念和对人与自然关系的反思。

大自然文学中流露出浓郁的人文式乡愁就是源自现代社会中对美好自然的破坏,以前美丽的自然、舒适的环境正在逐渐消失,人类以流浪者的身份在这样的社会中存在,以"生活在别处"的生存方式而存在,刘先平作品对大自然原始景观的再现,可以有效改善人与自然的疏离和关系的断裂,并通过对自然景观的客观呈现这样一种审美表达方式,借助蓝天、云海、牧场、冰川、雪山、海洋等等自然意象,向人类展现大自然的魅力与生命的神奇,让自然在文学的世界"复魅",唤起人类最初的对自然的敬畏与崇拜之情。另外,这些原生态的自然美是大自然自身作用的结果,并不是人类实践的产物,因此人与自然不是隶属关系,而是一种平等的对话的关系。从生态审美的角度分析,人虽然是美的审视主体,但本身也包含着审美客体的要素;同样,客观存在的自然景观虽是审美的对象,但其中还蕴含了作为审美主体的主要因素。在自然生态审美中,主体和客体是共建共生的,打破了长期以来形成的人与自然对立的观点。在对原生态自然的审美过程中,人类获得最真实、最自由的体验,回归生命本真,复归人的天然本性,就其原生态自然本身而言,不仅具有较高的审美价值,同时也具有深刻的生态意义。

第二节　自然本性的张扬

在艺术表现大自然的作品中,"虎是否活得像虎,狼是否活得像狼,也即是否符合它们生命原色的类命运、类属性,是否具有自足的类价值;倘若虎不像虎,狼不像狼,非猫非狗,非鹿非马,这样的动物在其丛林法则中不但会出现生命力度的递减与异化,甚至丧失生存的权利"[①]。但是,人类有一种惯性思维:具有野性的动物都是丑陋的,都是残忍的。在一些文学创作中,不管是

①　王泉根:《现代中国儿童文学主潮》,重庆:重庆出版社,2000 年,第 334 页。

在童话、散文还是小说中都会流露出这种意识,例如小红帽的故事告诉我们大灰狼是狡猾残忍的;鲁迅的《祝福》里写到祥林嫂的儿子被狼吃掉了,狼是十恶不赦的恶魔;在《水浒传》中,老虎残暴,伤害人的性命,最终死在了武松的手下;等等。这是人类的一种惯性思维,人类认为乖巧温顺、忠心仁义的动物就是美丽的,娇小柔弱的动物都是善良的,是被保护的对象,而那些大型的食肉性动物就是恶魔,是被人类驱赶猎杀的对象,因此许多描写动物的文学作品内容显得单调,主题比较单一,都是歌颂动物被人类驯化后的奴性式的温顺,其实,野性才是自然的本性。

一、对动物野性否定思维的矫正

要构建正确的自然审美意识,必然要改变人类否定动物野性的惯性思维。"人有人的世界,狼有狼的世界,鹰有鹰的世界,蜂有蜂的世界……无数个'世界'叠在一起,才构成了大自然。"①动物的野性是生命的本性,是作为生命个体该有的尊严,因此动物的野性应该受到尊重与维护。刘先平经过几十年的野外实地考察,走进动物的生存环境,认真观察研究各种动物,在他的大自然文学中描写了许许多多真实的具有野性的动物形象。作者始终坚持尊重动物生存权利,赞美动物自然的生命力,这是一种尊重自然的生态意识,也是一种超越了传统狭隘的动物观。他所描写的这些动物不受人类的驯化,身上流露出凶狠残暴的本性,体现出大自然的动物最原生态的野性魅力。刘先平的《山野寻趣》中描写了一种具有野性美的老虎,老向的脸被抓伤,衣服被撕破时,他脸上竟然露出了满意的笑容。因为老向一直担心这只小虎以狗为母,平时又受到管理员的规训,会丢掉虎性,被老虎这么一抓,老向感觉到它一同成长的虎性,心里就乐开了花。为了证明这一点,老向开始向老虎投喂活的鸟、鸡等等,它都会毫不犹豫地上去撕扯,有时还伴随着跳跃,身体往后一矬,紧毛收腹,突发腾空,如闪电,似云霞,作者称"美极了这个动作",这是它矫健体魄最美的表现。在另一部作品《大熊猫传奇》中,作者描写一只残暴的金钱豹,在后来写到它与大熊猫的搏斗时,只见它身手矫健,嗖的一声便向

———

① 金曾豪:《蓝调江南》,苏州:古吴轩出版社,2003年,第158页。

树上熊猫跳去,熊猫张开大大的手掌,金钱豹一甩头,轻易闪开,同时它用惯常的敏捷,迅速地反攻为守,张开血盆大口,在不断地腾跃中,大嘴向熊猫的喉管奔去,并起身一纵,狠狠地抓了下大熊猫的皮毛,顿时鲜血四射。还在《千鸟谷追踪》写了鹰吃蛇的场景,"它放下蛇,用脚爪踏住,带钩的短嘴只一啄一扯,蛇就被撕开了。立即有几张弯钩一样的嘴伸出洞口,吃那白生生的蛇肉"①。这种斗争场面看似残忍,却是大自然中生命的生存本性,是自然规律。这些原生态的动物形象的塑造展现了动物生命本有的尊严、智慧和活力,金曾豪写道:"较之于其他小说,动物小说更直接更有力地指向生命存在的奥妙、瑰丽和神秘,指向生命本性的天然合理,指向生命意志的恢宏和精深,指向生命现象的雄奇和壮丽,指向生命运动的炽热和鲜活。"②对动物野性的真实再现,为了生命个体保持的本性而高兴,这才是对生命的尊重,也是对自然的尊重。

不被人类驯服的野性是动物的自然本性,面对自然生存法则的考验,野性也是动物生存下去的力量,那些被人类驯服、圈养起来的动物身上流露出来的是奴性,是非自然的。刘先平大力赞扬动物的野性美,他说:"动物的美在哪里?在野性的爆发,是生命力最强烈、最活跃、最精彩的展示,被关在笼子里的老虎、豹子都只是牲口,它们失却了野性,哪里还能展现野性的美?野生动物的美,只有在激烈的争斗中,才能淋漓尽致地展现。那是生命最华丽的光彩。"③面对自然规律,面对动物的野性,人类对自然最该有的态度就是不干预。科学技术的发展扩大了人的主观能动性,人类不断地干预自然,入侵自然,破坏了动植物的生存环境,也破坏了人类赖以生存的家园。那些被送进了动物园或马戏团的动物,不管管理员多么负责,多么有爱心,多么无微不至地照顾它们,它们都已经丧失了自然本性,它们面对的是无尽的铁栅栏、管理员的吆喝和随时落下的皮鞭,以及毫无味道的死肉。作家黑鹤曾说:"动物

---

① 金曾豪:《蓝调江南》,苏州:古吴轩出版社,2003 年,第 158 页。
② 金曾豪:"我的动物小说观",《常熟文化研究》,2005 年,第 65 页。
③ 刘先平:《生育大迁徙》,济南:明天出版社,2008 年,第 35 页。

被剁碎了做成肉冻都要好过被卖到动物园，因为它们永远也没有机会再踩在森林湿润松软的土地上了。"①野性是生命个体对生命力的自由张扬，充分体现了生命意识，这是一种生命之美，汪正章说："'美'的内在的客观物质属性即'生命力'，或曰'生机'和'活力'。'美'的形态、形式在动物身上就表现为野性。"②

二、对动植物生态多样性的思索

在自然界中，任何一种生物都是有目的性的存在。康德曾指出，自然界存在的终极目的体现在客观存在的人类身上。这是一种充满人类中心主义色彩的观点，对自然界存在的终极目的有非正确的解释。而实质上，自然是一个生态系统整体，包含着多样生命个体。因此，自然界的终极目的也必然是促进生命个体的繁荣与发展。关爱生命，保持动植物生态多样性，这也是自然本性的体现。

在自然界中，任何一种生物的存在都依赖于周围环境，生命的存在就是一个从周围其他物质中汲取自身发展所需要的能量，维持生命，同时也会排出一些物质到自然中的一个过程。大自然文学作品中多处描写了这种自然界中各种生物之间的密切联系，如草，吸收阳光、雨露和土壤中的各种养分，把无机物转化成有机物，从而维持自己的生命，而草长出来之后又会被牛、羊等食草动物吃掉，变成维持其他生命的养料，草食动物会被肉食性动物消费者吃掉，动物消费者死后身体被分解者分解，融入土壤，变成养分。生物物种之间就是依赖这种生产者、消费者、分解者的能量转化而相互联系，从而形成了整个生态系统，整个生态系统实质上也是一种关系网。

要保持生态系统的平衡与稳定，就必须保持关系网的稳定，而关系网的稳定则依赖于动植物生命多样性存在。在漫长的生物进化过程中，自然界中生物物种数量越来越多，生物圈变得越来越复杂多样，而生态系统则相对于生命诞生初期更加稳定。这是因为各种生物相互联系、相互制约，从而达到动态平衡，生物存在物种越是多样性，不同物种之间的差异也就越多，物种之

---

① 格日勒其木格·黑鹤：《驯鹿之国》，北京：中国少年儿童出版社，2010 年，第 108 页。
② 汪正章："美是生命力的表现"，《渤海学刊》，1985 年第 2 期，第 12 页。

间的联系就越复杂,一个复杂的生命关系网才是维护生态系统稳定发展的必要条件,才不至于因为某个物种的关系导致整个生态系统崩溃。

保持动植物生态多样性存在要做到爱护生命,从生态系统整体观来看,每个物种存在的意义并不单单是维持自己的个体生命,还要尊重爱护其他生命。当然,爱护生命并不意味着拒绝"死亡",自然界中某些生命的退化或死亡总是与新的物种生命相伴随而产生的,这就是发展。刘先平大自然文学作品中写到了高山榕。高山榕也叫作绞杀榕,因为这种植物会为了自己的生长清除一切障碍,是一种刽子手式的植物,但是作为一种生命形式,它也平等地拥有生存的权利。就像我们绝不能因为鹿的温柔而大肆捕杀凶狠的狼一样。这是一种生存竞争,强者消灭弱者,表现得残酷无序,这种竞争本质上是在消灭无序,维持平衡,生态系统就是依赖这种生存竞争才不断促进生物的进化和发展。

刘先平的大自然文学以神奇的自然为主要描写对象,在他的笔下,自然界的一花一草、一虫一兽都是富有价值的生命存在,在作品中也极力赞扬动植物的生命意义。自然景观各具姿态,或奇或丽,或雄或衰,自然中的动物也是各有习性,或温顺或残暴,正如刘先平写的"生物的多样,生命形态的万千变化,每种生命生存习性的多端,真是让你难以想象"①。虽然生命存在各不相同,但都在自然中构成了最具生命力的和谐世界,这也是生态危机空前严重的现代社会追求的和谐世界,这都深刻地展现出作者对自然规律的认识及对人与自然和谐相处的呼吁。

第三章　刘先平作品中的精神生态

自然生态是精神生态产生的物质基础,精神生态是一种没有被物化的意识现象,自然生态良性的永续性存在是精神生态和谐平衡的物质基础,同时,完善的精神生态也会发挥其自主能动性作用于自然生态,促进自然生态和谐

---

① 刘先平:《夜探红树林》,广州:新世纪出版社,2008 年,第 75 页。

美的实现,两者是一种互生互动的动态联系。精神生态主要研究人的心理活动与情感价值,以真善美的情感意识去把握这个世界,构建后工业时期人类精神生态的平衡和人与自然共荣共生的关系,是刘先平坚持在自然中探索,进行文学创作的动力。

要实现精神生态的和谐与平衡,就要重建其得以生成的生态环境,既包括重建健全的自然生态环境,也包括重建健康的社会生态环境,从而从基础上净化社会总体精神生态环境,提升人类精神的诗性生存智慧。文学作为一种社会意识形态不可避免地担任起建设精神生态和谐美的重任。刘先平大自然文学创作不断打破人类的物欲思维模式,歌颂人类精神的真善美,净化社会总体精神生态环境,重建人类诗意生存意识,从而在生态意识的引导下,爱护自然,共建人与自然的和谐。

第一节　呼唤童心世界的真

一、天真单纯之真

刘先平的大自然文学创作有一部分以儿童为题材的作品,主人公是一群单纯善良的儿童,他们亲近自然,保护自然,可以说是忙于算计和追逐物质利益的成年人的老师。冰心作为著名作家,最主要的思想就是"爱"的哲学。"爱"的哲学内容是"爱母亲""爱儿童""爱自然",她赞叹儿童:"细小的身躯里,含着伟大的灵魂。"她大力呼吁热爱儿童,歌颂儿童。在国外也有一些作家极力地赞美儿童,例如著名的诗人华兹华斯,他在诗中写道:"每当我目睹,彩虹横贯天宇,我的心便充满激情。我生命开始时,是这样;我长大成人了,是这样;但愿我老了,也还是这样。否则不如死去! 儿童是成人的父亲,因而我但愿今后的岁月,永远贯穿着对自然的虔诚爱戴。"[1]这首诗写出了作者对儿童时期的天真烂漫和饱含激情生活的向往,更体现了儿童亲近自然的天性。儿童的纯真与成人的贪婪形成鲜明对比,在工业文明时代,成人更加追求物质利益,一切行为都与利益有直接关系,丢弃了儿童时期那颗纯洁无功

---

[1]　王佐良:《英国文学名篇选注》,北京:商务印书馆,1983 年,第 657—658 页。

利的心。按照马斯洛需要层次理论，人的需要可以分成生理的需要、安全的需要、归属的需要、自尊的需要和自我实现的需要。等级越低的需要越容易实现，而且实现低级需要的方式也很简单。儿童时期处于人生的最初阶段，这一阶段人类处于较为低级的生理需要层次。当儿童的需要得不到满足时，他们一般会通过哭闹的直接方式来表达诉求；当需要被满足之后，儿童就会很快平静下来。成人与儿童则有很大的不同，身上存在着多种性质不同的精神力量，也就存在着多领域复杂的需要层次，有的表现为对物质生活的极致追求，有的表现为对享乐主义的崇拜，有的则表现为对宗教的虔诚信仰、对艺术的审美感悟。但是在现代这个工业迅速发展，消费急剧变化的时代，人的一个需要满足后又会追求下一个需要，需要的满足变成了无法填满的欲望之壑，这是一种偏颇的文明，是一个功利型的社会。这样片面性的社会环境也造就了片面性的人类，成年人的心理已经完全不同于儿童的心理，人们丢弃了童年时的纯真与美好，变得善于算计，并且依靠外力去征服人，征服自然，追求物质利益，对艺术的审美遭到冷落，精神世界贫乏。人的意志能量不再是追求高尚，而转向了永远无法填满的物欲之壑，人类已经沦为奴隶，时刻被物质利益束缚着。

刘先平在其大自然文学创作中，抛却人的物欲，极力展现儿童的天真，因为儿童是大自然的象征，童心圣洁纯净，最接近自然之道，也代表着人精神家园的一方净土，构建人与自然的和谐，必然要唤醒人的本真心性，即童真。晓青是刘先平《大熊猫传奇》中的小女孩，经历了"文化大革命"时期的黑暗与残酷，父母被批斗，自己也忍受着周围人的唾弃和打骂，幼小的心灵对这个无情的世界充满了敌意。后来在冷秀峻姑姑的帮助下，她来到了溪耳，认识了勇敢的果杉哥哥，并且开始了一次寻找大熊猫、保护大熊猫的冒险之旅。大自然的温暖怀抱、广阔的草原、朴实的牧民，给这个小女孩带来了心灵慰藉。作为自然一部分的人，只有回归自然，拥抱自然，才能散发出生命的朝气与活力。在大自然文学中，童心是纯洁而神圣的，在一定程度上，童心代表着人类的原始人性，象征着神秘的自然。与现代功利性社会中成年人的思想相比，大自然文学着力描绘的童心就是一面镜子，折射出成年人的丑恶与贪婪，并以此为切入点，希望达到对人类精神的疗救效果，努力恢复被物质观念所扭曲的人性。

二、物我合一之真

人类产生于自然之中，是整个生态系统的一个构成要素，这是人类不可否认的自然属性。因此人类的生存必然依赖于自然，在人与自然的互动交往过程中，人类会对自然产生归属信赖感和美的愉悦感，这种现象在儿童身上尤为明显。皮亚杰曾经对儿童的心理与认知过程做过专业的研究，他指出，受儿童心理特征的影响，在儿童认知发展过程中，其思维具有泛灵性的特点。儿童思维的泛灵性意思是在儿童时期，儿童分不清楚主体与客体，通常是一种物我合一的状态，在这样的状态下，儿童认为宇宙中一切的存在事物，都是和"我"一样有感知、会思考、可以说话的生命存在，"他们把大千世界的物品都赋予人的特性，都与'我'一样是万物的灵长。这不仅表现在把一切动植物都看作有感情的人物，赋予它们能行动、会吃、能睡、会哭、会笑、会发怒的本领，而且，即使是天上的太阳、乌云、雨点、土地等没有生命的事物，在他们眼里也一样具有人的生命和感觉"[1]。现实生活中并没有什么动植物可以像人类一样进行对话交流，和动植物对话的内容都是儿童自己虚拟出来的。刘先平的作品中有很多儿童主人公，也出现儿童与外界事物对话的场景，例如《云海探奇》的小黑河，同其他儿童一样，调皮，富有想象力，爱幻想。小黑河经常一个人躺在山坡上，仰面与天空中的白云对话："白云啊，白云！你要飞到哪里去？带上我吧，让我看看云层上可有云层？带上我吧，能不能找到明亮的星星？"[2]小黑河对白云的询问，恰恰表现出儿童最天真、最质朴的思想，也是儿童泛灵思维的体现。这种泛灵思维如同人类的原始思维，充满了自然的神秘。儿童对自然界的生命存在都保持着尊敬的、友好的平等态度，自然是富有情感和意识的，生命是丰富多样的，儿童的这种泛灵性思维在本质上看与尊重自然的生态理念一脉相承。

---

① 王华杰：《儿童文学论》，湘潭：湘潭大学出版社，2009 年，第 17 页。
② 刘先平：《云海探奇》，北京：中国少年儿童出版社，2004 年，第 9 页。

泛灵性的思维并不是我们所说的传统的迷信观念，是因为儿童时期，由于自身身体和生活环境等各方面的约束，自我意识发展缓慢且没有主体与对象意识，"他们分不清哪是'自我'、哪是'他人'，把主体和客体、主观感觉和客观认识合为一体，呈现出强烈的自我幻化与精神扮演的审美方式"①。在物我合一的思维状态下，儿童认为一切都有生命，可以说话，自然界存在的事物就是自己最要好的朋友，所以儿童常常会因为花苞的一次绽放而欢呼雀跃，也会因为鸟儿的受伤而伤心难过，甚至有时候还会出现儿童与外界事物的交流与对话。这种与动植物的对话并不是因为儿童有愚昧迷信的思想，而是儿童内心充满了对自然界生命的崇拜与敬畏，与大自然有着天然的和谐，是最接近自然的思维。"大自然！我们被她包围和吞噬……我们生活在其中，对她却不熟悉……她全然生活在孩子之间……"②

正是因为儿童思维的泛灵性，所以儿童才会平等地看待自己生命以外的生命，爱护生命。这种思维具有生命本体意义，是对生命存在的观照，是重要的生态哲学思想，也是实现和谐之美该有的生态意识。正是由于儿童对自然的崇敬和纯净之心，刘先平把拯救现代人类灵魂的希望寄托在儿童身上，让儿童置身于自然环境中，用实际行动去探索、观察自然，认识自然，并在与自然的互动中，洗涤心灵，完善人格，构建人、自然、社会的和谐共荣。

第二节　保持敬畏生命的善

刘先平说："大自然文学是热爱生命的文学，世界上还有什么东西比生命更神奇呢？每一个生命都是值得敬畏和热爱的。"③史怀泽指出一切存在事物之间都需要伦理，"敬畏生命"则是其伦理思想的核心。这里的"生命"既指人，也指动物与植物，是一切可以生长、繁衍、发展的事物。在自然界中，任何

① 王华杰:《儿童文学论》，湘潭:湘潭大学出版社，2009年，第21页。
② 狄特富尔特等:《哲人小语——人与自然》，周美琪译，北京:三联书店，1993年，第17页。
③ 王蕾:"人文式的'乡愁'——论刘先平美丽的西沙群岛审美意蕴"，《青年文学家》，2015年，第19页。

一种生命存在形态都具有神圣性,都拥有自身存在的权利和意义。敬畏生命就是要对一切生命现象保持尊重的态度,要对一切自然之物的内在价值给予肯定,这就是生态伦理所提倡的"善"。"善"既要保障每一种生命的生存权利,又要在保护生命存在、促进生命中实现生命的意义,这是重新构建人与自然友好关系的必要因素。

一、保障生存权利之善

从生命本质的角度来说,一切事物的存在都来源于大自然,是自然不断变迁和演化的结果,任何事物都是同质的。有科学证明,从化学成分来说,人体血液构成与地表的一些岩石的构成是很接近的,而且人类生物体的构成跟其他有机物相比并不存在特殊的元素构成。另外,作为生态系统的一个部分,人类要获得生存和发展,必须依赖外部的物质和能量,人与其他部分存在着物质和能量交换的关系。由此可见,人与自然是有机统一的整体,人与其他事物是一种同质异构的关系,在生存地位上是平等的,都平等地享有在自然中生存的权利,"把权利的概念从人类伦理学中扩充到大自然的一切实体,一切过程中去。山川树木,鸟兽鱼虫,它们也有生存、繁殖的权利"[1]。有人认为,人处在食物链顶端,是最高等的,其他生物只是作为人类发展的辅助,但"为了生物共同体的完整、稳定和美丽,个体的牺牲是给更大的生物共同体的'善',这是法西斯主义式的论点"[2]。作为整体中的一部分,人类不能利用自然为人类服务,之后又肆无忌惮地破坏环境,而对大自然应有的正常持续发展的固有的权利视而不见,"人应该尽可能摆脱以其他生命为代价保存自己的必然性"[3]。在刘先平文学世界里,人类并不是唯一主人公,努力生存的大熊猫、凶神恶煞的独眼豹、成群结队的牛羊、辽阔无边的草原、绚丽多彩的海底世界、美丽奇幻的云海等等,都是生命的主体,共同构成了完整的世界。面

---

① 王育殊:《科学伦理学》,南京:南京工学院出版社,1988 年,第 245 页。

② 原华荣:《生态目的性与环境伦理》,北京:中国环境科学出版社,2013 年,第 242 页。

③ 王正平:《伦理学与现时代》,上海:上海三联书店,2004 年,第 230 页。

对宇宙万物,刘先平始终坚持一切生命存在皆平等的理念,致力于改变人类在生命共同体中高高在上的自我优越感,把人类变成自然生命中与其他生命平等的一员。

大自然文学的生态智慧是承认人是自然这一整体中的一部分及人与动植物本质上的平等性。天地之间的道即本源是唯一的,有差别的生命个体在本质上是一致的,人与宇宙万物是一体的,统一于整个自然界。中国佛教认为"山川草木悉皆成佛",山川草木和人类一样都是有生命、有佛性的,都有平等的生存权利。在大自然文学作品中,自然界的动植物不再是衬托人物的客体,不是作为人类情感的衬托或命运的象征符号而出现,而成了独立的拥有自主意识的生命主体。在刘先平的文本叙事中,他突出了生命平等性,人、动物、植物在本质上都是生命,地位是平等的。

刘先平在《美丽的西沙群岛》中曾提到:"在美丽多彩的海底世界也存在着残酷的战争,例如珊瑚和长棘海星这对天敌,长棘海星以珊瑚虫为食,是珊瑚的克星,它走过的地方都会使珊瑚大量死亡,虽然珊瑚有很高的价值,但是却不能大肆人为地消灭长棘海星,因为这就是生态,不能人为地打破生态平衡。"在《云海探奇》中,作者也表达了相同的生态观。跟考察队一起观察短尾猴时,小黑河看到被云豹吃掉的猴子的残骸,便为这群珍稀的短尾猴感到深深的担忧,考察队员却告诉黑河不用担心,自然界的生命为了生存都有自己的独特本领。在另一部作品《山野寻趣》中,作者在寻找魔鹿,这是一棵奇特的高山榕树,榕树生命力极强,生长速度很快,而且身躯巨大,因此底下由三根巨大的气根支撑着,用以汲取营养维持生命。可是作者寻找的这棵魔鹿却是生长在一棵青梅树之上,由于榕树的快速成长,身下的青梅树已经枯死腐烂,再加上高山榕的经济价值远远低于青梅树,因此人们很讨厌这一"残酷的刽子手"——高山榕,而刘先平却摒弃这种厌恶的眼光,给了高山榕一次申辩的权利,作为一种生命形态,它不是也有生存的权利吗? 自然是一个整体,是由多种多样的生命形态构成的,每一种生命形态都是整体中不可或缺的一部分,而且每种生命形态之间都是对立统一的关系,每一物种都有自己的天敌,同时也都平等地享有生存权利,"物竞天择,适者生存",遵守自然生存法则才能保持生态平衡，人类不能凭借自己的主观意识，任意决定一个物种的命运，干预自然生存法则，扰乱自然规律。不管是自然界的动植物还是人类本身都起源于自然，自然之中个体生命相互尊重，相互爱护，作为高级物种的人类应抛弃"人类中心主义"立场，平等地看待一切生命存在，思考每一种生命在自然中的生存状况，而不是凭借自己的主观意识，任意决定一个物种的命运。保证每个物种的平等生存权利就是一种善，这样才能更好地解决生态问题及人类生存问题。保持一种尊重他者生存权利的善是刘先平所倡导的正确的生态道德，是保持生态平衡，促进生命共同体永续性发展的有效途径。

二、追求生命意义之善

工业革命以来，生命存在的意义被扭曲，人类越来越追求物质上的享受，忽略了精神世界的追求，从而导致精神贫乏。从这个意义上说，大自然文学不仅是对自然环境的生态观照，也是一次对生命意义的有益探索。刘先平以自然界的动植物、山水气象等等为主要表现对象，真实地呈现各种生命对生存的欲望、挣扎，让人类再次对生命和生存有了一个全新的理解。人类应该怎样看待自己的生命，又该怎样对待自己以外的其他生命，应该采取什么样的生存方式，在大自然文学中，刘先平给出了最合理的答案。

对于动植物来说，保护和促进本族群的生存和发展是它们存在的价值，也是生命存在的意义，有时甚至会以自我牺牲的方式来保全生命的价值。大自然文学作品中，作者用大量篇幅描写了许多悲壮的故事，为读者展现生命的壮美。例如，为了自己孩子的安全，梅花鹿舍命与红狼搏斗的故事。"夜晚，母鹿先是陪着孩子，哄它进入梦乡，然后再偷偷溜到离它不远处休息。红狼来了，它嗅到了鹿的气息，母鹿个体大，散发的气味浓。浓烈的气味掩盖了小鹿较淡的气味。第二天母鹿的尸体横陈在草丛的血泊中。胸膛已经被扯开，几乎被啃咬殆尽。"①在《大熊猫传奇》中，刘先平也描写了类似的故事，面对凶狠残暴的独眼金钱豹，大熊猫为了保护自己的孩子，为了让自己的孩子生存下去，它"冲上去了，拼死抵挡独眼的攻击，它的背上被独眼撕开了裂口，鲜血

---

① 刘先平：《麋鹿王在角斗中诞生》，北京：外语教学与研究出版社，2010年，第80页。

向外喷涌。它瞟了一眼爬到树上的儿子,干脆踞守在树下,连连回击独眼的攻击,但一步也不离开大树"①。这是一种勇于牺牲的精神,是生命的使命与意义,正是这种使命与意义才显得生存更沉重。作者对这些故事的描写是对勇于牺牲自我而保存生命的壮美精神的赞美,同时也启发人类,"生命之伟大不仅在于敌过凶悍的对手,更在于以无畏的付出来保护应予爱护的一切生命"②。这才是大自然文学作品传递出来的生命的意义。

从有机整体自然观来看,每个生命个体的存在意义并不是仅仅要满足自己个体生命发展需求,而且要满足自然整体的发展需求,保持自然的生态平衡。"这儿多壮美!祖国有多么辽阔!懂得了生命的意义,懂得了保护藏羚羊是保护一种生命。它们和我们一样,都有生存发展的权利,都是大地的孩子。在保护局看到藏羚羊遭到偷猎者杀害的照片,几百只倒在血泊中,母羊肚子里的胎儿还在动,我哭了。他们为什么那样残忍?虽然不能参加巡山,但我成天沉浸在善良和仁慈中,心里快乐。我想,我会成为一个善良、仁慈的人。"③这是刘先平《生育大迁徙》作品中一个女孩说的话,作者评价她"短短的几天,在保护其他的生命,在保护自然中,她已经历了生态道德的洗礼、启蒙,开始领悟对生命的尊重、对于大地母亲的敬畏的意义,这是人生中灵魂的一次升华"④。由最初对生命意义的迷茫到投身到保护藏羚羊的事业中,女孩找到了生命的意义,灵魂得到升华。另外,《千鸟谷追踪》的主人公李龙龙,身材魁梧,性格粗犷豪爽,不是一个乖孩子,从小就喜欢捅鸟窝,掏鸟蛋,用气枪打鸟。在寻找相思鸟的过程中,他逐渐认识到鸟类世界的丰富多样以及鸟类资源的珍贵和重要性,他在心里暗暗下定决心一定要好好保护鸟类,最终变成了一个爱护鸟类的人。除此之外还有《呦呦鹿鸣》中的陈炳岐,虽然受到政治迫害,但仍然一直坚守自己的信念,一直坚持保护野生动物;《大熊猫传奇》

① 刘先平:《大熊猫传奇——恶魔岭》,北京:人民文学出版社,2011年,第172页。
② 朱自强:《中国儿童文学的走向》,上海:少年儿童出版社,2006年,第149页。
③ 刘先平:《生育大迁徙》,济南:明天出版社,2008年,第50页。
④ 刘先平:《生育大迁徙》,济南:明天出版社,2008年,第51页。

中的胡蜀锦教授,在艰难恶劣的环境中,一心扑到救灾工作上,拯救大熊猫;等等。这些人物对动物的保护就是对生命的尊重,对自然生态平衡的尊重,他们都是善良的,"一个人只有当他把所有的生命都视为神圣的,把植物和动物视为他的同胞,并尽其所能去帮助所有需要帮助的生命的时候,他才是道德和善良的"①。

刘先平摒弃人类中心主义观念,用纪实性的方式展现动植物在自然系统中的序位,他笔下的动植物不再是为了满足人类生存的工具,而是与人类地位平等的生命存在,这是生态伦理所主张的"善"。"善"是平等对待自然中一切生命并且保障其生存权利,人类不能根据自己的主观意识干预生命的存在方式。"善"是维护生态系统的平衡,在平等对待生命的基础上,保护生命,帮助其他生命,促进生命共同体的和谐与永续性发展,这是生命意义的本真追求。

第三节 追求共生和谐的美

大自然文学为读者展现了自然景观的原生态的一面,赞扬自然的本性,并通过对热爱大自然的主人公的形象塑造,实现人与自然的良性互动。一方面肯定了自然独特的审美价值;另一方面也逐渐改变人和大自然之间的审美关系,使人类意识到自身并不是宇宙中的唯一存在,周围还存在着其他生命形态,它们是人类生存必不可少的条件。利奥波德被赞誉为"生态散文家",他最大的贡献是在其作品中提出了生态整体论的思想。生态整体主义思想认为,人与自然是互相紧密联系的整体,人类入侵自然,破坏自然就是在破坏人类自身,人与自然是一种共生共存的关系。"人类与自然的价值关系是一种休戚与共、共存共荣的关系,本质上是一种共同生存关系。"②人与自然的共生趋向于自然生态系统中多样性生命存在的良性互动与融合,无法脱离其他生命存在个体而独立存在,因此,美必然不是人类的"独美",而是人类与其他一

---

① 宣裕方,王旭烽:《生态文化概论》,南昌:江西人民出版社,2012 年,第 101 页。
② 裴广川:《环境伦理学》,北京:高等教育出版社,2002 年,第 149 页。

切生命的共生之美,是一种人与其他生命存在的自由发展,"万类霜天竞自由"的生机与活力之美。

一、人与自然共生之美

共生在很大程度上指向"共体"生命的共生,"生态共生的基础是自然生态系统中多样生命体的共生。同时可以引申至社会生态条件下无数个体生命的共生"①。要达到人与多种生命体共生共荣的境界,首先要对人类本身有正确的认识。人类作为自然生态系统中的生命个体有自己的生存权利,为了种族的生存在自然中获得生活资源是无可厚非的,但是与动物直接地从自然中获得生活资料相比,人类的活动更具有主观能动性,人可以对自然资源进行合目的性的改造,用以满足自己的需求。但是在实践活动过程中人类却逐渐迷失了自我,不断夸大自己的主观能动性,把自己看成自然的主宰,不断地对自然进行改造并妄图控制自然,忽略了人与自然的统一性,导致人与自然的矛盾和对立日益突出,"人类只认识到了从劳动中给人类带来的美感,而忽略了自然与人类共存之大美的共时性、历时性,人类过度的自由偏离了美的轨道"②。人类与其他自然生物一样,都生活在自然环境中,生命之间是相互联系的,正如大自然文学中写到的海葵与海葵虾的关系一样。在神秘的海底世界,海葵虾依附着海葵生活,海葵虾遇到敌人时,就可以依靠海葵的毒触角来摆脱危险,而比较懒惰的海葵就可以分享海葵虾的食物而生存下去,这就是共生。人与自然同样是共生的关系,一旦这种关系被打破,必然会伤害到人类本身,"1962 年,雷切尔·卡逊《寂静的春天》的发表,以大量的事实和科学依据揭示了滥用杀虫剂对生态环境的破坏和对人类健康的损害,激烈抨击了这种依靠科学技术来征服、统治自然的生活方式、发展模式和价值观念"③。

人与自然的共生之美并不是依靠自然的人化而体现的,它是符合自然规

① 曾繁仁:《当代生态文明视野中的美学与文学》,郑州:河南人民出版社,2006 年,第521 页。

② 王晓蓉:"共生——生态美学的基点",《扬州大学学报》,2008 年,第 19 页。

③ 王春荣:《意义的生成与阐释》,沈阳:辽宁人民出版社,2007 年,第 151 页。

律,是生态系统平衡的自然表现,人类只有在充分保障其他一切生命存在的权利的基础上,并在保护其他生命的过程中,才会有共生之美的显现。共生是多样性生命个体之间的相互关联,在生态审美视阈下,共生的审美意识不仅仅关注人类自身的生存状态,也不仅仅是强调自然的审美价值与生存权利,它更注重的是生命个体之间的共存与和谐。《美丽的西沙群岛》写道,在生存条件艰难的永兴岛上,为了改善岛上的生存环境,抵御台风,战士们亲手种下一棵棵小树;岛上生活缺少淡水,战士们生活所需的淡水便是天空的降雨,依赖大自然的恩赐,所以战士们有专门的雨水班,负责下雨时清理水渠里的杂草、碎石和垃圾,以便保存干净的淡水;岛上缺少土壤,无法种植蔬菜,战士们便从自己的家乡往岛上背土。由此可见,人类的生存发展在面对自然灾害时,还要依靠自然的调节,因此只有爱护自然,与自然友好相处,才能达到共生。

二、人与人关系和谐之美

人是一种社会存在,人的存在关系又可以分为人与人、人与社会、人与自然等关系形态,其中,人与人的关系和谐是人与社会及人与自然关系和谐的基础与前提,"所谓人与人和谐是指人际关系之间的一种互动与和睦状态,包括个体与个体之间、个体与群体之间、群体与群体之间关系的和谐,体现为人们在权利、义务、人格等关系上的平衡,以及在此基础上形成的相互尊重、平等互利、诚信友爱、互帮互助、融洽相处的关系"①。然而工业文明社会是一个片面的功利型社会,生存在这样的社会环境中的人类也是功利型的,人们善于依靠外力去征服人、征服自然,追求物质利益,对艺术的审美遭到冷落,精神世界贫乏,人跟人的情感也不再纯洁,人与社会的关系充满矛盾,人与自然的对立日益突出。究其根本原因,是人与人关系的异化。因此,要实现人与自然、人与社会的和谐之美,必须努力构建一种人与人的和谐关系。

人与人的关系最直接的表现是利益关系,马克思在其著作中写到人的行

<hr>

① 许华:《马克思社会和谐思想研究》,合肥:中国科学技术大学出版社,2014 年,第114 页。

为动因时说:"人的行为与利益密切相关,思想与利益不可分离。"①可见,利益是人行动的根本原因,在现代社会,由于社会分工的存在,人的利益出现了分离与对立,再加上工业文明时期以来,人的科技力量和物质需求被推向了极致。而对精神世界的观照、对宗教的虔诚信仰、对艺术的审美感悟、对人性的关怀,则经常被冷落、被忽视,人与人之间的关系评价准则变成了以物质利益为准,加上现代社会利益的分离与对立,人与人之间也出现分离,关系不再和谐。

在大自然这个宏观背景下,人与他人作为类存在,个人利益统一于人类的整体利益,并通过整体利益表现出来,因此人与人之间并不存在根本的利益冲突。作为个体存在,不同的人又是不同的利益主体,必然存在利益上的不和谐,但是利益关系是可以协调的,"协调是一切生物得以存活和发展的基础性功能,离开了对自身与环境之间的关系的协调功能,任何生物的存在都是不可能的,人也不例外"②。协调的过程就需要调动人的理性与情感,对整体利益进行综合考量,把矛盾冲突减到最小,以期实现人与人的和谐。协调利益关系首先要协调自身物质与精神的关系,物质是生活的基础,精神是生活的灵魂,只有物质与精神协调统一,人才能全面发展并更好地实现自己的人生价值。刘先平在大自然文学作品中塑造了科学家胡蜀锦、王陵阳、赵清河,儿童主人公晓青、果杉、李龙龙、小黑河,以及像老草瓦一样的人物,他们是自然守护者,他们亲近自然,精神纯洁,默默地守护着自然的平衡,也始终坚守着人性中的那些美好。当然,在作者笔下也描写了查修和射杀麝的老猎人这样的人物,查修受到金钱和繁华都市生活的诱惑准备捕杀大熊猫换取金钱,老猎人为了卖麝香射杀了麝,但是最后,这些受到物质诱惑的人物,在自然的感召下,得到人性的回归:查修放弃捕捉大熊猫的计划,认识到自己的错

---

① 中共中央马克思恩格斯列宁斯大林著作编译局:《马克思恩格斯全集》(第1卷),北京:人民出版社,1956年,第182页。

② 许华:《马克思社会和谐思想研究》,合肥:中国科学技术大学出版社,2014年,第120页。

误；老猎人也放弃打猎，开始了保护野生动物的工作。曾经面对物质诱惑迷失了自我，但他们在与自然的亲密接触中，思想达到了"理念世界的最高点"，可以抵御繁华世界的物质诱惑，达到自身物质需求和精神需求的协调。这种生态人格美"不仅是人与自然之间、人与人之间、人与自我之间的和谐的最终实现，是人的自由本质的最终实现，而且是使这种和谐恒久存在的根本保证"①。"生态人格美是各种生态审美的集大成者，它与其他生态审美最大的区别就在于它的生态意识与生态实践都具有自觉性，生态人格美的认定与马克思所说的全面发展的人相似。"②此外，平等的思想是构建人与人和谐关系的基础，马克思、恩格斯指出："人意识到别人是同自己平等的人，人把别人当作同自己平等的人来对待。"③在社会中，人是主体，是处理多种关系的关键因素，平等地看待他人的利益与权利，不根据自己的主观意识干预他人的权利，在平等地看待他人权利和利益的基础上，尊重他人，爱护他人，帮助他人，构建人与人的和谐与美好，这也是实现人与社会和谐、人与自然和谐的基础与前提，也只有在此基础上才能构建人类的诗意栖居之美。

---

① 曾永成：《文艺的绿色之思——文艺生态学引论》，北京：人民文学出版社，2000年，第137页。

② 章海荣：《生态伦理与生态美学》，上海：复旦大学出版社，2005年，第76页。

③ 中共中央马克思恩格斯列宁斯大林著作编译局：《马克思恩格斯文集》第1卷，北京：人民出版社，2009年，第264页。

信息传播

走近自然，东至暖冬

——我院师生升金湖采风活动圆满结束

徐久清

　　1月14日上午8点，我院师生前往池州市东至县的升金湖采风旅途正式开启。此次"亲近自然小分队"由文艺学专业7名学生、中国古代文学专业13名学生组成。文学院院长吴怀东，安徽大学大自然协同创新中心理事、安徽省凤凰徽文化研究院院长吴翎，副院长刘飞、王泽庆、吴早生，党委副书记马珺，杨军教授，秦霞老师，吴春华老师，司振龙老师以及大自然协同创新中心的徐久清老师共同参与此次采风活动。

　　此次采风活动主要在池州市东至县东流镇展开。安徽大学资源与环境学院在此设立升金湖湿地生态系统定位研究站，研究并保护升金湖生态环境。对文学院此次采风活动，资源与环境学院党委书记何秋生老师给予了大力支持，并由研究站的鲍意伟博士全程陪同，耐心为师生讲解相关生态知识。

　　上午12点左右，师生到达东流镇。下午13：30，采风活动正式开始。第一站全体师生参观了安徽大学安徽升金湖湿地生态系统定位研究站。安徽大学资源与环境学院博士鲍意伟接待了师生，并带领大家参观了研究站的储存室、实验室，讲解了鸟类、植物的相关知识。随后，全体师生前往采风活动第二站——升金湖中湖。在小路咀大桥，师生观览了豆雁、大白鹭、小天鹅、普通鸬鹚、苍鹭，并在鲍博士的讲解下了解了更多关于珍稀鸟类的生活习性知识。

　　落日西沉，辽阔的升金湖波光粼粼、金光闪闪，湖面上野鸭群群，远空中雁影阵阵。师生在湖边观鸟，与自然相映成趣。下午5点多，在凛冽的江风中，师生结束了第一天的采风活动。

　　15号早上8点，采风活动继续。第一站前往杨峨头参观升金湖上湖生态。在鲍博士的指导下观览了白头鹤、白琵鹭、白额雁等。朝晖下的升金湖广阔平远、水波不兴,湖边简易棚子里管理员围着火盆,这些画面都让学生感受到自然的伟岸、坚守的力量和同为生命的韧性。

下午 2 点半,师生出发参观东流老街。朽毁的橡木、低矮的檐头、老旧的房体,沿途的老街景致令师生不时发出阵阵惊叹,忆古思今。随后,学生来到此次采风活动的最后一站——陶公祠。陶渊明当年彭泽辞官后即来此地,为纪念其风骨高洁,当地人修陶公祠、建秀峰塔。在管理员的介绍下,同学们更加深切了解了陶渊明的生平事迹,其凛然的精神也令学生思悟颇深。下午 4 点多,结束陶公祠的参观,第二天的采风日程也圆满结束。

16 日上午 8 点,全体师生从东流镇出发,历经两个多小时车程,安全返校。虽距东流镇渐行渐远,但学生与自然的距离越来越近,期待学生们在这次采风活动中受启,亲近自然,感悟自然,热爱自然。至此,此次升金湖采风活动圆满结束。

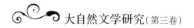

安徽大学大自然文学协同创新中心理事长会召开

徐久清

2月16日下午2:30,安徽大学大自然文学协同创新中心理事长会于安徽大学磬苑校区行政楼 A501 室召开。出席会议的有理事长、安徽大学党委书记李仁群教授。副理事长有安徽省政协人资环委员会副主任邱江辉、安徽大学副校长程雁雷、安徽大学文学院院长吴怀东、著名大自然文学创作作家刘先平。理事成员有安徽大学文学院教授赵凯、安徽大学文学院副院长刘飞、安徽大学文学院副院长王泽庆、安徽大学文学院副院长吴早生。此外,安徽大学人文社会科学处处长张启兵、安徽大学人文社会科学处副处长张治栋、安徽大学人文社会科学处科长刘晓耘也应邀出席会议。

　　会议由安徽大学文学院院长、大自然文学协同创新中心副理事长兼行政主任吴怀东教授主持。会议主题为"总结上一阶段工作,规划下一阶段工作"。

　　首先,由安徽大学文学院院长、大自然文学协同创新中心副理事长兼行政主任吴怀东做工作报告,他总结大自然文学协同创新中心一年来所做的工作及取得的成就、指出目前工作中存在问题并分析原因,并汇报了下一阶段的工作设想。然后,大自然文学协同创新中心副主任兼学术部主任赵凯、大自然文学协同创新中心副主任刘飞、大自然文学协同创新中心活动部主任王泽庆分别做了补充发言。

　　然后,刘先平先生对中心所做的以上各项工作表示肯定,并对中心的工作提出几点意见。安徽大学人文社会科学处副处长张治栋对中心各项工作表示肯定,对学生采风作品给予了高度的评价。随后,安徽大学副校长程雁雷对协同创新中心工作表示肯定,针对中心的发展问题程雁雷教授指出,不仅要协同创新中心各单位合作,也要加强学校内部的协同,构建一个跨学科、跨高度、跨部门和地区的协同创新机制。

　　接着,省政协人资环委员会副主任、大自然文学协同创新中心副理事长邱江辉讲话,她对大自然文学协同创新中心已做的工作表示肯定。她指出党中央领导重视生态文明创建工作,大自然文学恰好符合国家的要求,可利用国家创新政策的支持。并对中心的工作提出几点意见:一、有创新思维,在中心的工作中要坚持创新思维,寻求发展的新高度。二、加大协同单位的沟通与交流,发挥各协同单位与理事成员的作用,进一步加强与出版、宣传、旅游等相关产业的协作。三、制订四年规划,在规划中突出重点,促使中心工作有条不紊地开展。四、加强学术研究,在学术研究中确定自身的地位,立足于自身,推进大自然文学的研究与创作。

　　最后,由安徽大学党委书记、大自然文学协同创新中心理事长李仁群做重要讲话。李仁群书记在肯定中心所做工作的同时也指出存在的问题,并对中心工作提出以下建议:一、在总体围绕党和国家政策的同时,也要发挥安徽大学自身优势,发挥安大综合实力作用。二、加强协同创新中心事业发展。围绕大自然文学的创造主题,组织开展大自然文学的创作以及研究成果的出版、传播、推广及产品开发等活动。三、组织开展学术委员会,加快推进学术研究。四、加快开展海外"大自然文学译丛"的翻译工作,并联系相关单位出版发行。五、编写《大自然文学发展史》。六、深入学习"十三五"规划纲要,确立中心的发展目标、主要任务、具体措施。

　　下午4:30,大自然文学协同创新中心理事长会议圆满结束。"安徽大学大自然文学协同创新中心"网站正式上线,同时"中国大自然文学"微信公众号也即将上线,敬请大家关注。

畅游青山绿水间，漫步杏花微雨时

——记我院师生赴牯牛降采风活动

孙瑾娴　郑孙彦

为让学生深入自然、体验自然，积累创作经验，激发写作兴趣，创作出有思想、有深度的文学作品，3月11日，安徽大学文学院2016级汉语言文学专业和汉语国际教育专业本科生前往安徽牯牛降国家级自然保护区和历史文化名村杏花村进行写作采风，在院领导吴怀东、王泽庆、马珺以及秦霞、夏大兆等老师的带领下，与大自然亲密接触。

本次采风活动中，师生们先后游历了牯牛降国家级自然保护区和历史文化名村杏花村。同学们首先抵达牯牛降国家级自然保护区，山间传来阵阵鸟鸣，新鲜空气沁人心脾，在这清新明媚的环境中，吴怀东院长有感而发："正如古人所言，'读万卷书，行万里路'，同学们平日囿于学校生活，需要到大自然中放松心情、开阔眼界，写作是发自内心的活动，心有所动才能有所感，有所感才能有所发，希望同学们能在这次采风中用心体会自然的魅力，激发出文学创作的灵感。"同时，吴院长也叮嘱同学们在采风过程中要保持景区卫生，保证自身安全。下午2：30，同学们进入牯牛降龙门峡。山中潭水青碧，峡谷幽深，怪石遍布，古木如盖，青山绿水相依，令人心旷神怡。而保存完好的徽州民居古建筑，则为壮美绮丽的山岳风光添了一份温情。来自2016级汉语言文学专业的宋涵感叹道："牯牛降是一个韵味独特的地方，它既有南方流水人家的温婉，又具有粗犷阔大的意境。这里的山山水水以及居民的生活情调，都充满了诗情与古韵，相信大家都心动不已，万千言语都聚集在了笔端。"下午5：30，伴着山间的清风，带着满足与喜悦，同学们陆续下山，结束了一天的行程。

　　次日，同学们乘车前往位于池州西郊的历史文化名村杏花村。一路上微风细雨相伴，杏花桃花飘香，师生们徜徉在宁静的杏花村里，流连忘返。如此美妙意境，令人不禁轻声吟起诗人杜牧的千古名句："借问酒家何处有？牧童遥指杏花村。"面对此情此景，来自国际教育专业的代聪忧表示："儿时我们曾吟咏过《清明》，对诗中所写很是神往，所以雨中的杏花村既令人觉得新鲜，又给人似曾相识之感。经过这次游历，我想大家会对诗中情感有更深刻的理解。"3月正值芦苇初生，吴院长向身边的同学们细心解释道："'蒹葭苍苍，白露为霜'中的蒹葭，就是指这样还未长穗的、初生的芦苇。"蒙蒙烟雨中，师生们又来到了白浦荷风，此时的白浦荷风好似笼上了蝉翼轻纱，别有一番情致。吴院长向同学们介绍了唐代诗人李白的诗歌《秋浦歌》："《秋浦歌》是李白在天宝年间再游秋浦时所作，当时李白因受谗遭疏离开长安已经十年，所以他在歌咏了秋浦的山川风物和民俗风情的同时，也或隐或现地流露出感时伤怀之叹。"听过这一番介绍，望着眼前的朦胧景象，同学们都若有所思，似乎被风景中蕴含的诗意所感染。

3月12日中午11:30,文学院牯牛降采风活动圆满结束。本次赴牯牛降采风,是安徽大学大自然文学协同创新中心2017年学生活动安排的一项重要内容。在吴怀东院长的主持下,文学院贯彻学校教育教学改革有关文件精神,定期组织学生采风活动,进行写作课程教学改革,将课堂教学与课外实践有机结合,取得了良好效果。据了解,本次采风写作以散文为主,主题不限,学院将会对作品进行评比、颁奖,并将得奖作品结集出版。

大自然文学协同创新中心第一届
招标课题中期检查与第二届招标课题评审会

徐久清

　　3月15日下午2:30,安徽大学大自然文学协同创新中心第一届招标课题中期检查与第二届招标课题评审会于龙河校区文西楼309室召开。文学院院长吴怀东、文学院教授赵凯、副院长刘飞、副院长王泽庆、文学院教授王大明等老师出席会议,会议由吴怀东院长主持。

　　会中,老师们认真研读了2015年度招标课题的中期成果,其中韩清玉和张才国表现优秀,其文章已发表,其他的均合格。并且,2017年度课题招标共

收到申请书 23 份,其中重点课题 2 份,一般课题 8 份,研究生课题 13 份,老师们认真阅读申请书并展开激烈讨论。

　　会后,吴怀东院长表示,通过这次会议可以看到大家对大自然文学的热爱,督促各位老师认真把关,促进大自然文学创作,推进大自然文学研究,推动生态文明理念的传播。下午 4:30,大自然文学协同创新中心招标课题评审会圆满结束。